A Coreografia do Desejo

Estudos Literários 8

Maria Angélica Guimarães Lopes

A Coreografia do Desejo
Cem Anos de Ficção Brasileira

Ateliê Editorial

Copyright © 2001 Maria Angélica Guimarães Lopes

Direitos reservados e protegidos pela Lei 9.610
de 19 de fevereiro de 1998.
É proibida a reprodução total ou parcial
sem a autorização, por escrito, da editora.

ISBN 85-7480-033-3

Direitos reservados à
ATELIÊ EDITORIAL
Rua Manoel Pereira Leite, 15
06709-280 – Granja Viana – Cotia – SP
Telefax: (11) 4612-9666
www.atelie.com.br
2001

Printed in Brazil
Foi feito depósito legal

Sumário

APRESENTAÇÃO
O Estilo Ensaístico de Maria Angélica Guimarães
Lopes – *Fábio Lucas*   9

INTRODUÇÃO
Antepassados e Contemporâneos: Cem Anos de
Ficção Brasileira   15

1. O Banquete da Vida: *Quincas Borba* e *O Nababo*   19
2. "Estátuas Esculpidas pelo Tempo": Imagética como Caracterização em *Quincas Borba* e *The Portrait of a Lady*   33
3. Júlia Lopes de Almeida e o Trabalho Feminino na Burguesia   71
4. Carmen Dolores: Jornalismo, Literatura e Feminismo na Bela Época Brasileira   89
5. O Crime da Galeria Crystal, em 1909: A Jornalista como Árbitro   105
6. Aníbal Machado e o Sonho   115

7. Nas Asas do Boato: A Contística de Aníbal Machado   127

8. João Miramar e João Ternura: Filhos do Modernismo   139

9. Noite-Madrasta e Noite-Mãe: O Universo de João Alphonsus   157

10. A Estética do Malfeito: Clarice Lispector e *A Legião Estrangeira*   169

11. Eros e Tânatos: A Aposentadoria Relutante   179

12. A Coreografia do Desejo em *A Dama do Bar Nevada*   195

13. Anjos Insólitos: Protesto e Fantasia em Malamud e Frei Betto   207

14. Água e Ouro: O Brasil em Dois Romances de Oswaldo França Júnior   219

À minha família.

Apresentação

O Estilo Ensaístico de Maria Angélica Guimarães Lopes

Não é de hoje que Maria Angélica Guimarães Lopes vem se dedicando ao magistério e à crítica da literatura brasileira, dividindo sua vida entre a opulência material dos Estados Unidos e a riqueza de nossa expressão artística.

A Coreografia do Desejo é o resultado de anos de estudo e reflexão. Nele Maria Angélica G. Lopes vasculha aspectos ainda não devidamente explorados pelos comentaristas ou reintroduz no circuito da análise literária obras esquecidas ou visitadas com ligeireza de investigação.

Da leitura dos vários capítulos da obra, o leitor retirará lições inesquecíveis acerca de autores e temas de nossa formação cultural. Num Frei Betto, a visão crítica de M. A. G. Lopes passeia por ambientes e recantos inesperados. Tudo iluminado pela metodologia que abraçou: a partir de modulações estilísticas, surpreende afinidades temáticas ou capta o nascimento de preocupações intelectuais que a evolução histórica confirmará.

Ocorre-lhe, por exemplo, o fecundo exercício de comparação de *Le Nabab* de Alphonse Daudet com *Quincas Borba* de Machado de Assis, operação em que o autor brasileiro sai engrandecido. No engenho comparatista, que os estudos contemporâneos consagraram com a designação de intertextualidade, M. A. G. Lopes aproxima os experimentos modernistas de Oswald de Andrade em *João Miramar* com os de Aníbal Machado em *João Ternura*.

O jogo de contrastes e confrontos se adensa com outra aventura do espírito da autora de *A Coreografia do Desejo*: a comparação entre contos de Bernard Malamud, "Angel Levine", e de Frei Betto, "Dos Acontecimentos que Antecederam a Comentada Ressurreição no Minas Tênis Clube", naquilo em que ambos apresentam de linguagem mágica, com a intromissão do maravilhoso (os "anjos insólitos") no relato de episódios comprometidos com o mundo real.

Aliás, na exploração da contística, M. A. G. Lopes investiga de modo particular a obra de Aníbal Machado, com as suas camadas de sonho e de boato, e de João Alphonsus, com a sua dupla inspiração noturna: a que pune e a que redime (madrasta e mãe).

Com grande finura, M. A. G. Lopes ressalta a "estética do malfeito" de Clarice Lispector, fazendo aflorar um dos processos de composição de nossa genial escritora.

Por último, convém evidenciar a força de análise da ensaísta ao enfatizar a motivação erótica de contos de Manoel Lobato (especialmente *O Cântico dos Cânticos*) e de Sérgio Faraco (*A Dama do Bar Nevada*). Em ambos os casos, a autora expõe acertadamente os aspectos inerentes às narrativas, ou seja, o jogo da sedução paralelo ao jogo do poder.

O leitor encontrará, por fim, neste livro algo de extremamente original: a apreciação das obras de Júlia Lopes de Almeida e de Carmen Dolores no contexto sociocultural do país. É nesses capítulos, a que se agrega "O Crime da Galeria Crystal, em 1909: A Jornalista como Árbitro", que M. A. G. Lopes revela o seu mais elevado poder investigativo. Persegue, nas duas autoras que desfrutaram de grande notoriedade e, tempos depois, foram excluídas das cogitações analíticas ou interpretativas, temas hoje em dia salientes, como o feminismo, a participação profissional e política, assim como o início da bruxuleante consciência autônoma da mulher, na virada do século XX. Chega mesmo a apontar, nos contos de Carmen Dolores, o drama da mulher madura como personagem, desprovida já da juventude e da beleza, únicos valores de ascensão social. Lúcida, M. A. G. Lopes põe em destaque

APRESENTAÇÃO

a ambigüidade de Carmen Dolores, que ora exalta a independência da mulher, ora indica-lhe a estratégia conformista para a solução de seus problemas.

Outro aspecto digno de relevo nesta obra que tenta oferecer o panorama de cem anos da literatura brasileira: Maria Angélica Guimarães Lopes aplica-se, com engenho e sabedoria, à prática da literatura comparada, em duplo sentido. No primeiro caso, confronta preciosidades temáticas convergentes em *The Portrait of a Lady* de Henry James e em *Quincas Borba* de Machado de Assis. Compara a prosa imagética dos ficcionistas, apontando tropos de teor metafórico como instrumento de caracterização das personagens, justamente na fase madura dos prosadores. A metáfora-chave repousa nas artes plásticas, especialmente a pintura de Henry James e a escultura em Machado de Assis. Com notável perícia interpretativa, Maria Angélica assinala que o complexo metafórico de Machado de Assis registra contrastes de sombra e luz, a evocar a luta que a razão e a loucura travam no espírito de Rubião, personagem de *Quincas Borba*.

O outro comparativismo vem a ser uma espécie de intra-textualidade, pois Maria Angélica não aproxima autores, mas fases do mesmo autor, em épocas e circunstâncias diferentes. É o que fez com Oswaldo França Júnior, cuja variedade de ambientes contextuais reflete a experiência vivenciada pelo autor, em decorrência dos efeitos do golpe militar de 1964 e em face do próprio estilo questionador do romancista. Em ambos os casos, Maria Angélica Lopes revela o pleno domínio da leitura armada e da leitura construtiva.

Tal é o interesse de *A Coreografia do Desejo*. Entra-se na obra com várias dúvidas e dela se sai com inúmeras sugestões. Este é o destino dos verdadeiros ensaios literários.

FÁBIO LUCAS

Introdução

Antepassados e Contemporâneos: Cem Anos de Ficção Brasileira

Estes ensaios foram publicados em revistas especializadas nos Estados Unidos e no Brasil durante os últimos quinze anos. A ordem cronológica dos autores examinados sugere um *continuum* na ficção brasileira dos últimos cem anos. Os ensaios examinam aspectos precipuamente literários, ligados à construção temática e estilística de cada conto ou romance. Entre estes aspectos, dedico-me à camada tropológica, não só por sua importância retórica, como também pelo aporte à caracterização, tom e tema. Por outro lado, situo a obra de ficção em sua época e ambiente social, como índice e reflexo da vida brasileira ao longo dos anos.

No último quartel do século XIX, Machado de Assis (1839-1908), cuja estrela jamais se eclipsou, recria um Brasil em final de século e de regime de governo. O estudo "O Banquete da Vida: *Quincas Borba* e *O Nababo*" confronta o romance machadiano com aquele de Alphonse Daudet, a partir da temática da amizade traída pelo interesse, no pano de fundo do segundo império brasileiro e francês. A análise dos textos – mesmo com a possível dívida de *Quincas Borba* a *O Nababo* – intenta mostrar o valor e permanência do romance brasileiro em comparação com o francês.

Pertencentes à geração seguinte àquela de Machado de Assis, Carmen Dolores (1852-1910) e Júlia Lopes de Almeida (1862-1934) também viveram a virada do século: o final do império e começo da república; a reforma do Rio de Janeiro e a *Belle Epoque*. Jornalistas e ficcionistas influenciaram seus contemporâneos, trazendo ao Brasil nova visão da existência da mulher. Eminentes em sua era, foram, contudo, esquecidas durante várias décadas, varridas pelos ventos da nova estética modernista. "Carmen Dolores: Jornalismo, Literatura e Feminismo na Bela Época Brasileira" lembra a inteligência e o vigor da polemista aguerrida que não hesitou em atacar personagens e instituições em busca de um programa de vida condizente com a capacidade feminina.

Júlia Lopes de Almeida, como Carmen Dolores, cronista em *O País*, dedicou-se, porém, mais à ficção. Publicou seu primeiro romance ainda adolescente, escrevendo até a morte, aos 72 anos. Atualmente é considerada um dos dois grandes realistas brasileiros – com Aluísio Azevedo (Wilson Martins, *História da Inteligência Brasileira*, vol. 5). O ensaio "Júlia Lopes de Almeida e o Trabalho Feminino na Burguesia" examina suas protagonistas na passagem da órbita exclusivamente doméstica para aquela do trabalho fora de casa.

O próximo estudo, "O Crime da Galeria Crystal, em 1909: A Jornalista como Árbitro", compara a atitude de Carmen Dolores e de Júlia Lopes de Almeida sobre rumoroso assassínio na São Paulo de 1909, através de crônicas para *O País* e outros jornais. Apesar de geralmente coincidirem quanto à posição da mulher na sociedade, aqui as duas jornalistas divergem quanto à culpa da ré.

Aníbal Machado (1894-1964) e João Alphonsus (1901-1944) representam duas das "quatro vozes fortes [na contística] do Modernismo e seus arredores" (Alfredo Bosi, *O Conto Brasileiro Contemporâneo*). Por vezes escrevendo sobre os mesmos temas, os dois, contudo, se distanciam pela perspectiva, tom e estilo. O ensaio "Aníbal Machado e o Sonho" observa a exuberância do escritor, cuja ficção de cunho surrealista une prodígios ao cotidiano. "Nas Asas do Boato: A Contística de Aníbal Machado" acentua aspecto hiperbólico também derivado da fluidez da linha entre fatos e o devaneio. A preponderância da imaginação das personagens sobre a realidade circundante caracteriza ainda o protagonista do único romance de Aníbal Machado, *João Ternura*. O

INTRODUÇÃO

ensaio "João Miramar e João Ternura: Filhos do Modernismo" contrapõe-no ao famoso *Memórias Sentimentais de João Miramar*, de Oswald de Andrade. Contemporâneos na gestação, os romances foram, porém, publicados com trinta anos de diferença. Ambos exemplificam a renovação estrutural e temática, assim como a vivacidade estilística aportadas pelo modernismo às áreas e à paisagem cultural brasileiras.

"Noite-Madrasta e Noite-Mãe: O Universo de João Alphonsus" enfoca a onipresença melancólica da noite como matriz temática e imagética nas três coletâneas do autor.

Clarice Lispector (1920-1977), famosa em sua terra e no estrangeiro pela práxis da escritura feminina, é a mais jovem das autoras examinadas no presente volume. O estudo "A Estética do Malfeito: Clarice Lispector e *A Legião Estrangeira*" interpreta a piada/reflexão sobre este elemento essencial para a criação (no prefácio a *Fundo de Gaveta*), como minimanifesto para a totalidade da obra.

O último grupo de ensaios reúne escritores cuja experiência literária foi marcada pelo período de repressão política de 1964-1984: Manoel Lobato (1925), Oswaldo França Júnior (1936-1989), Sérgio Faraco (1940) e Frei Betto (1944). O ensaio "Eros x Tânatos: A Aposentadoria Relutante" enfoca cinco estórias da coletânea epônima de Manoel Lobato. Farmacêutico em bairro de marginais, o contista se vê às voltas com clientes afligidos por problemas relacionados à doença, sexo e morte. O título da coletânea sugere a riqueza erótica do *Cântico dos Cânticos*, transmitida através de bestiário imaginativo e vibrante.

A coletânea termina com ensaio sobre os dois últimos romances de Oswaldo França Júnior, *No Fundo das Águas* e *De Ouro e de Amazônia*, em confronto com o segundo, *Jorge, um Brasileiro*, no exame de uma realidade nacional contemporânea do autor da fundação fr Brasília à descoberta do ouro na Amazônia.

Confronto entre rapaz pobre e velha rica compõe o núcleo do conto de Sérgio Faraco, que empresta o título à coletânea. O ensaio "A Coreografia do Desejo em *A Dama do Bar Nevada*" examina-lhe a feitura, teor poético e finura psicológica na elaboração de um entendimento entre os dois antagonistas.

Finalizando, "Anjos Insólitos: Protesto e Fantasia em Malamud e Frei Betto" trata da mescla do fantástico e crítica social num conto norte-americano de Bernard Malamud e em outro, de Frei Betto (Carlos Alberto Libânio Christo). Ambos os autores demonstram notável controle no impacto do fantástico, sem detrimento do aspecto religioso. A força literária dessas estórias deriva, em muito, de intrincada rede metafórica.

Metade dos presentes ensaios se refere à contística, gênero a que me venho dedicando, como editora da seção "O Conto Brasileiro" para o *Handbook of Latin American Studies*, a bibliografia bienal da Biblioteca do Congresso dos Estados Unidos. Quanto à origem geográfica da ensaísta, explica, mas só em parte, que metade dos autores sejam mineiros. Prefiro crer que a longa e rica tradição literária de Minas Gerais forneça explicação mais sólida que mero sentimentalismo bairrista.

M.A.G.L.

1

O Banquete da Vida:
Quincas Borba e *O Nababo*

Muito se tem escrito a respeito das influências estrangeiras em Machado de Assis, principalmente quanto aos últimos grandes romances. Em vários casos, o crítico menciona somente antepassados literários ilustres – possíveis ou certos – a fim de provar a dívida de nosso maior escritor para com os clássicos; em outros, para situá-lo na confraria dos luminares da literatura ocidental, ou de diferente ângulo, de carência do instinto de nacionalidade[1].

O ponto de vista que nos parece acertado estabelece as linhas da prosa machadiana a fim de melhor estudá-las como parte integrante de filão literário não só brasileiro como internacional. Deste

1. Entre os críticos de peso que examinaram influências estrangeiras na obra de Machado de Assis, temos Eugênio Gomes com *Influências Inglesas em Machado de Assis*, Salvador, Imprensa Regina, 1939; *Espelho Contra Espelho*, Rio de Janeiro, IPED, 1949; *Prata de Casa*, Rio de Janeiro, A Noite, 1953 e *Machado de Assis*, Rio de Janeiro, S. José, 1958. Alfredo Pujol cita grandes autores franceses, ingleses e espanhóis em *Machado de Assis*, Rio de Janeiro, José Olympio, 1934. No ensaio "Similitudes não Desonram" (*Viagem em Torno de Machado de Assis*, São Paulo, Martins, 1969), Agrippino Grieco se limita a apontar inúmeros pormenores bem mais que aspectos significativos nos paralelos entre Machado e vários escritores estrangeiros. Grieco geralmente acentua o fato de Machado não ter copiado servilmente. Idêntico é o ponto de vista de Afrânio Coutinho em artigo mais profundo e criterioso, "Machado de Assis e a Teoria do Molho", *Machado de Assis na Literatura Brasileira*, Rio de Janeiro, S. José, 1960.

ponto de vista, semelhança entre Machado de Assis e outros escritores são não só compreensíveis como esperáveis. Quase todo escritor carrega bagagem alheia no sentido de que sua obra resulta de conjunto de leituras e de sua própria vivência. O grande autor, indubitavelmente, imprime cunho próprio a esta mescla: o selo que a caracteriza como sua. A esse respeito, diz o próprio Machado de Assis que "pode ir buscar especiaria alheia, mas há de ser para temperá-la com o molho de sua fábrica", como nos lembra Afrânio Coutinho[2].

O presente estudo se propõe examinar parentesco entre dois romances contemporâneos, *Le Nabab* de Alphonse Daudet (1877) e *Quincas Borba*, 1891[3]. Apesar de vários críticos mencionarem a influência que o escritor francês teria exercido sobre a obra de Machado, não lhe atribuem importância, fazem-no de modo impreciso ou se referem a outros contos e romances. Que nos conste, somente Augusto Meyer se referiu à ligação específica entre *O Nababo* e *Quincas Borba*[4].

Aqui apresentamos indícios relativos aos romances e a seus autores, os quais unidos ao estudo textual oferecem sólida escora ao argumento de que, direta ou indiretamente, *Quincas Borba* deriva de *O Nababo*.

São eles: 1. um exemplar de *Le Nabab* se encontrava entre os volumes da biblioteca de Machado de Assis, segundo informação

2. No citado "Machado de Assis e a Teoria do Molho".
3. *Le Nabab, Moeurs parisiennes* (Paris, Charpentier, 1887). *Quincas Borba*, em *Machado de Assis: Obra Completa I*, Rio de Janeiro, José Aguilar, 1959. As traduções de trechos de *Le Nabab* são da autora do presente estudo. A ortografia da edição Aguilar foi atualizada. Daqui por diante, estas obras serão abreviadas, como *LN* (*Le Nabab*) e *OCI* (*Obras Completas I*).
4. Possíveis traços em comum entre Daudet e Machado são sumariamente mencionados. Em "A Teoria do Molho", A. Coutinho cita por alto o autor francês e nos dois livros, Grieco também lhe faz rápidas referências: às pp. 73 e 80 (duas vezes) e 81 de *Viagem* e à p. 63 de *Machado de Assis*. Contudo, a não ser por Augusto Meyer, nenhum crítico mostra paralelo específico entre *Le Nabab* e *Quincas Borba*. (Em artigo de *O Estado de S. Paulo*, citado por J.-M. Massa em *Bibliographie descriptive, analytique et critique de Machado de Assis* [Rio de Janeiro, S. José, 1959], p. 85.)

segura de Jean-Michel Massa[5]. 2. Publicado em 1877, em Paris, após serialização na revista *Le Bien Public, Le Nabab* causou sensação por ter sido considerado *roman à clef*, no qual a personagem, Duque de Mora, era revelada como o grande Duque de Morny, irmão bastardo de Napoleão III e seu Ministro de Estado, de quem Daudet fora secretário. Ora, ao vir a lume o livro, leitores se indignaram com o propalado desrespeito e ingratidão do autor para com o benfeitor falecido. Daudet retrucou com posfácio veemente. De fato, as acusações se revelam injustas à leitura de *O Nababo*, pois Mora aí é uma nobre figura, cujas fraquezas não lhe anulam o valor humano. A Machado de Assis, tradutor de obras francesas, autor de versos em francês, e tão competente que Massa o chama de "escritor bilíngüe", o lançamento ruidoso de *O Nababo* não poderia ter passado despercebido[6]. 3. Nove anos após a publicação de *O Nababo*, *Quincas Borba* começou a ser serializado em *A Estação*, revista carioca.

Apesar de paralelos no tema, protagonistas e simbologia, os dois romances diferem em escopo e valor literário. Assim, *Le Nabab* é uma enorme tapeçaria cuja trama tece as aventuras de Jansoulet, ricaço pródigo de Paris, expondo vasta latitude da sociedade parisiense de 1860. Sua tessitura é múltipla por abranger não só a estória do nababo Jansoulet, como vários outros enredos menores. O tema principal mostra a "personagem de *Mil e Uma Noites*" da qual Paris falava havia um mês (*LN*, 2) e que acabará na ruína devido a falsos amigos e à má sorte. Com estes temas entrelaçam-se as estórias de Felicia Ruys, bela escultora atormentada pelo dilema entre a arte e o amor; do modesto funcionário Joyeuse e suas quatro filhas; do jovem poeta André Maranne; do charlatão Jenkins, médico da alta sociedade, obcecado por Felicia; do excelso Duque de Mora, chefe da Assembléia e Ministro de Estado, igualmente apaixonado pela escultora, e, finalmente, de Paul de Géry, nobre provinciano que se torna secretário do nababo.

5. J.-M. Massa, *La bibliothèque de Machado de Assis*, Rio de Janeiro, *Revista do Livro* 6, 21-22, p. 232. O volume encontrado aí, na 3ª edição parisiense, é o único da autoria de Alphonse Daudet.
6. J.-M. Massa, "Machado de Assis, traducteur" (Rennes?, 1969?), p. 49.

Todas estas intrigas secundárias são muito bem entrosadas com a estória de Jansoulet. Assim, o dr. Jenkins afaga a bossa filantrópica e a vaidade do milionário, visando extrair subsídio para a obra de Belém, de amamentação artificial de criancinhas. Felicia Ruys esculpe o busto do nababo, expondo-o com êxito no Salão. O sr. Joyeuse, que não chegará a conhecer pessoalmente o nababo, contudo tem papel importantíssimo como o contador que descobre a falcatrua na Caixa Territorial — outro empreendimento de Jansoulet, pelo qual esperava eleger-se deputado pela Córsega. Joyeuse previne o secretário do ricaço quanto à situação precária da Caixa Territorial. Esta personagem, Paul de Géry, também une o enredo ao subenredo por se tornar noivo de Aline, a mais velha das quatro Joyeuse. Já André Maranne, poeta jovem e promissor, que se tornará noivo da segunda moça Joyeuse, é enteado do dr. Jenkins, o médico da moda, com o qual se incompatibilizara anos antes. E é após a estréia da peça de Maranne, em teatro subvencionado por Jansoulet, que morrerá o nababo.

Por seu lado, *Quincas Borba* não engloba sociedade enorme, mas grupo reduzido que se forma ao redor do protagonista, Rubião. O tema se assemelha àquele de *O Nababo* — do ricaço pródigo traído e arruinado pelos falsos amigos — mas com várias diferenças, como se verá abaixo. O livro desenvolve os percalços de Pedro Rubião de Menezes, herdeiro inopinado de outro herdeiro inopinado, o filósofo louco, Quincas Borba, fundador do Humanitismo. Certamente, vários fios se entrelaçam no romance, mas todos têm Rubião como fulcro. São eles: "a filosofia" de Quincas Borba, paródia de sistemas dos antigos eleáticos, de Comte, Darwin e Malthus; o narcisismo de Sofia e de Carlos Maria; a ganância dos comensais de Rubião e de outros falsos amigos; e principalmente a loucura gradativa a se apossar do protagonista. Com elementos de romance de costume, o de Machado recria o final de outro Segundo Império, o brasileiro, com diversos aspectos característicos: os saraus e as festas de família, as viagens de trem, as compras e o passeio no Rio de Janeiro, as campanhas filantrópicas e os grandes bailes. Contudo, frisamos, o mais importante destes temas é a dupla perda de Rubião – razão e fortuna – ambas se não provocadas, pelo menos exacerbadas por sua paixão pela bela Sofia Palha.

Tematicamente, como se disse, o mais importante paralelo entre o romance de Daudet e o de Machado é a prodigalidade dos dois protagonistas, novéis milionários em alta sociedade de metrópole, na qual o dinheiro é a mola máxima. Essa coincidência de posições se deve à imensa fortuna de cada um, mais que propriamente ao temperamento[7]. Rubião é milionário quase que por acaso, ao passo que Jansoulet fizera seu próprio capital. Contudo, parecem-se muito: ambos são forasteiros, oriundos da província (com passagem pelas colônias, no caso do francês) a almejarem lugar proeminente nas cortes de Paris e do Rio de Janeiro. Ambos são ingênuos, de coração e mão abertos, que aceitam auxílio de parasitas considerados amigos. Assim, meros conhecidos dos dois milionários se habituam a reuniões no palacete da Praia do Flamengo e da Place Vendôme, onde criados automaticamente preparam opíparas refeições diárias, passando a serem a família do anfitrião.

Tanto Machado como Daudet usam o cenário das mansões e de suas salas de jantar como correlativo físico para exprimir a natureza das verdadeiras relações entre os donos e seus convivas. Luxuosamente decoradas, as casas de Rubião e Jansoulet são contudo impessoais, não representando os proprietários, mas somente seu capital. Tal como elas, os convivas adventícios significam uma etapa recente na vida dos dois protagonistas, aos quais se ligam por razões egoístas e monetárias, a destoarem da verdadeira amizade que lhe votam os milionários[8].

7. Ambos os romancistas mostram claramente seus protagonistas. Para o nababo, "exceto por dois ou três compatriotas, ele conhecia de véspera e por lhes haver emprestado dinheiro, aqueles que chama de seus amigos" (*LN*, 58). Rubião demonstra igual entusiasmo em cercar-se de estranhos à mesa diária: "E o Freitas vai ali almoçar ou jantar muitas vezes, – mais vezes ainda do que quer ou pode, – porque é difícil resistir a um homem tão obsequioso, tão amigo de ver caras amigas" (*OCI*, 576).
8. Tanto a impessoalidade como a transitoriedade das amizades de Jan-

Os dois romancistas indicam claramente a discrepância de sentimentos ao apontarem a verdadeira natureza e desequilíbrio das "amizades". Fazem-no, contudo, de maneira diversa. Daudet, explícito, dedica longo capítulo a descrição e análise dos inúmeros comensais do nababo. Machado, por sua vez, frisa a condição de parasita com muito mais sutileza, em focalização irônica e (de ângulos variados) dos defeitos de cada um, desenvolvidos ao longo do romance. Os convivas de Rubião são sintetizados, adquirindo dimensão extra, quase alegórica, sem por isso perderem a dimensão de personagens participantes da ação. O jornalista Camacho é a verborragia, Freitas a lisonja, Sofia Palha e Carlos Maria o amor próprio e a ganância. Em comum, todas as personagens têm o egoísmo. Delas, as mais maléficas são o casal Palha, cuja manipulação do protagonista lhes angaria a almejada posição econômica e social e causa a ruína completa de Rubião.

Por seu procedimento, os Palha se enquadram na categoria de parasitas, apesar de a estória não focalizar sua presença à mesa do milionário. Pertencem, pois, à classe que Raimundo Faoro tão bem chamou de "fauna sinistra de urubus"[9]. (Notemos que em outras

soulet e Rubião são expressas por tropo de viagem. Em *O Nababo*, os estragos da sala de jantar ainda nova "lembravam um imenso carro de 1ª classe onde se incrustavam todas as preguiças, as impaciências e o tédio duma longa viagem, com o desdém destruidor do público pelo luxo que o pagara" (*LN*, 245). Em *Quincas Borba*, a mesma incúria é frisada, indicação de que tanto os convivas como a criadagem espoliavam o dono da casa (*OCI*, 691). E o palacete da Praia de Botafogo é tão impessoal em sua riqueza como a morada de Jansoulet, praticamente decorado que fora por Sofia e Cristiano Palha, amigos recentes (*OCI*, 550). Quanto ao apartamento da Place Vendôme, "o que aumentava esta impressão de acampamento transitório, de instalação provisória, era a idéia de viagem planando sobre esta fortuna de origens longínquas, como uma incerteza ou ameaça" (*LN*, 40). Em *Quincas Borba*, "os próprios amigos de trânsito, que ele amava tanto, que o cortejavam tanto, davam-lhe à vida um aspecto de viagem, em que a língua mudasse com as cidades, ora espanhol, ora turco" (*OCI*, 626).

9. R. Faoro, *A Pirâmide e o Trapézio*, São Paulo, Companhia Editora Nacional, 1974, p. 220.

obras, Machado também examina esses abutres, elementos inevitáveis em sociedade capitalista.)[10]

Tal como Rubião, Jansoulet se afeiçoa a quase desconhecidos aos quais conta a história de sua vida e, aos quais, com lágrimas nos olhos, chama de "meus caros amigos" (*LN*, 36). Estes não se envergonham de lhe pedir dinheiro logo após as refeições, na "hora da audiência". Os comensais tanto do mineiro como do provençal lhes sugam a fortuna e desprezam o afeto genuíno que lhes é estendido. Entre os mais odiosos e daninhos encontram-se o dr. Jenkins, médico da moda, cujas pérolas de arsênico aos poucos matam os doentes, após lhes emprestarem falso aspecto saudável; o financista Paganetti e seu sócio, o elegante e decadente Marquês de Monpavon (de nome sugestivo), diretor da famigerada Caixa Territorial Corsa; o empresário teatral Cardaillac, cujo teatro é subsidiado pelo nababo; o jornalista Moessard – contraparte do brasileiro Camacho – cujos artigos jornalísticos fazem elogios hiperbólicos à generosidade do protagonista[11]. Paganetti e Monpavon extraem largas somas da periclitante Caixa, ao prometerem ao nababo lugar de deputado pela Córsega. O médico Jenkins consegue seu adjutório através da Obra de Belém, igualmente desonesta e perigosa, por matar os mesmos bebês que pretende alimentar com leite de cabra. Jansoulet aceita contribuir para tal organização por visar condecoração que, ironicamente, acabará por ser agraciada ao próprio Jenkins. Moessard se encarrega da propaganda da Obra de Belém através de artigos elogiosos no jornal *Le Messager*, que lhe angariam pagamento pelo nababo.

Honestas e desinteressadas entre estas personagens são somente o Duque de Mora e Paul de Géry, secretário particular do nababo, que ao contrário dos jovens nobres provincianos de Balzac não é corrompido por Paris. Ambos tentam salvar Jansoulet da

---

10. Parasita é espécie comumente encontrada em Machado de Assis. Aqui lembramos o conto "Verba Testamentária" e a crônica "O Parasita".
11. Outro paralelo se encontra nas crianças salvas de atropelamento por Jansoulet e Rubião, que os jornalistas Moessard e Camacho noticiam com ênfase elogiosa, respectivamente em *Le Messager* e *Atalaia*.

derrocada financeira e do escândalo político, mas Géry é por demais jovem e Mora morre em hora crítica. Já os parasitas propriamente ditos são como ratos a largarem o navio ao perceber o naufrágio iminente, quando Jansoulet é acusado de falcatrua e arruinado financeiramente. (Aqui o tropo é apropriado, pois Daudet se refere à aventura parisiense do nababo como uma viagem.)

Em ambos os romances é idêntico o comportamento dos íntimos – a grande maioria comensais diários – amigos dos bons tempos que abandonam os patronos ao cair-lhes a estrela[12]. Assim, em *Quincas Borba*, Carlos Maria e Sofia, tal como o jornalista Camacho, tratam com secura Rubião empobrecido, que com afeto inalterável os procura. O casal Palha se afasta completamente, como os comensais. A única personagem a se preocupar com Rubião doente e pobre é a admirável Dona Fernanda[13].

Apesar da deselegância moral revelada pelo afastamento dos antigos amigos de Rubião, nenhuma dessas personagens tem a atitude diabólica do jornalista Moessard. Não conseguindo mais dinheiro de Jansoulet, ataca-o com artigos caluniosos a tornar insustentável a situação já difícil do provençal. Aceita como verdade, a

12. Novamente uma coincidência no tropo clássico de estrela: Daudet chama o Nababo de "meteoro no céu parisiense" (*LN*, 22) e, no final do livro: "O astro agora empalideceu pouco a pouco, retirado e cadente, logo incapaz de penetrar a noite lúgubre na qual vai se cumprir seu destino" (*LN*, 289). Em *Quincas Borba*, como se tem notado, a rede metafórica de estrela/lua/candelabro é quase tão significativa quanto a da comida. É trabalhada de maneira mais abrangente e complexa que no romance francês. Rubião quer contemplar as estrelas com Sofia (*OCI*, 584) e pensa no Cruzeiro do Sul tanto como constelação quanto como condecoração (*OCI*, 939). No episódio final, ao errar pelas ruas de Barbacena durante a tempestade, é atacado pela megalomania napoleônica. Imperial, "reconheceu que [as estrelas] eram os lustres do grande salão e ordenou que os apagassem" (*OCI*, 724). No último capítulo, o autor implícito ainda transmite sua cosmovisão, quando o narrador retoma o tema da indiferença da natureza pelos destinos humanos: "O Cruzeiro, que a linda Sofia não quis fitar, como lhe pedia Rubião, está assaz alto para discernir os risos e as lágrimas dos homens" (*OCI*, 725).
13. Como já têm notado vários críticos, as duas únicas personagens desinteressadas e sensatas são D. Fernanda e o cão Quincas Borba.

calúnia provocará censura pública na Assembléia e subseqüente cassação do novel deputado, a coincidir com a bancarrota nos negócios. O final de ambos os romances também apresenta semelhança significativa: tanto Rubião como Jansoulet morrem desgraçados, mas acompanhados pelo último amigo, respectivamente o cão Quincas Borba e o secretário Géry. Como se tem notado, a morte de Rubião é das mais patéticas da literatura brasileira. À míngua e ao relento em Barbacena, após a tempestade, é um Rei Lear destronado e enlouquecido, como tão bem o mostrou Helen Caldwell[14]. E ao se coroar a si próprio, agonizante, é o megalômano que se crê Napoleão III, a imitar Napoleão I sagrando-se a si próprio imperador ante o Papa.

O nababo, por sua vez, apesar de cercado de numerosa assistência na estréia da peça *A Revolta*, por ele subvencionada, enlouquece momentaneamente e tem ataque apoplético ao ser vaiado pela assistência. Levado para os bastidores e cercado de restos de cenários, morre, consolado pelo secretário.

Ao compararmos os dois romances, vemos que livros aparentados na temática e caracterização, *Le Nabab* e *Quincas Borba* têm, contudo, valor literário diferente. Aquele é um apreciável romance em moldes romântico-realistas a prover generosa fatia de vida, repleta de cenas e personagens pitorescas. Já *Quincas Borba* se impõe pela contenção da intriga, pela versatilidade dos ângulos de caracterização e pelo tratamento soberbo do tema de amor e amizade traídos.

Enquanto o romance francês se expande até transbordar, o brasileiro se restringe a limites precisos. Assim, este apresenta, com sábia economia, o que aquele leva páginas explicitando através de longas descrições e análises. A multidão de personagens coadjuvantes de *O Nababo* comparece em longas e exuberantes cenas. Um exemplo é o citado capítulo II, "Almoço na Place Vendôme", no qual à exaustiva análise realista de personagens logo abandonadas une-

---

14. H. Caldwell, *Machado de Assis, The Novels of the Master*, Berkeley, University California Press, 1979, p. 141.

se a preocupação da cor local romântica, que a torna pesada. Vários capítulos (como o 5, 10, 14, 19 e 24) não são mais que quadros vivos ou trechos antológicos, que pouco ou nada acrescentam à ação. Muitas destas personagens são figuras do melodrama herdado dos românticos: os vilões sem uma única qualidade positiva (Jenkins, Moessard, Paganetti e as esposas de Jansoulet e Hemerlingue) e os santos (Joyeuse e a filha Aline). Daudet parece querer rivalizar com o grande Balzac quanto ao número de figurantes, em outra "concorrência ao registro civil", pois no livro aparece galeria heteróclita de nobres, burgueses, camponios, ricos, pobres, estrangeiros, parisienses e provincianos, sacerdotes, poetas, escultores, bailarinos, jornalistas, contadores, advogados, ministros, deputados, financistas – *ad nauseam*.

Já em *Quincas Borba*, Machado se contenta com número reduzido de personagens – o círculo familiar de Rubião – com pouquíssimas exceções (D. Fernanda e marido, o dr. Falcão e a família do menino Deolindo, salvo por Rubião). Todas estas são, contudo, concisamente traçadas e indispensáveis à intriga e caracterização do protagonista. Daí o autor poder fazer análise vertical que atinge "o solo e subsolo" da estória e da personagem.

No julgamento moral pelo autor implícito encontramos idêntica diferença entre a abundância por vezes superficial de *O Nababo* e a contenção e economia de *Quincas Borba*. Daudet prega sermão sobre a virtude e o vício enquanto Machado sugere, e não pontifica, o valor moral das personagens. Desde o início de *O Nababo* a ironia é pesada. O hipócrita-mor é, por exemplo, constantemente apodado de "o bom Jenkins". No final do romance, ouve-se a voz do autor implícito na condenação da sociedade parisiense no ocaso do Segundo Império, em longo capítulo do qual apresentamos passagem. Assim, o narrador comenta a luxuosa assistência no teatro:

> Bela sociedade, realmente, para tal manifestação! Todos os escândalos, todas as torpezas, consciências vendidas ou à venda, o vício de uma época desprovida de grandeza e originalidade, tentando os avessos de todas as outras (*LN*, 505).

O mesmo tom acompanha o monólogo interior do nababo agonizante: "Canalhas, sou melhor que vocês!", em outro longo parágrafo. E na frase final do livro, na voz do narrador, temos os últimos momentos do pobre Jansoulet:

> Seus lábios se moveram e seus olhos dilatados, virados para Géry, reencontraram, antes da morte, uma expressão dolorosa, implorante e revoltada, como para tomá-lo por testemunha de uma das maiores, das mais cruéis injustiças que Paris jamais cometera (*LN*, 508).

Em *Quincas Borba* o autor implícito julga as personagens com severidade geral, sem poupar o apreciável protagonista. Contudo, limita-se a indicar sua posição através de breves análises percucientes, completadas, de outros ângulos, por tropos e digressões significativas. Assim, aí cabe ao leitor elucidar o valor real das personagens através de indicações oferecidas por todo o livro. Entre os raros exemplos de julgamento explícito, da pena do narrador quase onisciente, temos que Rubião é "singelo" (*OCI*, 592), com "pequeno círculo de idéias", cujos "olhos [e] gesto [não] tinham poesia alguma" (*OCI*, 584). Sofia, a personagem mais importante depois de Rubião, tem o retrato feito obliquamente, através de processos variados. Só uma vez o narrador a julga explicitamente, em breve aparte ao leitor: "(dona astuta!)" (*OCI*, 617). Cristiano é logo de início exposto como "zangão da praça" (*OCI*, 518), que gosta de exibir a mulher, ter mesa farta e seguir a moda, com a ressalva de ser parco consigo mesmo[15].

Além desses breves indícios, a caracterização é completada por cenas e sumários, sábias digressões e outros apartes do narrador, assim como por opiniões de outras personagens – todas estas maneiras indiretas de moldar a personagem. Assim se em princípio o leitor vê Sofia no baile como "magnífica magnólia única" em vaso (*OCI*, 583), logo se lembra de que tal comparação provém do cérebro exaltado de Rubião. Guiado pelo narrador, corrige a primeira

---

15. Em *Quincas Borba*, contudo, o tom hiperbólico se restringe à loucura do protagonista. Daqui em diante o livro será mencionado como *QB*.

impressão e percebe a imponência da senhora Palha como sinal de sua vaidade de rainha do salão. Do mesmo modo, capta o amor próprio e falsidade da personagem, ao ser-lhe ela mostrada por dois outros ricos tropos: lanterna mentirosa (*OCI*, 582) e fachada de bela hospedaria (*OCI*, 622). O paradoxo de Cristiano, espartano em seu vestuário, mas pródigo com a casa e a mulher nos é revelado em admirável metáfora desenvolvida: "a alma deste homem é uma colcha de retalhos" (*OCI*, 602). Sua preocupação em decotar e exibir a mulher é acentuada pela alusão mitológica ao rei Candaules (*OCI*, 582). Assim, *Quincas Borba* não só apresenta economia e contenção em sua feitura, como também versatilidade na caracterização.

A nosso ver, a segunda diferença capital entre os dois romances relaciona-se igualmente com a rede imagética de *Quincas Borba*, ausente de *O Nababo*, onde se há tropos eficazes, poucas vezes são desenvolvidos ou interligados. Referimo-nos ao tema dos parasitas/comensais que, como se viu acima aí se limita à longa cena do almoço do milionário, a perfazer capítulo inteiro. Machado de Assis vai muito além ao fazer de uma cena habitual – as refeições no palacete de Botafogo – matriz não só estrutural como também imagética. O banquete da vida, cuja contemplação mental delicia o novo ricaço, Rubião, é elemento central do livro. Por um lado enquadra-se na tradição clássica do ágape, que na teologia cristã simboliza o amor de Cristo pelos seres humanos. Esta refeição, concretizada de início pelas bodas de Canaã – o primeiro milagre público de Jesus – tem seu ápice na Última Ceia e instituição da Eucaristia. Vista de tal perspectiva, a comida que Rubião oferece a seus convivas é ele mesmo, outro pelicano medieval a sacrificar-se por sua "família". Sadiamente sensual, como tão bem notou Helen Caldwell, ele aprecia os prazeres da boa mesa, que quer compartilhar com os amigos.

O tema da comida distribuída como (e com) afeto é reforçado e aumentado no romance pela admirável cadeia metafórica. Logo de início, a personagem Quincas Borba usara o campo de batatas como sendo o prêmio dos vencedores da vida, na luta entre as duas tribos. Seu lema, "Ao vencido, compaixão e ódio, ao vencedor as batatas!", de tal modo impressionara Rubião que ele o tomara como seu "sinete" mental (*OCI*, 569). Meses depois, herdeiro universal de Quincas Borba no Rio de Janeiro, contempla embevecido sua sorte grande, também em termos de alimento:

> Ideou as batatas em suas várias formas, classificou-as pelo sabor, pelo aspecto, pelo poder nutritivo, fartou-se de antemão do banquete da vida. Era tempo de acabar com as raízes pobres e secas, que apenas enganavam o estômago, triste comida de longos anos; agora o farto, o sólido, o perpétuo, comer até morrer em colchas de seda, que é melhor que trapos (*OCI*, 569).

Para ele, pois, o passado se resumia na mesa parca, simbolizada pelas "raízes pobres e secas". Seu temperamento visionário é revelado pela segurança sentida quanto ao presente privilegiado: "um sonho comprido para não acabar mais" (*OCI*, 566), num "chão de rosas e bogaris [sem] nenhum revés,... malogro, [ou] pobreza – presente de fadas" (*OCI*, 682).

A importância das refeições é novamente acentuada no capítulo 100:

> Nenhum dos habituados da casa compareceu ao almoço [...] Ninguém; teve que almoçar sozinho. Em geral não podia suportar as refeições solitárias; – estava tão afeito à linguagem dos amigos, às observações, que comer só era o mesmo que não comer nada (*OCI*, 641).

Quando, devido à ruína financeira, é obrigado a mudar-se para a modesta casa da rua do Príncipe, vai só. Manda chamar os amigos, mas nenhum vem: "Era a família que o abandonava" (*OCI*,).

Nos seis últimos, breves capítulos, volta o refrão cinco vezes, com amarga ironia. Rubião faminto vagueia pelas ruas de Barbacena, com o cão sofredor. "Por fortuna, o delírio vinha enganar a necessidade [do estômago] com os seus banquetes das Tulherias" (*OCI*, 723). É o desmentido completo do "sonho bom", do conto de fadas. Louco e incapaz de perceber a situação, o protagonista repete o lema, "Ao vencedor as batatas", para si mesmo e para os curiosos que se riem dele. Mescla-o com a megalomania: "Ao vencedor, as batatas!... Aqui estou imperador! Ao vencedor, as batatas!" (*OCI*,

724). E a realeza e a riqueza mais uma vez se unem a suas palavras de agonizante: "Guardem a minha coroa. [...] Ao vencedor..." (*QB*, 725).

Em conclusão, podemos afirmar que várias circunstâncias bibliográficas e paralelos temáticos e de caracterização dos protagonistas indicam parentesco próximo entre *Quincas Borba* e *O Nababo*. Contudo, aquele é inegavelmente superior a este. Para o leitor moderno, a verbosidade do narrador, as soluções melodramáticas e caracterização em brocha gorda tornam *Le Nabab*, apesar de sua pujança e sinceridade, peça de museu. Realmente, pouco é lido ou estudado hoje, ao passo que as deliciosas *Cartas de meu Moinho* e *Tartarin de Tarascon* ainda encantam inúmeros leitores, tanto em sua pátria como no estrangeiro.

Um século após sua publicação, *Quincas Borba* se encontra em mãos de leitores e estudiosos no Brasil e em outros continentes. Mesmo sem se cair na tentação de equacionar a voz de povo com aquela de Deus, como quer o ditado, sabe-se que a consagração dos pósteros é, de modo geral, prova do valor de obra literária. Pela profundidade e seriedade dos temas entrelaçados de amor/amizade e loucura, pela contenção da intriga e riqueza de meios de caracterização e de entrosamento de tropos, provérbios e alusões, o romance de Machado tem seu lugar assegurado no panteão literário. O fato de o autor não haver mencionado parentesco com a obra de Dauder, como revelou a inspiração shakespeariana para a caracterização do protagonista (Hamlet, Próspero, Lear) ou aquela de carpintaria encontrada em Bernardim Ribeiro, Henry Fielding e Tobias Smollet (*OCI*, 653-654) demonstra que tal semelhança passou despercebida ao probo Machado de Assis.

O tema, realmente, é clássico, perpassando a criação literária desde os primórdios gregos. É de se crer, pois, que ao "ir buscar a especiaria alheia", aí o tenha feito inconscientemente. O certo, sem dúvida alguma, é que ele a "[preparou] com o molho de sua fábrica". E como já dissera Agrippino Grieco a respeito do Mestre e de suas influências, "similitudes não desonram". Principalmente se o produto se revela superior ao modelo.

2

"Estátuas Esculpidas pelo Tempo": Imagética como Caracterização em *Quincas Borba* e *The Portrait of a Lady*

As raras comparações entre Machado de Assis (1839-1908) e Henry James (1846-1916) geralmente frisam aspectos artesanais e psicológicos da ficção de ambos – quer da perspectiva da personagem, quer da posição ou credibilidade do narrador[1]. Realmente, a análise psicológica e a técnica narrativa são admiráveis instrumentos nas mãos dos dois escritores coetâneos, mas outro aspecto de monta aí é a linguagem figurada, inseparável da ficção jamesiana e da maior parte da machadiana. Estudada em suas respectivas literaturas, contudo, a imagética dos dois autores não o tem sido do ângulo comparatista[2].

Exame que merece ser feito é aquele da tropologia relacionada com a caracterização, pois ambos os autores se servem de numerosas e impressivas figuras na elaboração de personagens. Como se

1. S. Putnam nota a semelhança entre Machado e James quanto à análise psicológica. Atribui ao brasileiro maior profundidade e "sabedoria", opinião da qual discordamos por achar qualidades igualmente fortes nos dois autores (183-184).
2. Há bons estudos sobre a linguagem figurada de Henry James, como nos livros de A. Holder-Barell, C. Maves, R. Gale e E. T. Bowden, mencionados no final deste trabalho. Do lado brasileiro, há poucos estudos sistemáticos sobre a imagética na ficção machadiana. E. Gomes se dedica ao assunto com minúcia e brilho e, em menor escala, também o fazem Mattoso Câmara Jr., M. N. Lins Soares, a qual enfoca tropos como lugar-comum em caracterização. M. L. Nunes examina a metáfora como processo de caracterização e D. Cortes Riedel toma a metáfora no sentido lato.

sabe, a imagética como processo de caracterização é uma das conquistas literárias de nosso século, apropriada e domesticada que foi por Woolf, Faulkner e principalmente Proust, em cuja obra predomina a imagética de função multíplice[3]. Por terem utilizado tropos em função sistemática de caracterização, além daquela de ornamentação superficial comum até fins do século XIX, Machado de Assis e Henry James são precursores da ficção moderna. Tal perícia no campo figurativo é indubitavelmente uma das razões pelas quais sua obra, lida e estudada, continua viva. O processo, que se poderia batizar de caracterização metafórica, é desenvolvido durante o meio século de carreira de ambos escritores[4].

Na ficção tanto de James como de Machado, percebe-se variação e crescimento do processo imagético e principalmente metafórico[5]. Como se verá abaixo, apesar de em suas ficções de fase madura os dois escritores fazerem caracterização em linhas quase paralelas, o mesmo não se deu em início de carreira. Desde cedo Henry James empregou metáforas e símiles, freqüentemente hiperbólicas, para efeitos caricaturais na criação de personagens secundárias, os comparsas "discóides", na terminologia de E. M. Forster[6].

3. Como escreve Holder-Barell, "except for Hardy, Meredith and Eliot, before Henry James, imagery does not form an organic part of English novels. It is used almost solely for decorative purposes... [whereas] we are aware that without [imagery] James' novels and stories would lose their deeper meaning, their life would vanish" (5).
4. É interessante notar que nenhum dos dois autores, ambos críticos, escreveu sobre este aspecto de sua obra, nem mesmo James nos minuciosos prefácios para a edição de Nova York (Holder-Barell, 13). Já Proust examina a importância da imagem para sua obra e literatura em geral, tanto em *A la Recherche*, como nas *Chroniques*, no prefácio a *Tendres Stocks*, romance de Paul Morand, e em carta a Jacques-Emile Blanche (Ullmann, 225, 237-238).
5. "Metafórico" aqui é usado no sentido retórico lato de transferência, quer o tropo seja tecnicamente metáfora (sem a conjunção "como" ou sinônimo) ou símile (com a conjunção). Dias em *Dom Casmurro*, que como mostrou E. Gomes são o oposto da linguagem litótica de Littemer em *David Copperfield*, são usados, contudo, como idêntico processo de caracterização (*Influências*, 92-95).
6. Nota Dietrichson que "in his [early period] Henry James acquired great skill in the use of metaphors in general" (p. 157).

Certos objetos e elementos são associados a personagens das quais se tornam marca registrada, ou refrão, muito à maneira de Dickens[7]. Este sistema de caracterização molda figurantes ao mesmo tempo que fornece elemento cômico à estória. *The Portrait of a Lady*, o primeiro grande romance de seu autor, coroa esta fase. Aí várias personagens são assim etiquetadas[8]: Henrietta Stackpole, Caspar Goodwood, Mrs. Touchett, Pansy Osmond e a condessa Gemini. Contudo, este tipo de caracterização, que se poderia chamar "dickensiana", já havia decrescido em *The Portrait*, em comparação com *Washington Square*, do ano anterior. Nesta novela, mesmo a apreciável heroína, Catherine Sloper, é caracterizada e caricaturada através de seu pendor por vestidos espalhafatosos. Já em *Portrait*, ao lado da caricatura pujante, a caracterização por imagens se faz muito mais profunda e sutil, não só por insinuar elementos quase inefáveis em determinadas situações e personagens, como também por ligar as personagens à intriga e ao contexto simbólico.

Na fase inicial, o romancista Machado de Assis usou poucas metáforas significativas, sendo a caracterização feita através de

7. Segundo R. Gale, "James disapproved of some of Dickens' methods of characterization", *Notes on Novelists* e *Views and Reviews* (p. 105). Também devemos acrescentar que em *French Poets and Novelists*, publicado em 1878 e portanto durante a composição de *The Portrait of a Lady*, James compara os métodos de caracterização de Dickens com os de Balzac. O francês "easily outdistances all competition. Dickens often sets a figure before us with extraordinary vividness; but the outline is fantastic and arbitrary; we but half believe in it, and feel as if we were expected but half to believe in it. It is like a silhouette cut in paper, in which the author has allowed great license to his scissors" (p. 96).
8. Aqui usamos "etiqueta" não só no sentido geral de classificação limitada, como também naquele mais restrito de personagem vista em termos semióticos. Ao falar no "significante" da personagem, diz Philippe Hamon: "Le personnage est représenté, pris en charge et désigné sur la scène du texte par un significant discontinu, un ensemble disperse de marques que l'on pourrait appeler 'étiquette' ". E "une étiquette peut être plus ou moins riche, plus ou moins homogène" (pp. 142-144). Parte de tal "conjunto disperso de marcas" seriam os objetos ou frases características de personagens dickensianas. Assim, os superlativos de José Dias em

descrições, análises psicológicas e relatos de cenas e diálogos. É somente a partir das *Memórias Póstumas de Brás Cubas* (1881), a caracterização dominada pelo aprendizado dos quatro romances anteriores, que Machado começa a dar livre curso ao estilo que hoje alcunhamos "machadiano", por excelência, do "método... sem gravatas nem suspensórios, mas um pouco à fresca e à solta, como quem não se lhe dá da vizinha fronteira, nem do inspetor de quarteirão" (*OCI*, 426). Realmente, nesta segunda fase novelística, o humorismo cresce em proporção direta com o desaparecimento de elementos convencionais como a linha narrativa e os capítulos mais longos e simétricos. Assim, *Memórias Póstumas de Brás Cubas* apresenta capítulos breves e fantasiosos e digressões à maneira de Sterne, Fielding e X. de Maistre, entremeados de tropos a serem retomados em *Quincas Borba*, *Dom Casmurro* e *Esaú e Jacó*: o rico manancial de metáforas, símiles, hipérboles e zeugmas que não só definem personagens e situações como se desenvolvem em anedotas ou vinhetas a ilustrar considerações filosóficas. Como na novelística inicial de Henry James, a caricatura é pujante na fase madura machadiana, em que impera a ironia.

O presente estudo se propõe examinar tropos de teor metafórico usados na caracterização de duas personagens em *The Portrait of a Lady* e *Quincas Borba*, romances contemporâneos de valor e tema comparáveis, nas quais tal processo é imprescindível ao unir personagens, ação e tema. Ambos os livros apresentam tema caro aos autores: a influência da riqueza e posição social nas relações sentimentais dos protagonistas, tema cujo tratamento Machado de Assis e Henry James admiravam em Balzac[9]. "Mistura inseparável

Dom Casmurro, que como mostrou E. Gomes são o oposto da linguagem litótica de Littemer em *David Copperfield*, são usados, contudo, como idêntico processo de caracterização (*Influências*, 92-95).
9. A admiração de James por Balzac é evidente desde o citado *French Poets and Novelists*. James considera *Le Père Goriot* como sua obra-prima e a caracterização em toda a *Comédie Humaine* como um de seus pontos fortes (p. 96). Também ressalta "the great architecture as it were of the *Comédie Humaine*" (p. 71). Em *Notes on Novelists*, de 1914 e portanto em fim de

de ouro e escória" chamou Osborne Andreas a várias intrigas jamesianas[10]. Raymundo Faoro diz o mesmo das machadianas: "O casamento é um negócio, como negócio é a herança, mas negócios que tocam em coisas sagradas, o amor e a morte" (p. 244).

Tema

Em *The Portrait* e *Quincas Borba*, a intriga se desenrola a partir de herança inesperada que transforma o destino dos protagonistas, Isabel Archer, a dama do retrato, e Pedro Rubião Alvarenga. Herdeiro universal de seu mentor Quincas Borba, fundador do Humanitismo, Rubião deixa a pacata Barbacena pela corte do Rio de Janeiro onde, generoso mas ingênuo, é explorado pelo casal Palha e outros parasitas. Por sua vez, Isabel Archer, de Albany, viaja para a Inglaterra com a tia Lydia Touchett. Aí, sua graça e espontaneidade conquistam o tio e o primo Ralph, este último instrumental em convencer o pai a deixar vultuoso legado à jovem. Indo à Itália com a tia, Isabel resolve casar-se com o viúvo Gilbert Osmond. A moça ignora que o noivado decorre de trama arquitetada por sua recente amiga, Madame Merle, e pelo próprio Osmond. Apesar das inegáveis qualidades de Isabel, o principal motivo do casamento para o noivo são as £70.000 da jovem. Com elas os cúmplices pretendem contribuir para o dote da filha adulterina de ambos, Pansy, que todos julgam ser filha de Osmond e da falecida esposa.

carreira, dois ensaios sobre Balzac reafirmam o juízo: "Balzac stands signally apart... he is the first and foremost member of his craft" (p. 109), um gênio (pp. 113, 115). E mais: "[Balzac] has seen at once that the state of marriage itself, sounded to its depth, is, in the connection, his real theme" (p. 141). No segundo ensaio, de 1913, James fala longamente sobre "the rank predominance of the money-question, the money-vision, throughout all Balzac" (p. 154). Por seu lado, no célebre ensaio sobre *O Primo Basílio*, Machado de Assis propõe *Eugénie Grandet* como modelo, ao comparar a caracterização pobre de Luísa com aquela de Eugénie, bem-sucedida (*OCIII*, 915).

10. Dietrichson, 107.

A semelhança entre a situação de Isabel e a de Rubião provém de ser este também enganado sentimentalmente por razões pecuniárias. A bela Sofia Palha encoraja a paixão do tímido milionário, instigada pelo marido Cristiano, seu sócio, a fim de conseguir ascensão financeira e social. Os finais dos dois romances, contudo, diferem, pois, muito mais robusta de espírito e intelecto que Rubião, Isabel sobrevive à desilusão sentimental. Já este, com sua "pequenez psíquica", não consegue abafar a paixão por Sofia, tem a loucura agravada, perde a fortuna e morre ao relento (Câmara, 57).

Retrato e Estátua

Se Rubião e Sofia são os dois protagonistas dos romances, outro paralelo importante é entre esta e Isabel Archer. Ambas são as principais figuras femininas, cujo encanto lhes dá força e influência sobre as outras personagens. A certa altura de *The Portrait of a Lady*, Isabel é mostrada ao leitor através dos olhos e consciência de seu companheiro de infância, o esteta e colecionador de bibelôs, Edward Rosier:

[...] and he met Mrs. Osmond coming out of the deep doorway. She was dressed in black velvet; she looked brilliant and noble... The years had touched her only to enrich her; the flower of her youth had not faded, it only hung more quietly on its stem... Now, at all events, framed in the gilded doorway she struck our young man as the picture of a gracious lady (*POL*, 339).

E o narrador de *Quincas Borba* se fixa sobre Sofia, em imagem igualmente visual e artística:

Era daquela casta de mulheres que o tempo, como um escultor vagaroso, não acaba logo, e vai polindo ao passar dos longos dias. Essas esculturas lentas são miraculosas; Sofia rastejava os vinte e oito anos; estava mais bela que aos vinte e sete; era de supor que só aos trinta desse o escultor os últimos retoques, se não quisesse prolongar ainda o trabalho, por dois ou três anos (*OCI*, 581).

As duas metáforas – Sofia como escultura e Isabel como pintura e flor, nas quais a juventude parece estacar, elevam-nas a nível superior ao das outras personagens[11]. Contrapõem-se à simbologia vitoriana de lugares desertos e ruínas a representar o topos da fugacidade da vida e destruição pelo tempo. A situação das imagens em cada romance indica claramente a posição das personagens. Isabel, vista como retrato de "dama nobre e brilhante", encontra-se em fase difícil: pela primeira vez atingida por sofrimento profundo a ele reage, desdobrando qualidades espirituais de *noble lady*[12]. Já em *Quincas Borba*, a categoria de estátua miraculosa insinua o fascínio maléfico que Sofia começa a exercer sobre Rubião, marcando também o delírio deste[13].

Ao selecionarmos estes dois tropos como ponto de partida para o estudo da caracterização metafórica das duas personagens, Sofia e Isabel, escolhemos os domínios imagéticos da natureza, arte e arquitetura. Fizemo-lo não só por sua extensão e significado nos dois romances, como por serem tais domínios a matriz das citadas

---

11. O topos da mulher conservada interessa tanto a Machado como a James. Contudo, não é usado exclusivamente como indicação de caráter de personagens. As de Machado são, em geral, tratadas com carinho pelo autor que parece comover-se com serem elas boas mães: a falecida mãe de Estácio (*Helena*), Natividade (*Esaú e Jacó*) e D. Camila ("Uma Senhora"). Já James nos dá a "vampira" Grace Brissenden, cuja juventude depende do envelhecimento do marido (*The Sacred Fount*).
12. Para Isabel, a jovem americana democrata, aristocracia se refere a caráter e não a nascimento ou fortuna (POL, 397).
13. Aqui nos referimos ao contraste entre "bons" e "maus" nos dois romances, apesar de ambos os tipos serem humanizados e tornados verossímeis por defeitos e qualidades. Não há maldade absoluta em Machado ou James, apesar de Osmond e Sofia se aproximarem de tal padrão. Aquele é caracterizado como vampiro, detentor de mau olhado (POL, 391) e de fazer "murchar" a outrem (POL, 391); é a serpente escondida, pronta a dar o bote (POL, 396). Sofia, a dominar e exaurir Rubião, pertence à mesma classe, mas não chega a ser tão sinistra. O elemento hiperbólico na caracterização aí foi bem apanhado por D. C. Riedel, nas linhas de Bakhtin. Para a autora, Rubião é protótipo de personagem machadiana de "sensibilidade carnavalesca... [cuja] grandeza e nobreza estão na fronteira da queda e da abjeção" (*Metáfora*, 1).

metáforas-chaves. Quadros e estátuas são artefatos, encontram-se em prédios ou suas cercanias e, qualquer que seja sua colocação na escala mimética – da *imitatio* clássica ao expressionismo o mais ousado, ou mesmo ao abstracionismo – conceptualmente originam da natureza. Assim, deixamos de lado domínios imagéticos importantes para os dois romances em geral, como o da luz/sombra, que só abordaremos perifericamente.

Simbolismo

Exame de tropos nos dois romances depende da simbologia de ambos. As estórias de Isabel Archer e Pedro Rubião de Alvarenga ilustram o conto de fadas da Gata Borralheira, mas ao'avesso. No mundo das fadas, princesas e bichos falantes, o bem é recompensado e o mal punido, porém nas sociedades brasileira e européia do Segundo Império, aqui recriadas, tal não se dá. O dinheiro, como o poder, corrompe certas personagens, ao apelar para o pior que há nelas. A pureza, a bondade e o entusiasmo são impotentes ante a cobiça alheia.

Do ponto de vista simbólico, Isabel e Rubião representam o cordeiro sacrifical no altar capitalista. Ambos são coisificados pelos falsos amigos para a realização de projetos egoístas. (O elemento melodramático é inseparável de *Quincas Borba* e de *The Portrait*, como de vários romances de Balzac.) Como se sabe, um dos processos mais usuais de introdução do nível simbólico na ficção é a linguagem figurada. Diz Stephen Ullmann:

> It often happen that an author will rely on similes and metaphors to formulate the main themes of his novel with the maximum of precision, concreteness and expressive force. Imagery may therefore take the critic by a straight route to the very core of the work of art, and the metaphors arising around these central themes may develop into major symbols (VII, VIII).

Ora, nos dois romances em questão, o elemento simbólico é apreciável e mesmo inseparável da ação e caracterização. *The*

Portrait se encontra no limiar da fase simbólica de seu autor. Duas grandes correntes simbólicas perpassam o livro. A primeira, que se estende à generalidade das personagens, é a dos objetos de arte; a segunda, particularmente ligada à protagonista, é a de luz e sombra a indicar a progressão da liberdade e felicidade da jovem norte-americana, "the heiress of all ages", "affronting her destiny"[14], à infelicidade no casamento com o "diletante estéril". Em *Quincas*, que também inicia fase simbólica a ser continuada por *Dom Casmurro* e *Esaú e Jacó*, os objetos caseiros, artefatos e jóias têm importância inegável, mas não são a rede simbólica a mais significativa. Os dois complexos metafóricos a informarem o romance são aqueles da luz e sombra a indicar a luta que a razão e a loucura travam no cérebro de Rubião, e o do "banquete da vida". Neste, ágape em moldes cristãos, o protagonista ingenuamente se crê vencedor, da tribo invasora do campo de batatas, oferecendo-se aos amigos ao equiparar comida a afeto[15].

Em ambos os romances o conteúdo figurativo tem função-mor, não só por introduzir e manter o nível simbólico, como também por ajudar a fixar personagens e a desenvolver a trama.

Do ponto de vista semiológico, metáforas, símiles (e em Machado, alguns zeugmas) relativos a personagens – em nosso caso – são instrumentos a decifrar não só o código simbólico, como o hermenêutico e sêmico, que, respectivamente, "guides the extrapolation from text to symbolic and thematic readings", "involves a logic of question and answer, enigma and solution, suspense and

---

14. "The heiress of all ages", como James alcunhou sua criação, Milly Theale, a pomba de *The Wings of the Dove* (1902) e que, como Isabel Archer, conserva integridade e mesmo inocência em circunstâncias privilegiadas quanto à fortuna e posição social. Como mostra O. Cargill, Isabel é retrato magistral: "No other American and few Europeans can match these superb feminine creations [above all – Isabel Archer] of the chief American master of the art of fiction" (*POL*, 584). "Affrouting her destiny" dá idéia do destemor de Isabel, à procura da liberdade, apoiada por conhecimento – sua noção de felicidade (*POL*, 397).
15. Ver o capítulo "O Banquete da Vida: *Quincas Borba* e *O Nababo*", p. 17.

peripeteia", e "provides models which enable the reader to collect semantic features that relate to persons and to develop character" (Culler, 203). Dos dois romances se pode dizer que:

[...] the symbolic content grows directly out of the concrete representation of... [the] characters and the milieu in which they move: the reader is gradually initiated into the symbolic process, as actual events, scenes and characters begin to convey a general truth[16].

O Sagrado e o Profano

No mundo de Sofia e Isabel, a cotação pessoal é intimamente ligada à posição social. Machado e James, discípulos de Balzac, escolheram como uma das principais metas de sua ficção o exame do molejo socioeconômico. Ambos os escritores se impõem como moralistas ao tentarem definir o valor humano através do nexo de relações domésticas, sociais e profissionais. Tanto a um como a outro repugna a manipulação de personagens por outras a visar seus próprios interesses, principalmente quando para tal é necessário tocar-se em sentimentos afetivos. Nas palavras de Carl Maves, tais personagens são "icy sensualists who confuse sacred and profane love by idealizing their own needs into absolute values"[17]. Pior ainda se às personagens ludibriadas se faz crer que sejam amigos, como os Palha e os comensais a Rubião e Madame Merle a Isabel. São os vilões das estórias, às quais provêem elemento melodramático. Como tão bem nota Ernest Sandeen, "Gothic tinges... distinguish Merle and Osmond from the other characters in *Portrait*" (p. 194). No outro extremo da escala moral estão as personagens positivas,

---

16. Esta análise de *Em Busca do Tempo Perdido* se pode aplicar também a *The Portrait* e a *Quincas Borba* (Crosman, 135).
17. Maves modifica o dito elisabetano de "inglese italianato, diavolo incarnato" para "americano...", ao apontar a inautenticidade das duas personagens, "Americans pretending to Italian sophistication but lacking the innocence of a genuine fatalistic disposition" (p. 7).

os "bons", verdadeiros amigos cujo denominador comum é o desprendimento material unido ao respeito a outrem – ao sagrado. Entre estes se encontram as machadianas Estela, Jorge, Iaiá e Luís (*Iaiá Garcia*), Lívia e Raquel (*Ressurreição*), Eugênia (*Memórias Póstumas de Brás Cubas*), D. Fernanda e o próprio Rubião (*Quincas Borba*) e as jamesianas Catherine Sloper e a tia Almond (*Washington Square*), Daisy Miller da novela homônima, e os Touchett, Goodwood, Henrietta, Pansy e Ned (*The Portrait*). É a têmpera moral (e não a fortuna ou posição social) que separa os dois tipos de personagens, pois as íntegras, mesmo cientes da importância da "boa sociedade", não se deixam dominar por ela, a seguirem leis mais altas. Os caçadores de fortuna e aproveitadores – os abutres de que fala R. Faoro (p. 220) – ao contrário do que ensina o provérbio – fazem do bom servo, o dinheiro, mau senhor. Tal perspectiva deforma suas ações e, por vezes, toda a vida.

Neste estudo de caracterização metafórica em *The Portrait of a Lady* e *Quincas Borba* é necessário frisar-se várias diferenças quanto aos autores e ao ambiente das estórias. Urge levar em conta temperamento, educação artística e vivência de James e Machado por serem os narradores próximos a eles, de modo a serem considerados *alter ego* de cada um. Nascido em ambiente culto e abastado, Henry James foi educado com enorme apreço pelas artes visuais e pelo teatro. É natural que a arte ocupe situação privilegiada em sua ficção, quer como tema, quer como fonte imagética e domínio simbólico. Na Europa em que passou grande parte da adolescência e a idade adulta, quadros e estátuas faziam parte do mobiliário cotidiano. Já Machado de Assis, apesar da sensibilidade de poeta e crítico com estimável bagagem cultural, não nutria a mesma paixão pelas artes plásticas, entusiasmando-se mais pela música.

Também diferem os ambientes que os autores recriaram em sua ficção. O nível cultural determina o teor da imagética de *Quincas* e *The Portrait*. Se a alta burguesia e aristocracia das obras jamesianas demonstram refinamento e conhecimentos gerais mais ou menos profundos, a classe média e alta de Machado não parece preocupar-se com coisas do espírito, nas quais, obviamente, se inclui a arte.

Aí, ao contrário de em *The Portrait*, o autor implícito está *a priori* afastado das personagens por sua inegável cultura, dotes de observação e inteligência. Tal desnivelamento provê grande dose da ironia do romance. Como se tem repetido, o enfoque do mundo de Rubião é bovarista: de olhos voltados para a ex-metrópole portuguesa e freqüentemente para a França como metrópole da metrópole, a burguesia se coloca em posição de colônia e subcolônia espiritual, a ansiar por modelos de exportação[18].

Outra diferença essencial para a análise de tropos; como instrumento de caracterização de Sofia e Isabel deriva do ângulo da natureza novelística dos dois grandes escritores, em geral, e de nossos dois romances, em particular. Machado, é sabido, preocupou-se muito mais com a paisagem da alma que com a externa. Como diz E. Gomes, sua atitude em face à natureza foi considerá-la como "papel meramente reflexivo e auxiliar" (Machado, 32). Em *Quincas Borba*, forçoso é lembrar, a natureza tem função indireta na caracterização por indicar aspectos significativos de personagens como Sofia, Rubião, Carlos Maria, além de ser matriz metafórica, como se verá abaixo. Já em *Portrait*, oferece importância imagética e é utilizada como cenário. Aí transparece o entusiasmo do autor por belezas naturais não só nas cuidadosas descrições de cenários como na atitude de personagens. Assim, não se pode estranhar a riqueza de imagética vegetal e animal relacionada com a paisagem num livro em que um dos principais locais se chama Gardencourt e o outro Florença.

Natureza, Arte e Arquitetura

O primeiro registro metafórico a ser examinado em nosso trabalho é o da natureza. Em *The Portrait*, o cenário de jardins, bos-

---

18. Muitos dos objetos das casas de Rubião e dos Palha são de manufatura estrangeira, como são os do sonho de Rubião (*OCI*, 627). Foi também Palha que aconselhou Rubião a ter criados brancos, europeus, e não seu "pajem" da roça (*OCI*, 556). Ver também C. L. Carollo.

ques, parques e Campanha Romana não só tem a função de indicar a beleza e extensão da vida almejada pela jovem protagonista ao chegar à Europa, como também é matéria-prima de arte medieval e renascentista admirada por ela, a qual passará a fazer parte integrante de sua nova vida na Itália, repositório de tesouros artísticos. Em *Quincas Borba*, a paisagem é empregada de maneira diferente – oblíqua, poder-se-ia dizer – a apontar de viés para o valor real e não a mera cotação social das personagens. Sentimento deficitário ante a natureza ilustra, com bastante insistência, a mediocridade de Rubião, Sofia e Carlos Maria, para as quais a paisagem é pano de fundo ou parte de seus haveres.

O segundo registro tropológico é o das artes plásticas, aqui expresso em artefatos como quadros, esculturas ou bibelôs. Também diferem o enfoque e a utilização de produtos artísticos nos dois romances. A arte é inseparável das estórias européias de Henry James, sendo por vezes o tema ou matriz simbólica como em *The Spoils of Poynton* e *The Golden Bowl*. Em *The Portrait of a Lady*, a arte é parte integrante da vida de numerosas personagens, tanto as "boas" como as "más". Contudo, é o tipo de relação entre as personagens e a arte que define a personagem e não a finura de sua apreensão estética.

O terceiro e último campo imagético a ser estudado liga-se à arquitetura. Em estórias nas quais se trata de amores e casamento no mundo burguês da segunda metade do século passado, é natural que casas tenham sua importância. "Quem casa quer casa", prega o ditado. Nos dois romances, as residências ocupadas por Isabel e Rubião, os dois herdeiros inopinados, refletem sua cotação socioeconômica neste mundo em que tanto contam as posses.

Natureza

Desde o primeiro capítulo, James estabelece o lugar da heroína durante a cerimônia inglesa do chá em Gardencourt, "cenário admirável", "em esplêndida tarde de verão" (*POL*, 5). Ao se deparar com cavalheiros desconhecidos – o tio e primo Touchett e seu vizinho, Lord Warburton – a moça já fora cativada pelo solar. Sua impressão dos jardins de Gardencourt é tão favorável como a que ela produz nos três homens. Portanto, desde a cena inicial, o autor estabelece importante equação entre Isabel e a natureza em geral e Gardencourt em particular. Essa é entrada em cena cuidadosamente preparada, na qual o ar levemente irônico não destrói o agradável teor do quadro, nem diminui o afeto que o autor demonstra por sua personagem[19].

Durante todo o livro o paralelo entre Isabel e a paisagem é feito de vários modos: pelo enredo (seus passeios e lembranças), análises e descrições pelo narrador e comentários de personagens. O narrador sugere tal semelhança ao tentar traduzir o temperamento de Isabel:

> Her nature had for her own imagination a certain garden-like quality, a suggestion of perfume and murmuring boughs, of shady bowers and lengthening vistas, which made her feel that introspection was, after all, an exercise in the open air, and that a visit to the recesses of one's own mind was harmless when one returned from it with a lapful of roses (*POL*, 50)[20].

Para o sensível e bondoso Mr. Touchett, que se sabe perto da morte, Isabel lembra água, elemento vital, benfazejo e sacramental: "And our rustling, quickly moving clearvoiced heroine was as agreeable to his senses as the sound of flowing water" (*POL*, 52). Mesmo a severa Mrs. Touchett não esconde o afeto pela sobrinha ao brincar, "[Isabel] is as good as summer rain any day" (*POL*, 39). Para o primo Ralph, a mais inteligente e sensível das personagens, "a character like that is the finest thing in nature" (*POL*, 59).

---

19. Para R. Poirier, "the total effect is; close to the mock epic... with a kind of elegant prissiness" (p. 191).
20. Rico e complexo, o tropo é não só visual como menciona perfumes e sons. Holder-Barell sugere que o jardim é imagem a veicular "her innocent American soul", ao expressar a beleza e riqueza da alma de Isabel (pp. 66-67).

Após sua estada na Inglaterra, a protagonista continuara a gozar das belezas naturais ao ir à Itália com a tia para temporada em seu palácio florentino: "The charm of the Mediterranean coast only deepened for our heroine on acquaintance; for it was the threshold of Italy – the gate of admiration" (*POL*, 207).

Ao encanto da paisagem logo se unirá o da arte, quando Isabel chegar a Florença. Herdeira e aparentemente senhora de seu destino, a jovem vive um conto de fadas. A cidade influi sensivelmente em sua escolha de Gilbert Osmond para marido. Aos olhos de Isabel, o americano expatriado aparece como símbolo de Florença, com sua paisagem e civilização seculares. Artista e homem de gosto, Osmond também vê a moça em imagem ligada à natureza, conquanto sua parcimônia afetiva não a torne elogio: "He thought Miss Archer too eager, too pronounced. It was a pity she had that fault; because if she had not had it she would really have none; she would have been as bright and soft as an April cloud" (*POL*, 280). Dois anos após, desencantada do marido é ainda à natureza que Isabel pede consolo, em longos passeios por Roma e sua Campanha.

Devemos notar a importante diferença de tom nos dois romances, devido a sua ligação com a esfera tropológica. Se Henry James critica suas personagens, inclusive "our heroine" Isabel, fá-lo com afeto do qual só exclui os traidores Osmond e Merle[21]. Assim, a ironia de *The Portrait* é raramente ferina, mesmo quando a caricatura é evidente, como no caso de Henrietta, a jornalista intrépida, de Mrs. Touchett e de Caspar Goodwook – os três inegavelmente rígidos e portanto cômicos, mas respeitáveis ou mesmo admiráveis como caráter. Já Machado emprega tom cortante para seu elenco, do qual não escapa Rubião, cuja vaidade e miopia intelectual são freqüentemente salientadas[22].

---

21. Dietrichson chama James de "humane moral realist" que compreende a necessidade de dinheiro para existência agradável. Madame Merle é desculpada devido a seu amor materno e contrição, em cenas com Isabel. Contudo, o frio Osmond, "sterile dilettante", conta com a antipatia do autor, como se pode ver não só no texto como no "Prefácio".
22. Apesar da evidente bondade e mesmo nobreza de Rubião, tão bem apa-

A bela Sofia, a princípio envolta em capa de viagem e mistério no trem de Vassouras, é aos poucos desvendada ao leitor. Assim, sua caracterização se faz em dois níveis distintos: num, como aparece a Rubião e às demais personagens, e noutro como verdadeiramente é. Há incongruência entre parecer e ser, pois a formosa Sofia tem alma mesquinha. Esta dupla visão da personagem é irônica: o narrador quase onisciente se incumbe de corrigir os exageros da descrição apaixonada de Rubião e dos elogios de outros com análises percucientes nas quais nos é decifrada a verdadeira natureza de Sofia. Várias delas são veiculadas por imagens relativas à natureza ou oriundas da imaginação do protagonista, que, como a própria Sofia, demonstra parca sensibilidade estética.

Ao contrário de Isabel, Sofia Palha, habitante de cidade justamente famosa por seu encanto natural, pouca importância presta à paisagem carioca. Sua apreciação é somente de mulher de interior, exímia em decoração de casa, assuntos de vestuário e recepções sociais[23]. Estes dotes são a maior parte de seu arsenal na luta pela conquista social e aquisição de fortuna. Sua insensibilidade em relação a belezas naturais é motivo do romance. Aparece na cena do

---

nhadas por H. Caldwell em *Machado de Assis, The Novels of the Master*, seus defeitos são constantemente frisados de vários ângulos. Quincas Borba por três vezes o chama de "ignaro", referindo-se a seu entendimento como a de "um asno" que necessita de "termos explicados, simples" (*OCI*, 563). Cristiano Palha, após o incidente das estrelas/olhos de Sofia, tranqüiliza a mulher ao convencê-la de que a personagem não é mais que "matuto" de "alma cândida" (*OCI*, 596). E o narrador qualifica a mesma declaração a Sofia: "falou ainda muito, mas não deixou o mesmo círculo de idéias. Tinha poucas" (*OCI*, 584). Bate na mesma tecla, no irônico capítulo da cigarra e das formigas, que examinaremos no final deste trecho sobre a natureza como campo imagético. Aí critica a pouca imaginação e capacidade analítica do protagonista.

23. Apesar de admirá-la como "princesa do baile", Carlos Maria julga severamente Sofia por "lhe [conhecer] um defeito capital – a educação" (*OCI*, 622). Contudo, suas prendas de salão são invejáveis. Bonita e valsista emérita, Sofia lembra a frívola Eugénia de Reiena, para quem "a dança não era um gozo ou recreio somente; era também um adorno e uma arma" (*OCI*, 227 e 236).

apólogo das duas rosas, na qual o autor usa seu costumeiro processo, tão caro aos clássicos portugueses, e no qual o leitor percebe a visão moral. As mesmas flores, que ao enlevado Rubião parecem "festa imperial", conversam com Sofia, cuja atitude é oposta à do "singelo mineiro" (*OCI*, 597). Para Sofia, a função das rosas é idêntica à do espelho ao qual a madrasta de Branca de Neve indagara sobre a própria beleza. Sua atitude é, portanto, narcisista – não vê as flores e só pensa em si. A preocupação com aparência física e necessidade de usá-la em seu próprio proveito perpassa o romance: Sofia freqüentemente se mira ao espelho, ou na falta dele, espreita a atitude dos outros a fim de certificar-se da correção e impacto de sua aparência. Sua crença e orgulho de "primeira figura do salão" (*OCI*, 600) é apoiada por diversas outras personagens, principalmente pelo marido[24].

O desinteresse que a personagem nutre pela natureza é frisado em outro trecho de *Quincas Borba*, com a mesma função de pintar-lhe retrato de corpo e alma, em curto lance psicológico. Ao olhar distraidamente a rua, Sofia se ri da queda do velho carteiro (*OCI*, 600). E quando pensa no mar que poderia admirar de sua casa do Flamengo, é porque um admirador lhe dissera havê-lo contemplado pensando nela (*OCI*, 618). O Cruzeiro do Sul, que comove Rubião até as lágrimas, deixa-a indiferente e depois irritada quando ele lhe pede para olhar a constelação e pensar nele (*OCI*, 586). A figura esplêndida de Sofia Palha, mulher de salão, é expressa através de tropo saído de "cérebro transtornado... [de] lunático" (Gomes, *Machado*, 37):

> Rubião admirou-lhe ainda uma vez a figura, o busto bem talhado, estreito embaixo, largo em cima, emergindo das cadeiras amplas, como uma grande braçada de folhas sai de dentro de um vaso. A cabeça podia então

---

24. A beleza de Sofia é frisada de todos os ângulos: por Rubião (*OCI*, 556, 573, 582, e 590); pelo narrador (pp. 573, 574, 582 e 600); por ela própria (pp. 570, 596, 679 e 680); por Cristiano (p. 596); pelo major Siqueira (pp. 574 e 587); por Carlos Maria (pp. 612 e 617) e por Maria Benedita e Rubião (p. 617).

dizer-se que era como uma magnólia – única, direita, espetada no centro do ramo (*OCI*, 583)[25].

Cortada e retirada do jardim, a magnífica flor tem algo de artificial e mesmo cômico. A aproximação entre Sofia, flor de salão, e a magnólia fora de seu ambiente exemplifica a dupla visão que ao leitor compete ajustar durante toda a estória. Aqui, a opinião do apaixonado, que a vê como "divina" (*OCI*, 590) aparece ridícula ao ser transmitida pelo tropo esdrúxulo.

Em passagem famosa, Rubião declara seu amor a Sofia. Contemplando o céu, compara as estrelas aos olhos da moça, afirmando hiperbólico serem estes muito mais belos que aquelas[26]. Noutra ocasião, o protagonista emprega imagem igualmente hiperbólica e corriqueira, mas com propósito acusador. Ao descobrir, finalmente, os verdadeiros motivos da mulher de Palha, chama-a de "cobra". Cobra, Sofia também é para dona Tonica, personagem secundária que, sonhando futuro casamento com Rubião, percebe não só que este ama Sofia como também que ela o encoraja. "Hedionda, [...] monstro, metade gente, metade cobra, pensa dona Tonica, querendo denunciá-la ao marido" (*OCI*, 558).

Outro tropo animal, muito mais rico e complexo que a cobra de Rubião e dona Tonica, encontra-se no capítulo XC, típico da fase madura de Machado, a exemplificar a eficácia e o brilho da caracterização imagética do Mestre. Tudo se passa na "imaginação" do protagonista, roído de ciúmes e "[perseguido] pela visão" de uma Sofia traidora, em encontro clandestino com Carlos Maria. Em sua perturbação, o protagonista mata formigas que passavam pelo peitoril da janela, talvez porque uma delas "lhe pareceu 'boa figura e bonita de corpo' " (*OCI*, 635). Logo após, uma cigarra começa a

---

25. Nota R. Gale que Charlotte Stant de *The Golden Bowl*, tão bela e manipuladora como Sofia, tem cintura como "the waist of an expanded flower" para seu criador (p. 47).
26. Como já têm notado outros críticos, a hipérbole é importante recurso retórico no romance por indicar a paixão e a megalomania de Rubião (C. Riedel, "Machado e o *Kitsch*", 8 e 9.)

cantar, "com tal propriedade e significação" que lhe soa como "Sooo... fia, fia, fia, fia, fia... Soooo... fia, fia, fia, fia, fia" (*OCI*, 635). Como tão bem nota Cortes Riedel,

[...] a "propriedade" e "significação" do canto da cigarra são elementos provenientes da visão de um mundo particular, num momento particular, de um determinado personagem. Não se trata de uma significação estabelecida por transcodagem externa, mas por transcodagem interna (*Metáfora*, 125).

Se examinarmos o nome "Sofia" decomposto em "So" e "fia" pelo narrador, damo-nos conta da riqueza semântica: "so" é "soar", mas também pode ser "somente"; e "fiar" tem várias acepções, as mais relevantes aqui são aquelas relativas à confiança, dinheiro e intriga[27]. Tal riqueza semântica traz polissemia que, contudo, o autor implícito, ciente das regras de verossimilhança, não pode atribuir à argúcia de Rubião. Em processo metaliterário, então explica: "essa reflexão é do leitor. De Rubião não pode ser. Nem era capaz de aproximar as cousas e concluir delas" (*OCI*, 635).

No final do breve capítulo, é às defuntas formigas que ele fala. Por meio de alusão a La Fontaine e transcrição dos dois versos finais trocados na famosa fábula, o narrador une a cigarra sonora às "vinte formigas mortas", em irônica reconstrução: "Vous marchiez? J'en suis fort aise./Eh bien, mourez maintenant". Sofia é assim duplamente ridicularizada como inseto: tomada como formiga (de cintura fina e cadeiras largas) e, pelo leitor, como cigarra vaidosa a cantar. (E aqui também o verbo cantar se multiplica em acepções variadas.)[28]

27. Do *Novo Dicionário da Língua Portuguesa* extraímos o seguinte verbete: "*Fiar*: reduzir a fio; urdir, tramar, maquinar (intrigar); *fiar fino*: ser assunto ou caso melindroso, delicado, de monta, que deve ser tratado com muito cuidado ou minúcia; ser fiador de, abonar, fiançar, entregar sob confiança, confiar; expôr ao arbítrio ou capricho de; vender a crédito; contar com, esperar; depositar confiança".
28. Lembre-se que o *étimon* de "cantar" se encontra em "encantar" e que na gíria brasileira, "cantar" significa "seduzir ou tentar seduzir" (*Novo Dicionário*).

Arte

Como se notou acima, por ser o meio de *The Portrait* aristocrático e o de *Quincas Borba* burguês, há diferença de tom e freqüência nos tropos artísticos em ambos os livros. A arte tem enorme importância como manancial simbólico no romance norte-americano. Um dos principais processos retóricos empregados para transmitir os códigos simbólico e hermenêutico é justamente o complexo de tropos; relativos a quadros, estátuas, bibelôs e outros pequenos objetos. Não só o narrador como as personagens se expressam em estilo figurativo. Para Ralph Touchett, americano educado em Oxford que viaja sempre à Itália, é natural o emprego de imagens de conteúdo artístico ao referir-se à prima pela qual se apaixonara. Já Rubião tem parcos conhecimentos artísticos ou literários, como demonstram suas leituras habituais de romances de folhetim e idas displicentes ao teatro, mais para ver o público bem vestido que para apreciar a peça ou ópera (*OCI*, 626). Apesar de mestre-escola, nem geografia ele sabe (*OCI*, 669). A sociedade na qual ingressa devido à herança – ou pelo menos as portas que se lhe abrem – é só superficialmente mais avançada que as da província mineira[29].

Tanto em *Quincas* como *The Portrait*, a apreensão estética das personagens é utilizada como indício de caráter, mas só indício, pois se o conhecimento de arte e amor por produtos artísticos revela sensibilidade neste setor, por outro não é garantia de inteligência ou virtude. Assim, em *The Portrait* os "bons" Henrietta e Caspar Goodwood têm pouca sensibilidade estética, ao contrário dos cúmplices, Merle e Osmond. Em *Quincas* a apreensão estética de Sofia e Cristiano é deturpada por regras sociais restritivas.

Desde o início Ralph se encanta com a jovem prima. Ao tentar descrevê-la, compreende-se que use como referente o impacto e beleza artística. "For [Isabel] was better worth looking at than most

---

29. Tanto Sofia como Palha exemplificam atitudes e valores desta classe que aspira à "boa sociedade". De limitadas preocupações humanitárias, intelectuais ou artísticas, o casal segue a moda, geralmente de procedência estrangeira.

works of art" (POL, 143), diz ele. E prosseguindo, tenta entender o mistério da moça que, como se viu acima, ele mesmo colocara em plano superior ao da natureza.

[A character like that] is finer than the finest work of art – than a Greek bas-relief, than a great Titian, than a Gothic cathedral... Suddenly I receive a Titian by the post, to hang on my wall – a Greek bas-relief to stick over my chimney-piece. The key of a beautiful edifice is thrust into my hands, and I am told to walk inside and admire (POL ,59)[30].

Não só a Ralph Isabel aparece como ser de escol, cujo temperamento tem algo de artístico e quase religioso. Mesmo a seca tia Lydia Touchett a compara a uma Nossa Senhora de Cimabue (NYE, 208). As métaforas dos Touchett sobre a jovem parenta têm a dupla função destes tropos, em caracterização: revelam não só Isabel como eles próprios. Por serem Ralph e a mãe exigentes, sua opinião reforça a posição de heroína de Isabel no romance.

Em processo paralelo, tropos empregados por outras personagens indicam função diferente da protagonista, ao passo que também "etiquetam" tais personagens. Para Serena Merle e Gilbert Osmond, o principal encanto da jovem americana se encontra nas £70 000 que vêem como fonte de dote para a filha. Portanto, apesar de reconhecerem suas inegáveis qualidades físicas e espirituais, encaram-na através da fortuna, a deformarem a verdadeira Isabel. Ao conhecer a moça, Osmond admira sua ligeireza e simpatia. Pensa nela como objeto precioso: "She would have been as smooth to his general need of her as handled ivory to the palm" (NYE, 304)[31]. Aqui o étimon, hand claramente indica a manipula-

---

30. Interpretada do ponto de vista sexual, a imagem da chave é patética: Ralph sabe não ter saúde suficiente para se entregar ao amor pela prima. Já Osmond confessa-se "chave enferrujada", com esperança de que a juventude e a vitalidade de Isabel a desenferrugem (POL, 239).
31. Compare-se com a imagem da versão original, "as soft as a cloud". No registro hermenêutico, o marfim precioso nas mãos do esteta Osmond revela a verdadeira natureza da personagem.

ção espiritual intentada pelo esteta – seguindo a linha de caracterização de Osmond e Merle como maquiavélicos[32].

Havendo aceito o plano matrimonial da antiga amante, Osmond resolve cortejar Isabel e objetifica-a como "presente incalculável" que lhe fizera aquela (POL, 323). Mais tarde, já noivo, antegoza os deleites advindos de sua conversa inteligente, em linda imagem a veicular a propriedade salutar de Isabel e que a liga não só à natureza como também à ourivesaria florentina renascentista.

> This lady's intellingence was to be a silver plate, not an earthen one – a plate that he might heap up with ripe fruits, to which it would give a decorative value, so that conversation might become a sort of perpetual dessert. He found the silvery quality in perfection in Isabel (POL, 324)[33].

A atitude de Osmond para com a filha adolescente é a mesma, de proprietário complacente e atento ao valor estético[34].

O teor profano do sinistro casal Merle/Osmond é indicado de vários ângulos por Henry James, pintor e irmão de pintores. Em sua prática artística, Osmond é medíocre por não ultrapassar cópias de moedas antigas e pequenas aquarelas pouco aventurosas (POL,

---

32. A certa altura, Serena Merle explica a Osmond: "I don't pretend to know what people are for: I only know what to do with them" (POL, 222). Respondendo a Isabel, a irmã de Osmond revela que Machiavelli é um dos assuntos prediletos do irmão, e também chama Mme. Merle de Machiavelli.
33. Aqui temos a revitalização do lugar-comum, "life on a silver platter". Este processo é muito mais típico de Machado que de James. Dá novidade e teor irônico a provérbios, expressões corriqueiras e até mesmo citações que nada têm de clichê, mas que passaram ao acervo cultural. Em Quincas, entre outras, temos três variações sobre a fala de Hamlet, "There are more things in heaven and earth, Horatio, / Than are dreamt of in yotir philosophy," e o mencionado final de "A Cigarra e a Formiga".
34. "I set a great price on my daughter", diz Osmond a Rosier, pretendente pobre (POL, 349). Quando resolve mandar a moça de volta ao colégio de freiras para fazê-la esquecer Rosier, Isabel percebe a atitude do marido como de colecionador a prepará-la para o mercado matrimonial: "and to show that if he regarded his daughter as a precious work of art, it was natural he should be more and more careful about the finishing touches" (POL, 491).

493). Da perspectiva moral, a sofisticada e brilhante Serena Merle se revela deficitária por seu desrespeito não só a outrem como à arte. Menospreza seus talentos de aquarelista e pianista (POL, 177) usando-os como moeda corrente para obter favores da gente importante em cujas mansões prefere viver, bem mais que em seu modesto apartamento de Roma. Usa, pois, a arte como usa as pessoas, para seus próprios fins egoístas, exemplificando a mescla espúria do sagrado e do profano. Por sua dependência de aristocratas ou donos de grandes fortunas européias, Madame Merle se assemelha aos agregados e parasitas de Machado de Assis, apesar da enorme diferença de instrução e inteligência entre estes e ela.

Em *Quincas Borba*, Sofia também usa dotes artísticos para "impulso ascensional". Assim, limita seus esforços ao piano, como limita seus estudos de francês, a língua da moda e dos figurinos: só os utiliza pragmaticamente (OCI, 615).

Como se disse antes, há desnível entre a cultura e a apreensão estética do narrador de *Quincas Borba* e de suas personagens, ao contrário de em *The Portrait*. Logo de início, o leitor percebe a pouca sensibilidade artística e arraigados instintos de proprietário em Rubião. Diante da maravilhosa Baía de Guanabara: "Rubião fitava a enseada – [...] Quem o visse com os polegares metidos no cordão do chambre, à janela de uma grande casa de Botafogo, cuidaria que ele admirava aquele pedaço de água quieto" (OCI, 555). Mas o leitor se engana, como mostra o narrador, pois "as chinelas, [...] a casa, o jardim, [...] a enseada, [...] os morros e... o céu: e tudo desde as chinelas até o céu, tudo entra na mesma sensação de propriedade" (OCI, 555)[35].

---

35. Apesar de sua simpatia e meiguice, aqui Rubião se enfila com os odiosos proprietários burgueses insensíveis, de Monsieur de Rênal, que "não [concebe] como uma árvore seja feita para outra coisa que não produzir renda" e, assim, manda podar as da cidade onde é prefeito (*Le Ronge et le Noir*, Cap. 1) ao "burguês de nádegas" de Mário de Andrade ("Ode ao Burguês") e ao conselheiro José Inácio que, como o prefeito de Stendhal, sentia-se dono das árvores, e mais ainda, das sombras (João Alphonsus, "A Noite do Conselheiro", em *Contos e Novelas*).

Inesperadamente abastado, é natural que o modesto ex-professor se encante com as novas posses. Contudo, avalia-as através de critério pecuniário e social. Seu espírito de "capitalista" (*OCI*, 580) se traduz pelas menções de dinheiro e ouro[36]. Ao admirar os olhos de Sofia, emprega figura de idêntico teor: "Parece que ela os compra em alguma fábrica misteriosa" (*OCI*, 573). Sua novel riqueza lhe possibilita mobiliar o palacete com objetos elegantes e caros. Com humildade característica, segue conselhos dos Palha, amigos recentes: apesar de preferir "prata e ouro... metais que amava de coração" (*OCI*, 555) compra estatuetas de bronze por estarem na moda. Na moda está sempre Sofia, uma das rainhas dos salões cariocas de seu meio, em cuja casa se encontram, como na de Rubião, mobiliário e bibelôs geralmente de procedência estrangeira. Para os Palha, decorar a casa é processo essencial na escalada social. Assim, seu interesse por objetos reputados artísticos é mais tática que apreço, ao contrário de Isabel, Ralph, ou mesmo Osmond e Merle. Para Sofia, aparência é de suma importância: não só a sua própria como a da casa e dos amigos. Portanto, seus vestidos, como os móveis e bibelôs, têm função decorativa e mesmo estratégica em sua busca do sucesso.

Notamos que em *The Portrait*, ao contrário do romance brasileiro, não é só o físico de Isabel que atrai o primo e outras personagens, mas algo de muito mais profundo. Ao compará-la a elementos da natureza e à arte, os Touchett não isolam determinada característica física, mas integram seu encanto ao considerá-lo emanação de complexo de qualidades espirituais. Mesmo a perversa mas arguta Serena Merle e o temível Osmond reconhecem-lhe a superioridade ao dizer que ela é o que há de melhor (*POL*, 253), de fina qualidade (*POL*, 325). E longas análises do narrador (apoiadas pe-

---

36. Uma subcorrente imagética aqui é a do ouro e do dinheiro, como também o é em *The Portrait of a Lady*. Além de "amar ouro e prata de coração" (*OCI*, 649), "Rubião tinha a mania de... colecionar [moedas de ouro], para a contemplação" (*OCI*, 649). Quando se refere ao finado Quincas Borba, comovido diz que era ouro puro, ouro de lei" (*OCI*, 571).

los comentários do autor no prefácio) não deixam dúvida quanto ao valor de Isabel.

Há raríssimas descrições físicas da protagonista no romance. Uma, mencionada no início do presente ensaio, mostra-a emoldurada pelo umbral dourado do salão, em seu palácio romano. Outra se encontra no começo do livro e a citamos abaixo:

> She was thin and light, and middling tall; when people had wished to distinguish her from the other two Miss Archers, they always called her the thin one. Her hair, which was dark even to blackness, had been an object of envy to many women; her light grey eyes, a little too keen perhaps in her grave moments, had an enchanting softess when she smiled (*POL*, 43).

Aí o autor indica que o encanto da heroína não provém de determinados atributos físicos, mas de reunião de vários, tanto físicos como espirituais, concretizados e resumidos no sorriso e no olhar.

Sofia Palha, ao contrário, apesar de todo o seu fascínio, tem beleza epidérmica. Partes de seu corpo aparecem arroladas durante todo o livro. Seus olhos e busto são reconhecidos como suas melhores características pela sociedade que freqüenta. Assim, o leitor pode considerá-los "motivos", no sentido formalista russo, como refrão temático e irônico. A preocupação com o corpo de Sofia transparece igualmente na comparação que faz seu admirador Carlos Maria, entre o modelo e o retrato da moça. Com aparente entusiasmo, ele proclama Sofia "mais bela" que este (*OCI*, 612)[37]. Apesar de hiperbólica (ou por causa disto mesmo), a comparação é fraca – chavão, como o das estrelas/olhos de Rubião. (Notemos que o complexo metafórico catedral/baixo-relevo/quadro de Ralph Touchett, apesar do exagero, diferencia-se do quadro/modelo de Carlos Maria, não só por demonstrar conhecimento artístico como também por ser imaginativo e sincero.)

37. Machado segue sólida tradição literária ao atribuir mediocridade de estilo em conversa a paucidade mental ou afetiva. Chavões geralmente denotam também hipocrisia (ver o belo trabalho de M. N. Lins Soares). Para esta crítica, aí, a personagem Camacho de *Quincas Borba* é epítome de mediocridade traduzida por lugares-comuns.

É Rubião quem fornece outro tropo, tão estranho como o da mulher-magnólia no vaso, a mostrar a impressão que Sofia continua a causar nele. Ao lembrar-se dela, decotada no baile do coronel, entusiasma-se: "Mas o que eu mais gosto dela são os ombros... Que ombros! Parecem de cera; tão lisos, tão brancos! Os braços também. Oh! os braços! Que bem-feitos!" (*OCI*, 556). "Braços de cera" não podem deixar de emprestar à bela Sofia aspecto incôngruo de estátua do museu de Madame Tussaud. Do ângulo do narrador, temos outra imagem expressiva: Sofia, majestosa como deusa hindu, mas enleante e perigosa como polvo – ser fantástico – "com todos os seus braços" (*OCI*, 721).

Egoísta, insensível e mesquinha, Sofia explora a própria beleza: sua aparência física se torna objeto para ela, arma que maneja na conquista da almejada posição social. Assim, ao frisar o magnífico colo e olhos de sua principal personagem feminina em *Quincas Borba*, Machado não faz mais que indicar sua importância para a ascensão dos Palha e queda de Rubião. É esta também a razão pela qual os vestidos de Sofia são descritos com minúcia, ao contrário de outros romances do autor: o invólucro da formosa matrona é fator essencial em sua campanha[38].

Para Machado como para James, a preocupação de personagens com indumentária é elemento significativo das aspirações das mesmas. A admirável Isabel Archer declara não se preocupar com vestuário (*POL*, 187) e realmente suas palavras são corroboradas pela narrativa na qual os únicos trajes mencionados são o de veludo negro do retrato e dois outros, de cor idêntica, nos quais ela chega a Gardencourt no início do livro, dos Estados Unidos, de luto

---

38. Sofia se diferencia da verdadeira heroína machadiana, cuja simplicidade no vestuário indica o valor espiritual. Citamo-las: Lívia de *Ressurreição* (*OCI*, 50), Helena do romance homônimo (*OCI*, 204), Estela e Iaiá de *Iaiá Garcia* (*OCI*, 310 e 407), Eugênia de *Memórias Póstumas de Brás Cubas* (*OCI*, 454), Fidélia do *Memorial de Aires* (*OCI*, 1030), Emília de "Linha Reta e Linha Curva" (*OCI*, 121) e até Maria Benedita, por quem o autor implícito não demonstra maior entusiasmo em *Quincas Borba* (*OCI*, 610).

pela morte do pai, e no final, da Itália, antes da morte de Ralph[39]. A diferença das duas personagens se resume neste pormenor: enquanto Sofia salienta seu físico, Isabel não lhe presta maior atenção. Paradoxalmente, contudo, a jovem norte-americana orna tudo que toca, segundo Ralph (POL, 61).

Arquitetura

Importantes tropos arquitetônicos confirmam e selam a opinião dos romancistas sobre suas duas criações femininas, na linha clássica da personalidade simbolizada por habitação[40]. Em ambos os livros, casas também se ligam a outras personagens e à trama, ajudando, pois, a desvendar os códigos não só simbólico como proairético e hermenêutico. Em *The Portrait of a Lady*, o símbolo de residência é usado para a protagonista e principal "reflector", Isabel, para Osmond e Ralph. Este se refere a sua alma como antecâmara, com música constante de orquestra (POL, 56). Osmond, em metonímia, é representado através de suas duas casas sinistras – a vila florentina e o palácio romano. Isabel, como se viu, é catedral gótica para o primo esteta e intelectual. Holder-Barell nota que na obra jamesiana, tropos arquitetônicos conotam "firmness and security, and sometimes intimacy and confidence between two persons" e que "Isabel Archer is the keystone in the structure of *The Portrait*" (p. 124). A moça se sente bem na mansão dos tios, como antes se sentira na despretensiosa casa da avó em Albany. Para

---

39. Vestida de negro, Isabel se assemelha a Estela e à viúva Fidélia.
40. Lembremos a importância da casa como símbolo para James. É no prefácio de *The Portrait of a Lady* que ele emprega a célebre imagem, "The house of fiction has in short not one window but a million" (*The Art of the Novel, Critical Prefaces by Henry James*, London, Chas. Scribner's Sons, 1935-1946). O escritor aí comenta sua própria obra e a de outros autores em termos de arquitetura (p. 43). Especificamente, descreve *The Portrait* como "a large building... [that] came to be a square and spacious house" (p. 18), metáfora desenvolvida por todo o prefácio (p. 55).

a personagem, o que importa não é o valor social de uma residência, mas sua atmosfera espiritual.

A natureza é inseparável de Gardencourt e da velha casa da Nova Inglaterra. Se a lembrança desta tem para a heroína odor de pêssego (*POL*, 23), em Gardencourt não há quase separação entre prédio e jardins. O autor frisa tal simbiose ao usar veículos domésticos para expressar elementos naturais:

> The front of the house, overlooking that portion of the lawn with which we are concerned was not the entrance front; this was quite another quarter. Privacy here: reigned supreme, and the wide carpet of turf that covered the level hill-top seemed but the extension of a luxurious interior. The great still oaks and beeches flung down a shade as dense as that of velvet curtains; and the place was furnished, like a room, with cushioned seats, with rich-coloured rugs, with the books and papers that lay upon the grass (*POL*, 6-7).

Assim, logo no início do romance, percebe-se o aspecto acolhedor de Gardencourt, ambiente em que Isabel continua a desabrochar e onde enceta sua aventura européia. É aí que passam, com uma única exceção, todas as cenas importantes do livro. Em Gardencourt há amizade e admiração; há risos e brincadeiras e, principalmente, há esperança – resumida em Isabel – apesar de o sr. Touchett se saber perto da morte e Ralph ser também doentio, "a lame duck" (*POL*, 9). A simbologia da luz/sombra inicia-se com a claridade de Gardencourt, a decrescer ao longo da estória, como se verá mais abaixo.

Para Ralph, Isabel é algo de imponente, belo e mesmo sagrado, "finer... than a Gothic cathedral" (*POL*, 59). Como esta, a personagem parece unir a terra ao céu e oferecer consolo e abrigo como as igrejas medievais aos fiéis. Como esta, a personagem tem também seu mistério, pois "belo edifício", não poderá ser inteiramente compreendida pelo primo, apesar de ele ter a chave em mãos (*POL*, 239). A imagética arquitetônica por duas vezes insinua a verdadeira natureza de Osmond, perigosa e destruidora. Logo após a chegada a Florença, a moça o conhece, impressionando-se com sua distinção.

Contudo, desde então a imagética fornece ao leitor dados para decifrar o "americano italianato". Osmond é imediatamente equiparado a sua casa, cujas janelas fechadas são pálpebras semicerradas como as do proprietário (*POL*, 209). Mais tarde será mostrado como alguém que quer ser visto, admirado e até invejado por membros da "boa sociedade" conservando aspecto impassível. (Nisto ele se assemelha como gêmeo a outros narcisistas elegantes, Carlos Maria e Sofia Palha.) Opinião sagaz de Ralph e da mãe confirma tal juízo que, contudo, Isabel despreza, pois "Osmond resembled no one she had ever seen [for he was of] so fine a grain" (*POL*, 241).

A outra casa a veicular Osmond e suas tramóias é a imponente mansão que ele compra em Roma após o casamento com Isabel. Apesar de toda a distinção histórica e arquitetônica, o Palazzo Roccanera é lúgubre. Na simbologia da luz/liberdade/felicidade e escuridão/prisão/infelicidade, o casarão deprime não só Isabel que aos poucos descobre que o marido não a ama, como também o jovem Rosier. Este, aspirando à mão de Pansy Osmond e se vendo rechaçado por Gilbert Osmond, pensa na casa de amada como masmorra (*POL*, 336) com "[Pansy] immured in a kind of domestic fortress... which smelt of historic deeds, of crime and craft and violence" (*POL*, 336). A relação da vida de Isabel, casada em Roma, é feita em longo trecho metafórico:

> But when, as the months elapsed, she followed [Osmond] further and he led her into the mansion of his habitation, then, she had seen where she really was. She could live it over agin, the incredulous terror with which she had taken the measure of her dwelling. Between these four walls she had lived ever since; they were to surround her for the rest of her life. It was the house of darkness, the house of darkbness, the house of suffocation. Osmond's beautiful mind gave it neither light nor air; Osmond's beautiful mind, indeed, seemed to peep down from a small high window and mock at her (*POL*, 395-396).

A cadeia metafórica de luz/sombra, iniciada com a luminosidade de Albany, Gardencourt e Florença, se transforma em sombra, ao indicar o estado de espírito da personagem. Sombras envolvem o vetusto Palazzo Roccanera, de nome expressivo, fixadas pela imagética:

> Then the shadow began to gather; it was as if Osmond deliberately, almost milignantly, had put out the lights one by one. The dark at first was vague and thin, and she could still see her way in it. But it steadily increased, [...] [These shadows] were a part of her husband's very presence... she simply believed that he hated her (POL, 392).

E havia, devido a Osmond, "a livid light upon everything" (POL, 400) que, contudo, é temporariamente afastada pela visita de Ralph, "a lamp in the darkness" (POL, 400).

O quadro de Isabel como vítima tem inegável força, mas o que permanece com o leitor é seu espírito indômito, na surpreendente decisão de voltar à Itália após a morte de Ralph. O final enigmático do livro pode ser interpretado como temporário no sentido de a protagonista somente fazê-lo a fim de proteger Pansy. Como mãe espiritual da moça, Isabel continua a linha simbólica de catedral/ abrigo, consistente com o pensamento renascentista[41].

Em *Quincas Borba* encontramos processo metafórico e metonímico em relação à casa semelhante ao do romance norte-americano. O livro expressa trajetória social através não só da opulência da moradia como também da cotação social do bairro. Duas linhas se entrecruzam: a primeira, ascendente, para o casal Palha, que de despretensiosa casa de Santa Tereza passa a mais importante, no Flamengo, para culminar em palacete, adquirido com negociatas feitas com capital de Rubião, e do qual excluem os antigos amigos, e, ironia das ironias, o próprio Rubião. Este segue caminho oposto, decaindo da mansão de Botafogo até a casinhola da rua do Príncipe (com passagem pelo asilo de alienados) e, finalmente, desabrigado,

---

41. Isabel parece ser modelada sobre a Vênus neoplatônica, a informar quadros não só Botticelli como de outros pintores seus contemporâneos. Para Marsilio Ficino, "the whole [of Venus], then, is Temperance and Honesty, Charm and Splendor... Venus... is the mother of Grace, of Beauty, and of Faith..." (Hartt, np.).

nas ruas de Barbacena, onde morre com o cão, Quincas Borba. A casa da rua do Príncipe fora desprezada pelos falsos amigos que ele considerava sua família (*OCI*, 699) por não oferecer o luxo e as opíparas refeições do palacete dos tempos áureos.

Sofia é equiparada à casa, em magistral processo orgânico, já que para a dona de casa e senhora de sociedade, esta é a posse principal e o sinal mais evidente de sua situação. Catedral ela não é. Pelo contrário, é apresentada como estalagem, veículo que marca perfeitamente a transitoriedade da aventura social[42]. Eis o primeiro destes complexos imagéticos a firmar a opinião do autor implícito:

> Não a façamos mais santa do que é, nem menos. Para as despesas da vaidade bastavam-lhe os olhos, que eram ridentes, inquietos, convidativos, e só convidativos: podemos compará-los à lanterna de uma hospedaria em que não houvesse cômodos para hóspedes. A lanterna fazia parar toda a gente, tal era a lindeza da cor, e a originalidade dos emblemas; parava, olhava e andava. Para que escancarar as janelas? Escancarou-as, finalmente; mas a porta, se assim podemos chamar ao coração, essa estava trancada e retrancada (*OCI*, 582).

Aí temos a beleza de Sofia a apregoar mercadoria só aparentemente à venda, através dos decotes e olhares fundos. A falsidade da personagem, causadora de grande parte da infelicidade do protagonista, está plenamente captada.

Outra imagem frisa a beleza superficial da personagem no devaneio de Carlos Maria, que tanto se lhe assemelha em temperamento:

> [Ele] achava sempre nos sucessos do dia anterior algum fato, algum dito, alguma nota que lhe faziam bem. Aí é que o espírito se demorava; aí eram as estalagens do caminho, onde ele descavalgava, para beber va-

---

42. A transitoriedade da aventura social é frisada pelo narrador. À certa altura, explica as mudanças de conto de fadas advindas a Rubião, que sonha com casamento mais que com noiva específica: "Rubião sentiu-se disperso; os próprios amigos de trânsito, que ele amava tanto, que o cortejavam tanto, davam-lhe à vida um aspecto de viagem, em que a língua mudasse com as cidades, ora espanhol, ora turco" (*OCI*, 626).

garosamente um gole d'água fresca... Na véspera figurava Sofia. Parece até que foi o principal da reconstrução, a fachada do edifício, larga e magnífica (*OCI*, 622).

Assim, frívola, egocêntrica e falsa, Sofia não é mais que hospedaria chamativa ou fachada de edifício, no julgamento incisivo de seu criador através do narrador.

Conclusão

Partindo de duas metáforas – o retrato de Isabel e a estátua de Sofia – tentamos definir a função de tropos metafóricos no processo de caracterização em *The Portrait of a Lady* e *Quincas Borba*, romances nos quais as duas personagens têm papel relevante. Assim, seguimos a direção clássica do retrato como uma das figuras ou gêneros a fixar o conceito da personagem na ficção. A técnica metafórica na caracterização de Isabel Archer e Sofia Palha é representativa dos dois autores em sua fase madura. Contudo, os meios e níveis de caracterização se diferenciam nos dois romances. O que se tem em *The Portrait* é um retrato de corpo inteiro, de protagonista, fornecido por narrador onisciente a penetrar na "chamber of experience", a consciência de Isabel. Tal perspectiva é reforçada e enriquecida por sentimentos e opiniões de outras personagens a girar em sua órbita. "Nossa heroína", Isabel é o "refletor" máximo na estória – sua história. Daí o retrato ser feito com muito mais cuidado e pormenorização que o de qualquer outra personagem. Já Sofia Palha, malgrado seu impacto na ação, a influenciar ou precipitar acontecimentos, não é protagonista. Sua caracterização é menos completa, esboçada por traços decisivos aqui e acolá no enunciado, principalmente no que tange ao destino de Rubião. Aqui o narrador pouco busca a "chamber of experience" da bela Palha, mostrando-se propositalmente reticente. Sofia é construída a partir de chavões: opiniões eloquentes de conhecidos e amigos repetidas em todo o livro, a agir como refrão em sua estrutura rítmica. Limitam-se à beleza de Sofia, mormente a seus olhos, braços e busto. Tal atitude elogiosa é corrigida pelo raio X do autor implícito, através do narrador, por análises breves, descrições, raras visitas à consciência de Sofia, e avivadas por algumas imagens magistrais.

Nosso trabalho examina três registros imagéticos entrosados e derivados do retrato e da estátua: natureza, arte e arquitetura. Se ambos os autores se serviram de modo magnífico de tropos metafóricos como instrumentos de caracterização em *Quincas Borba* e *The Portrait of a Lady*, lado a lado com análise psicológica, cenas e sumários, contudo seu uso de determinados domínios imagéticos difere. Henry James toma a natureza tanto literal como figuradamente. Naquele aspecto provê os cenários esplêndidos de Gardencourt, Florença e Roma. "Nature plays a more significant part in *The Portrait* than in any other of James's novels. Most important scenes occur in gardens;... or at least in. the open air, [...] especially Isabel's proposals" (Holder-Barell, 150). Isabel, jardim a seus próprios olhos, é equiparada à natureza pelas outras personagens, exceto Caspar e Pansy, cuja consciência não nos é apresentada. Por outro lado, em *Quincas Borba*, a natureza tem papel caracteristicamente machadiano, "meramente reflexivo e auxiliar" (Gomes, Machado, 31), apesar de o cenário ser o belíssimo Rio de Janeiro. A natureza como cenário é oblíqua: sua apreciação pela personagem é barômetro seguro de seu temperamento. No nível metafórico também há refração, pois elementos naturais são signos hiperbólicos a transmitir concepção múltipla da personagem Sofia (cobra, estrela, flor), com irônico comentário pelo narrador a elucidar a personagem.

Quanto ao paralelo entre tropos relativos à arte: ambos os autores também os manejam de modo diverso. Em *The Portrait*, a arte é um dos grandes caudais temáticos e simbólicos. Cinco das personagens colecionam objetos de arte de menor ou maior valor estético. Tanto no plano literal como no figurado, quadros, estátuas e bibelôs ocupam posição-chave a explicitarem a variedade de relações entre colecionador e objeto, sendo que às vezes personagens são coisificadas, passando àquela posição. A intricada teia que une o literal ao figurado se exemplifica e resume na protagonista, percebida como quadros de Ticiano e Cimabue, escultura, ou travessa de prata lavrada. Em *Quincas*, a arte – como a natureza – tem função metonímica (em sentido lato) a indicar o valor espiritual das personagens. Estas, em meio que despreza a cultura autóctone, seguem outra de segunda mão e ainda em moldes coloniais, em que objetos reputados artísticos são sinais de degrau social ou econômico, não valendo intrinsecamente como produto artístico. A mentalidade aí é burguesa no sentido de insistência em posse e do predomínio da aparência sobre a essência. Objetos a enfeitarem as residências dos Palha e Rubião obedecem a severo figurino social determinado pela moda. Como metáforas, objetos de arte se limitam à personagem Sofia que, apesar de bela e conservada, é criticada como estátua de cera ou ser fantástico de vários braços, a apontar para sua desumanidade.

No domínio arquitetônico, tropos unem o simbolismo clássico da morada como alma humana. Aqui o processo de Machado e James coincide tanto no plano literal, do cenário, como no figurado. Em *The Portrait*, Isabel cresce espiritualmente no decorrer da narrativa, fazendo jus à admiração do primo que a vira como belíssima catedral. Em contraposição, Osmond é masmorra: seus desígnios e ações oprimem esposa e filha. Em *Quincas Borba*, Sofia, dona de casa por excelência, é taxativamente condenada como venal e superficial pelo autor implícito nas duas metáforas de estalagem.

Nos dois romances a caracterização imagética é imprescindível para a decodificação de quatro das "cinco grandes vozes" que formam "une espèce de topique à travers quoi tout le texte passe, ou plutôt: en y passant il se fait texte" (Barthes, 27). Referimo-nos aos códigos simbólico, sêmico, hermenêutico e proairético. Ambos os romances se constroem a partir de forte simbolismo. O código simbólico carrega a deturpação do sagrado em profano: a traição da amizade para fins materiais egoístas. Este sacrilégio é virtualizado pela cadeia dos objetos de arte (*Portrait*) e comida (*Quincas*). Outros aspectos essenciais a ele ligados formam a base da alternância de luz/sombra que, no romance brasileiro indica a luta entre a razão e a sandice, e no norte-americano, a trajetória da felicidade à infelicidade. O código sêmico se decifra a partir do inventário de "semas" ligados a personagens, em nosso caso, Sofia e Isabel. Os tropos que as constroem são particularmente importantes a virtualizarem desígnios do autor em caracterização onde predomina o julgamento moral. Em *The Portrait*, imagens relativas à natureza, arte e arquitetura selam a opinião do autor sobre a jovem heroína: desprovida de artifícios como a natureza, mas ao mesmo tempo preciosa como objeto de arte, é sólida e acolhedora. Já em *Quincas Borba*, Sofia é logo separada da natureza (magnólia de salão) e ridicularizada como inseto. Objetos de arte e edifícios completam a desmistificação em metáforas magistrais (estátua de cera, polvo/ Vishnu, estalagem e fachada). Ao contrário de *Portrait*, em que a análise confirma a estatura heróica de Isabel, em *Quincas* Sofia jamais é completamente revelada ao leitor, de cuja argúcia muito depende a decodificação da personagem, através de "semas" com "leur instabilité, leur dispersion,... particules d'une poussiére, d'un miroitement du sens" (Barthes, 26).

O código hermenêutico, pelo qual "une énigme se centre, se pose, se formule, puis se retarde et enfin se dévoile" (Barthes, 26), é obviamente entrosado com os outros códigos. Nos dois romances, a caracterização das duas principais figuras femininas fornece dados imprescindíveis para sua apreensão pelo leitor. Não fora a confiança e nobreza, a imprudência e ingenuidade de Isabel e o pacto de Merle e Osmond não se faria. E sem o narcisismo e cumplicidade da gananciosa Sofia, provavelmente a sorte de Rubião seria outra. Finalmente, o código proairético, "ce code des actions et des comportements des personnages" (Barthes, 26) é desvendado em grande parte através da caracterização metafórica. Os Palha (de nome significativo quanto a seu valor humano intrínseco) têm o comportamento ridicularizado por pequeno bestiário tropológico, pois Cristiano é "zangão" e Sofia "cobra", inseto e polvo. Quanto a Rubião, apesar de seu aspecto cômico, ganha nobreza por serem suas ações apresentadas em freqüentes paralelos shakespearianos: Hamlet indeciso, Prospero elevado à enésima potência e, finalmente, Rei Lear destronado. Por sua vez, a heroína jamesiana é identificada através de atitudes expressas por imagens. Imprudente, expande-se com mera conhecida: "The gates of the girl's confidence were open wider than they had ever been; she said, things to Madame Merle that she had not yet said to anyone" (POL, 173). Seu "alarme" ao reconhecer a própria indiscrição é transmitido por símile possante: "It was as if she had given to a comparative stranger the key to her cabinet of jewels" (POL, 173). Uma metáfora importante aponta para outra faceta de Isabel: sua hesitação em aceitar e examinar o mundo real. Quando percebe a antipatia do sagaz Ralph por Serena Merle, afasta a suspeita, pois "with all her love of knowledge, Isabel had a natural shrinking from raising curtains, and looking into unlighted corners" (POL, 184). Assim, ao "afrontar seu destino", ela se recusa a ouvir conselhos sensatos dos Touchett quanto a Osmond. Este aspecto se entrosa com sua atitude nobre, de proteção à enteada, atitude que se coaduna com a percepção de outras personagens sobre ela: catedral e objeto de arte.

É através de tropos como metáforas, símiles, hipérboles e zeugmas que James e Machado completam os retratos de Isabel e Sofia, primeiro esboçados pelos nomes; as imagens provêem facetas quase inexprimíveis ao torná-las concretas, ao mesmo tempo que ligam as duas personagens às outras e ao cenário. Esta caracterização por imagética eleva ambos os romances ao nível simbólico, sem detrimento da verossimilhança, pois

[...] with the very greatest novels one feels that the individual character is thereby immeasurably enriched, that he is not obliterated, or dehumanized into allegory or symbol, but filled with an inexhaustible reservoir of meaning so that it becomes, as it were, a shaft of light defining the greater darkness which surrounds him (Harvey, 129).

Se para Henry James, "as ordinary expression very often proved inadequate, imagery became... like a second mother-tongue in order to express in terins of experience thoughts lying beyond experience" (Holder-Barell, 13), o mesmo se pode dizer do Machado de Assis da última fase. E é justo aproximar-se os dois grandes escritores de seu descendente espiritual, Marcel Proust, para quem a teia metafórica é "the very fabric of [*A la Recherche du Temps Perdu*]" (Ullmann, 234). Ninguém melhor do que Proust elucida a dificuldade de sucesso em metáforas como instrumento retórico na caracterização. É como crítico de obra alheia que diz: "Or toutes les à peu près images ne comptent pas. L'eau (dans des conditions données) bout à 100 degrés. À 98°, à 99° le phénomène ne se produit pas. Alors mieux vaut pas d'image" (Ullmann, 125).

Porque suas imagens "fervem" a 100° C, Machado e James conseguem o que conseguirá Proust três e quatro décadas após: usar tropos metafóricos como

an instrument, incomparably refined and precise, for probing the implications of simple things, fixing a fleeting impression, analising complex experiences, or the ineffable. [And] aesthetically,... each image or image pattern [is] a work of art in its own right (Ullmann, 237).

Bibliografia

BARTHES, Roland. *S/Z*. Paris, Seuil, 1970.
BOWDEN, Edwin T. *The Themes of Henry James: A System of Observation Through the Visual Arts*. N. Haven, CT, Yale University Press, 1956.
CALDWELL, Helen. *Machado de Assis, the Novels of the Master*. University of California Press, 1979.
CAROLLO, Cassiana L. "O Espaço e os Objetos em *Quincas Borba*". *Letras*, vol. 23. Curitiba, junho de 1975.
CROSMAN, Inge K. "Metaphoric Narration: The Structure and Function of Metaphor". *A la Recherche du Temps Perdu*. Chapel Hill, Univ. North Carolina Press, 1978.
CULLER, Jonathan. *Structuralist Poetics*. Ithaca, New York, Cornell Univ. Press, 1975.
DIETRICHSON, Jan V. *The Image of Money in the American Novel of the Gilded Age*. Oslo, Universitetsforlag/New York, Humanities Press, 1969.
FAORO, Raymundo, *A Pirâmide e o Trapézio*. São Paulo, Nacional, 1974.
GALE, Robert. *The Caught Image, Figurative Language in the Fiction of Henry James*. Chapel Hill, Univ. North Carolina Press, 1964.

GOMES, Eugênio. *Influências Inglesas de Machado de Assis*. Rio de Janeiro, Pallas Editora, 1976.

_____. *Machado de Assis*. Rio de Janeiro, Livraria S. José, 1958.

HAMON, Philippe. "Statut Sémiotique du Personnage". *Poétique du Récit*. Paris, Seuil, 1977.

HARTT, Frederick. *Botticelli*. New York, Harry N. Abrams, Inc./Pocket Books, 1953.

HARVEY, W. J. *Character and the Novel*. London, Chatto and Windus, 1970.

HOLDER-BARELL, Alexander. *The Developtnent of Imagery and Its Functional Significance in Henry James's Novels*. New York, Haskell House, 1966.

JAMES, Henry. *French Poets and Novelists*. New York, Grosset and Dunlap, 1064.

_____. *Notes on Novelists*. New York, Chas. Scribner's Sons, 1914.

_____. *The Art of the Novel, Critical Prefaces by Henry James*. London, Chas. Scribner's Sons, 1962.

_____. *The Portrait of a Lady*. New York, The New American Library, 1963.

_____. *The Portrait of a Lady*. New York, Random House, 1966 (New York Ed. of 1908).

MACHADO DE ASSIS, Joaquim Maria. *Obras Completas* em 3 vols. Rio de Janeiro, Livraria José Aguilar Editora, 1959.

MATTOSO CÂMARA JÚNIOR, J. *Ensaios Machadianos: Língua e Estilo*. Rio de Janeiro, Livraria Acadêmica, 1962.

MAVES, Carl. *Sensuous Pessimism, Italy in the Works of Henry James*. Bloomingtonh, Indiana Univ. Press/ London, 1973.

POIRIER, Richard. *The Comic Sense of Henry James*. London, Chatto and Windus, 1960.

PUTNAM, Samuel. *Marvelous Journey*. New York, Knopf, 1948.

RIEDEL, Dirce Cortes. *Metáfora: O Espelho de Machado de Assis*. Rio de Janeiro, Livraria Francisco Alves Editora, 1974.

SANDEEN, Ernest. "*The Wings of the Dove* and *The Portrait of a Lady:* A Study of James's Later Phase". In STAFFORD,W. T. *Perspectives on James's The Portrait of a Lady*. New York, New York Univ. Press, 1967.

SOARES, M. Nazaré Lins. *Machado de Assis e a Análise da Expressão*. Rio de Janeiro, INL/MEC, 1968.

ULLMANN, Stephen. *The Image in the Modern French Novel*. Westport, CT, Greenweed Press, 1960.

3
Júlia Lopes de Almeida e o Trabalho Feminino na Burguesia

Escritora exímia e arguta observadora social, Júlia Lopes de Almeida tem como tema principal a família burguesa do segundo Império e da primeira República. Sua carreira literária se estendeu por mais de meio século, de 1881 a 1934, ano de sua morte[1]. Lado a lado da atividade de ficcionista iniciada pelo romance *A Família Medeiros* (1892), foi teatróloga, contista, ensaísta, dramaturga e jornalista. Esta polígrafa que em vida gozou de fama não só no Brasil como no estrangeiro, foi injustamente esquecida nos quarenta anos que seguiram sua morte[2]. A fortuna crítica novamente muda pois

1. Júlia Valentina da Silveira Lopes nasceu na então província do Rio de Janeiro a 24.9.1862, falecendo na cidade do Rio a 30.5.1934. Aos dezoito anos teve seu primeiro artigo publicado na *Gazeta* de Campinas e, ao morrer, deixou incompleto o romance *Pássaro Tonto* (Menezes, s/p).
2. À fama e adulação que acompanharam a escritora em vida – tanto como autora como personalidade pública – seguiu-se o fenômeno tão comum do deslocamento da crítica após sua morte. Assim, para as gerações contemporâneas da Semana de Arte Moderna e aquelas que imediatamente a seguiram, Júlia Lopes de Almeida como que perde sua atualidade literária. Há condescendência na crítica de Lúcia Miguel Pereira que ao reconhecer o êxito de J. L. de Almeida em sua própria época, frisa "certa dose de romantismo [...] [seus] livros nada possuem de original", apesar de elogiar-lhe a simplicidade do estilo (cit. Menezes, s/p). Jacinto do Prado Coelho também se refere à pouca originalidade (p. 4), juízo que é também aquele de Celso Luft (p. 11).
Agrippino Grieco, examinando-a como contista, pronuncia-se sobre "os contos de dona Júlia Lopes, epopéias domésticas que formam a nossa

em sua *História da Inteligência Brasileira*, o crítico Wilson Martins reexamina Almeida para colocá-la em posição tão exaltada como aquela de nosso maior naturalista, Aluísio Azevedo (38).

Almeida é a autora de livros patrióticos e didáticos (*Jornadas na Minha Terra, Livro das Noivas* e *Livro das Donas e Donzelas*, entre outros). Jornalista, contribuiu para importantes periódicos ao longo de sua vida literária e de modo sistemático. Exerceu função de educadora, entusiasmada como tantos outros, pela Bela Época brasileira a preceder a Primeira Grande Guerra. Uma de suas maiores preocupações foi a educação feminina a refletir-se no papel da mulher, principalmente da burguesia, na vida brasileira. Tal tópico determina numerosos ensaios dos livros supracitados, de jornais, assim como de "*A Mensageira,* mensário feminista" publicado em São Paulo entre 1897 e 1900. Um crítico da época define a posição da autora, na apresentação de *A Família Medeiros:* "[cujos] livros [são] dedicados ao anseio de auxiliar e dilatar o aperfeiçoamento moral da família brasileira, promovendo o maior embelezamento e riqueza da sua terra" (*Família* XII)[3]. Para tal "embelezamento e riqueza", era necessária a participação do elemento feminino à luz das diretrizes de educação moderna, que a escritora se incumbe de traçar.

'Bibliothèque Rose'" (173). J. C. Garbuglio, bem mais recentemente, segue a opinião de L. Miguel-Pereira: "Escrita em linguagem simples, cujo purismo gramatical não alcança redimi-la da falta de vigor e originalidade, destinava-se [a obra] à leitura em família". E acrescenta: "Faltou a J. L. de Almeida, a despeito de seus méritos, maior penetração psicológica para criar obra significativa. Sua ficção se detém na superfície dos conflitos humanos e busca o efeito imediato, antes que as profundezas morais dos dramas e problemas focalizados" (Paes e Moisés, pp. 29-30). Igualmente, o verbete da *Enciclopédia Barsa* indica posição neutra: "Seus livros de ficção, cercados de certo êxito na época, procuraram aliar a técnica da escola de Zola à preocupação de bem escrever". Bem mais recentemente, a professora Dawn Jordan se dedicou à pesquisa sobre a escritora (veja-se entrevista "Americana Recupera a Obra de Júlia Lopes de Almeida", *Folha de S. Paulo,* 9.1.1981).

3. *A Família Medeiros,* 2ª ed. A ortografia desta citação foi atualizada, como o foram as outras deste trabalho, quer da pena de Júlia Lopes de Almeida, quer daquela de seus críticos.

O presente estudo pretende examinar como a preocupação de Júlia Lopes de Almeida, como se era de esperar, também influi na construção de dois de seus três melhores romances – aqueles que para críticos anteriores, como José Veríssimo e Wilson Martins – fazem dela um dos maiores escritores realistas brasileiros[4]. Apesar de suas convicções firmes e de seu zelo didático, nesses romances a autora está em pleno controle: aí a ideologia se faz tecido literário, integrando-se na obra e transformando-a.

No presente ensaio, veremos como a ideologia da educação e trabalho feminino burguês, claramente exposta em ensaios e crônicas e obliquamente tratadas em contos e peças teatrais, é firmemente subordinada à construção literária em *A Falência* e *A Intrusa*, os dois romances de Almeida que, com *A Viúva Simões*, representam o melhor de sua novelística. Estes livros contrastam na técnica com dois outros, *A Família Medeiros* e *Correio na Roça*, nos quais a exposição didática se hipertrofia ao sobrepor-se aos elementos retóricos, prejudicando a soma total que é a obra de ficção. Tornam-se, assim, agradáveis sermões mais do que estórias apaixonantes.

Antes de encetarmos análise de *A Falência* e *A Intrusa*, detenhamo-nos sobre a ideologia de Almeida. Elementos biográficos ajudar-nos-ão a esclarecer seu posicionamento quanto à mulher burguesa, com seus direitos e deveres sociais. Filha de aristocratas portugueses (sendo a mãe música e o pai médico e educador), Júlia Lopes cresceu em lar culto. Publicou o primeiro artigo, uma resenha teatral, aos 18 anos[5], obtendo sucesso com o primeiro romance, *A Família Medeiros*, esgotado em três meses, que já revelava sua preocupação com a família brasileira em transição. O romance

4. "Depois da morte de Taunay, de Machado de Assis e de Aluísio Azevedo, o romance no Brasil conta apenas dois autores de obra considerável e de nomeada nacional – D. Júlia Lopes de Almeida e o Dr. Coelho Neto. Sem desconhecer o grande engenho literário do Sr. Coelho Neto, eu, como romancista, lhe prefiro de muito D. Júlia Lopes" (J. Veríssimo, *Letras e Literatos*, 15, cit. Menezes, s/p.)
5. O assunto foi a estréia da atriz Emma Cuniberti, em 1881, em Campinas (cit. por Roberto da Macedonia, *O Estado de S. Paulo*, 5.2.1949).

encarece a importância da educação dos jovens de classe média, a incluir as filhas, ao mesmo tempo que, com generosidade, adere à causa abolicionista. Igual sucesso de crítica e de público, com alguma variação entre as obras, obteve a escritora com o restante de sua obra, cuja fluência e clareza estilísticas, mesmo à primeira leitura, ainda hoje impressionam. Ademais, afável, inteligente e acessível, consolidou o sucesso literário com as qualidades pessoais[6]. Só mesmo não chegou à Academia Brasileira de Letras por ser esta, na época, vedada a autoras[7]. Casada com o escritor português Filinto de Almeida, foi esposa e mãe felizes. É óbvio que tais circunstâncias biográficas influíram na formação ideológica quanto à mulher burguesa, como o reconhece a autora. E se a nossos olhos de pósteros do último quartel do século XX, tal posição parece tímida por tradicional (e mesmo "machista" para os mais exigentes), examinada à luz de sua época, revela, contudo, lucidez e denodo.

Ao examinar a mãe de família brasileira da geração anterior à sua, Almeida lhe critica a ignorância e passividade em assuntos fa-

6. Depoimentos daqueles que conheceram a escritora são unânimes quanto à simpatia e suavidade. Entre eles, interessa-nos particularmente aquele de Rodrigo Octavio Filho no qual ao bem modelado retrato de "D. Júlia", acrescentam-se pormenores sobre o lar e a vida da família Filinto de Almeida, inclusive o salão literário informal. No casarão de Santa Teresa, as portas estavam sempre abertas para as jovens inteligências brasileiras (*Correio da Manhã*, 22.9.1962).
E como nota a filha, a escultora e declamadora Margarida Lopes de Almeida, além da influência intelectual da mãe, havia também aquela da mulher, à qual outras, jovens e mais velhas, pediam conselhos (*Correio da Manhã*, 23.9.1962).
7. Lembrou Nelson Costa, por ocasião do centenário de nascimento da escritora: "Quando se fundou a Academia Brasileira de Letras, o nome da festejada escritora surgiu naturalmente, como um dos mais indicados para a constituição daquele prestigioso cenáculo. Venceu, entretanto, a corrente contrária ao ingresso do elemento feminino na Casa de Machado de Assis e assim se privou a Academia da colaboração valiosa da consagrada romancista" (*Correio da Manhã*, 24.5.1962). E o próprio esposo da escritora, membro da mesma Academia, manifestou-se a respeito do maior merecimento literário da esposa, que, aliás, a passagem do tempo provou. (Veja-se Nelson Costa, "Centenário de Júlia Lopes de Almeida", *Jornal do Comércio*, 28.10.1962.)

miliares, devido à pouca instrução, ao mesmo tempo que lhe elogia a dedicação e indústria. Citemo-la:

> A mãe trabalhava, fazia doces desde a manhã até a noite para o noivado da filha, deliberava costuras, examinava com escrúpulo o enxoval, recomendava zelo, muito zelo às lavadeiras e engomadeiras que lidavam cantando (*O Estado*, 18.6.1912).

E a escritora interrompe a excelente descrição do quadro familiar em que se nota a vivacidade de sua pena, com observação cortante – mas real: "A sua opinião nunca fora ouvida nem pedida em assuntos de outra importância. Era a governanta da casa *e isso bastava-lhe*" (*O Estado*, 18.6.1912, grifo nosso).

As sentenças seguintes sugerem a causa de tal estado de coisas como sendo a pouca instrução das filhas da burguesia:

> Casara-se aos 13 anos, sem amor nem simpatia, mas também sem repugnância. Sujeitou-se à vontade do marido e ao seu mando, no começo por medo, depois por hábito. De índole bondosa, não se queixava nunca (*O Estado*, 18.6.1912).

A esposa inferior no próprio lar – mera governanta – repugna a Júlia Lopes de Almeida, que faz da brasileira de sua geração um retrato muito mais otimista em "A Mulher Brasileira", ensaio do *Livro das Donas e Donzelas*, 1906:

> Ela é exatamente digna de observação elogiosa pelo seu caráter independente, pela presteza com que se submete aos sacrifícios, a bem dos seus, e pela sua virtude... Se uma mulher brasileira (se há exceções? Há-as de certo!) cai de uma posição ornamental em outra humilde, é de rosto descoberto que procura trabalho; então vai ser costureira, mestra, tipógrafa, telegrafista, aia, qualquer coisa, conforme a educação recebida, ou o ambiente em que vive... (*Donas*, pp. 36-37).

Realista, reconhece que estas "exceções" são bastante numerosas, principalmente na média e alta burguesia, o meio que melhor conhecia por ser o seu próprio. Assim, no *Livro das Noivas* (1896), temos esta passagem significativa:

A COREOGRAFIA DO DESEJO: CEM ANOS DE FICÇÃO BRASILEIRA

Convenci-me hoje de que todas as mulheres devem ter uma profissão. Conheço duas senhoras desgraçadas. Uma ficou órfã, a outra viúva, e nenhuma está habilitada a bem ganhar a vida. Lembrei-lhes o comércio. Não sabem contabilidade. Lembrei-lhes a tipografia, a telegrafia, a gravura, a farmácia, mas de que expediente se hão de haver para sustentar a família enquanto estudem?

Este exemplo faz-me tremer. Se eu tiver filhas... por Deus! Que hei de prepará-las para poderem vencer estas dificuldades... (pp. 130-132).

Assim, em linhas gerais, Almeida via o destino da mulher à luz do matrimônio, para o qual convergiam as linhas mestras de sua vida. A seus olhos como aos de sua geração e classe socioeconômica, a família significa o destino, a obrigação e o prazer da mulher[8]. Tal Cornélia Graca, nossa escritora considera seus filhos como suas jóias mais preciosas[9]. Seu papel de esposa e mãe orientou toda a sua vida, gerando inúmeros escritos que durante meio século de carreira conservavam o mesmo espírito em relação à família. Esposa e mãe satisfeitas, Almeida não parece ter sentido necessidade de alterar o posicionamento ideológico adotado na juventude tranqüila de moça em flor.

Mas perguntamos, e as solteiras? Qual o seu papel, qual a sua posição? Para a sociedade da época, a resposta parece simples: continuam a pertencer ao núcleo familiar. A fim de merecer a proteção e afeto daí oriundos é, contudo, necessário que cumpram certos deveres, principalmente domésticos. Às solteiras cabe o papel de freiras leigas e, desaparecidos os pais, seu convento passa a ser a casa de irmã ou irmão casado. Obviamente, a situação econômica determina muito de seu destino: sem renda própria ou com poucos recursos, a dependência da família se torna ainda mais forte, como se vê em tantos romances do século passado[10]. São raros os homens

8. Veja-se June E. Hahner, *A Mulher Brasileira e suas Lutas Sociais e Políticas: 1850-1937*, São Paulo, Editora Brasiliense, 1981, p. 89.
9. Teve seis (M. Luiza Cavalcânti, *Correio da Manhã*, 22.9.1962). E no ensaio "As Crianças," de *Livro das Noivas*, diz a autora, "Não sei que haja, para uma mulher de coração, prazer comparável ao de criar filhos" (p. 181).
10. Citamos Mariquinhas e Nicota, irmãs de Fernando Seixas, o marido

generosos que, na vida real, se casem com moça sem dote, como Francisco Teodoro, de *A Falência*. Em muitos casos, a parenta pobre se torna uma empregada mal remunerada, apesar de se lhe exigir desempenho de funções tão importantes como a educação de crianças e o governo da casa. Então, o termo "tia" adquire a conotação melancólica de esterilidade.

Na ficção de Júlia Lopes de Almeida, desde o início patenteia-se o interesse da autora pelas personagens femininas solteiras. São estas, a seus olhos, a esperança do novo Brasil. Os dois romances de tese, *A Família Medeiros* e *Correio na Roça*, separados por duas décadas, atestam a seriedade com a qual a autora se preocupou com a instrução feminina. Insiste em que só pode influir em seu próprio destino e naquele alheio quando se é uma moça esclarecida. Do contrário, por melhores que sejam as intenções, as pouco instruídas têm o âmbito limitado. Um dos inúmeros méritos do romance *A Falência* é a exposição clara de situações contrastantes de personagens solteiras, Nina e Catarina. Aquela pertence à classe da "agregada", parenta pobre semelhante à "governanta da casa" definida por Almeida em trecho reproduzido acima. É pouco instruída e menosprezada, de esfera limitada. Já Catarina Rino é uma das jovens modernas, com relativo domínio sobre a própria sorte. Por ser instruída, Catarina é esclarecida. Ambas estas personagens são positivas; o interesse e admiração do narrador por elas manifestam-se claramente. São personagens construídas a partir de termos elogiosos, chegando Nina próximo ao heroísmo. Contudo, apesar do inegável valor moral de ambas, levam vida bem diversa, e tal diferença decorre tanto da posição econômica como da educação. Enquanto Catarina tem sua própria renda e é instruída, Nina, órfã

---

comprado de *Senhora* de José de Alencar, romance em moldes daqueles de Balzac, no qual as irmãs solteiras também soem sacrificar futuro e fortuna em prol do irmão. Em Machado de Assis, pensamos nas numerosas personagens femininas cuja vida decorre à sombra, como Estela Antunes (*Iaiá Garcia*), Eugênia (*Memórias Póstumas de Brás Cubas*) e dona Tonica (*Quincas Borba*). Desse destino escapa Helena, do romance homônimo, ao usurpar lugar de filha do rico Conselheiro Vale.

e pobre, só fora ao colégio para aprender coisas práticas (*Falência*, p. 101). Sobre seus magros ombros caem as tarefas caseiras que a tia, dona da casa, despreza. Nina é órfã paradigmática da ficção romântica. A princípio mal recebida pela tia, "entrara para aquela casa como poderia ter entrado para um asilo: para ter cama e pão" (*Falência*, p. 100). Aos poucos, por sua bondade e ternura, conquista certa influência com os parentes e a amizade das priminhas. Contudo, para a tia Camila, sempre voltada para si própria, Nina "é uma outra criada mais sobrecarregada de serviço", que nem à igreja tinha tempo de ir (*Falência*, p. 111).

Catarina Rino mora com a madrasta, com a qual não se entende muito, mas tem a sorte de ter por irmão um homem sensível e bom. Por seu caráter firme e educação esmerada, assim como pela amizade do irmão, a personagem vencerá a sombra trágica a escurecer-lhe a infância: o assassínio da mãe adúltera pelo pai. Moça feita, agora, Catarina se ocupa da casa e do jardim, reservando, também, várias horas para a leitura. Independente e instruída, esta é, certamente, uma das "mulheres brasileiras modernas" dos ensaios de sua autora, cuja feminilidade é ressaltada no romance. Como se verá abaixo, Catarina é um dos porta-vozes da autora sobre a condição feminina, o que lhe aumenta a importância não só na novelística da autora como para este nosso trabalho.

Se a mulher solteira no Brasil do virar do século não possui família próxima, sua sorte é potencialmente ainda mais triste e perigosa que a das agregadas como Nina, pois precisa empregar-se fora. É o caso de Alice Galba, a intrusa. Estas moças ou senhoras solteiras, apesar de ganharem a própria vida, continuam a depender da estrutura básica familiar, devendo respeito e obediência a um patriarca, em seu caso o patrão. Sua posição nada tem de invejável, ficando elas à mercê da sorte. Consideram-se e são consideradas entes duvidosos na escala social rígida, da qual auferem poucos benefícios: nem carne, nem peixe – nem criadas, nem membros da família dos patrões. No caso de Alice, como se verá, importantes elementos quebrarão o *status quo*, ao contrário de Nina.

Tanto em *A Falência* como em *A Intrusa*, a romancista salienta a preparação intelectual e artística da mulher burguesa e seu trabalho, remunerado ou não. Tal faceta ideológica compõe a caracterização de personagens femininas (em processo que parece ter aperfeiçoado através de leitura tanto de Eça como a de Machado)[11]. Neste, como em vários outros romances da autora, contrapõem-se dois tipos básicos. O primeiro vem a ser o da esposa tradicional, com lugar assegurado na "boa sociedade" devido à posição social e econômica do marido. O outro é o da jovem, freqüentemente filha ou sobrinha. Como a matrona antiga de parcas luzes, aquelas personagens possuem as prendas femininas tradicionais, mas que às vezes não usam. Em *A Falência*, o tipo é representado pela bela ricaça, Camila Teodoro, e em *A Intrusa,* pela baronesa do Cerro Alegre, avó da menina Maria da Glória. Em importante pormenor, contudo, ambas as personagens destoam do exemplo citado, da "governanta da casa", por terem grande autoridade no governo da família, inclusive da fortuna. É essencial notar que tal situação não é acidental, mas diretamente decorrente da liberalidade dos maridos. Em *A Falência* como em *A Intrusa*, a estas matronas opõem-se personagens do segundo tipo, representando jovens da nova geração enaltecida por Almeida em seus ensaios e crônicas jornalísticas. Duas delas são filha ou neta da personagem tradicional e duas outras são estranhas, a intrusa Alice, e Catarina Rino. Filha de Camila e neta da baronesa, Ruth Teodoro e Glória são vivas, generosas e travessas. Sua curiosidade mental contrasta com a ociosidade intelectual da mãe e da avó. A outra personagem da ala jovem é Alice Galba, que tem muito da formação intelectual de Catarina Rino, apesar de os temperamentos diferirem. Instruída e viajada, Alice é

---

11. Wilson Martins aponta a forte influência eciana no estilo de Almeida, com razão (pp. 194 e 384). Que saibamos, ainda não se fez a mesma identificação com aquele de Machado de Assis apesar de a admirável capacidade de caracterização da romancista muito dever àquela do Mestre – uma geração mais velho do que ela, carioca como ela e francófilo como ela – principalmente nas suas personagens femininas, em sua vivacidade e sutileza.

obrigada a trabalhar para estranhos, por o pai ter perdido a fortuna. Órfã de poucos recursos, sua situação tem algo em comum com aquela de Nina. Corajosa, Alice se sujeita à difícil posição de governanta em casa de um advogado viúvo. Tal tipo de emprego era dos poucos abertos às jovens de então, ao lado de professorado primário, como se pode ver em jornais da época[12].

A personagem Nina exemplifica a ambivalência de sua autora quanto à mulher dedicada, a subordinar sua felicidade àquela dos outros. Por um lado, Almeida elogia-a em ensaios mas, por outro lado, critica-lhe a passividade e limitações intelectuais. Sobretudo, condena-lhe não tomar as rédeas do próprio destino. Entre as criações de maior sucesso na obra de Júlia Lopes de Almeida, estão as jovens modernas, cuja caracterização nos dá a medida da arte de sua autora. Figuram na mesma galeria universal que outras meninas e moças inesquecíveis, como Elizabeth Bennett de Jane Austen, há quase duzentos anos; de Iaiá Garcia; de Natasha Rostova de Tolstói e das várias jovens de Henry James, de Isabel Archer a Milly Theale, há cem anos. Nestas moças, a vivacidade e a inocência são acompanhadas de sentido prático, a contrastá-las com a heroína romântica emblemática. A nossos olhos, a caracterização da menina-moça, "entreaberto botão, entrefechada rosa, / um pouco de menina, um pouco de mulher", é uma das conquistas desta ficção realista. Ruth Teodoro, em *A Falência*, Sara Simões de *A Viúva Simões* e Glória de *A Intrusa* chegam a ser, tecnicamente, personagens admiráveis por estarem isentas de laivos didático-patrióticos. Também as outras personagens, principalmente as femininas, apresentam versatilidade de meios a contribuir para seu êxito retórico.

Voltando à ideologia da educação burguesa feminina, a incluir o trabalho, remunerado ou não, vemos que além de usá-la como um dos fios condutores da caracterização, Almeida também o faz como tema, tanto de ângulo direto como indireto. O trabalho é o tema dos

---

12. Vê-se que quase o único emprego para jovens instruídas era o de professora primária, entre os anúncios de *O Jornal do Comércio*, em 1905, o ano em que *A Intrusa* foi aí publicado em folhetim.

dois romances aqui estudados, num dos quais determina o título, *A Falência*. Assim, ao narrador heterodiegético de ambos cabe importante papel na relação da intriga a transmitir o posicionamento do autor implícito. Acrescentam-se-lhe opiniões variadas de personagens, nunca simplistas ou irrelevantes. Pelo contrário, a posição ideológica a ser exposta por estas últimas reforça aquela do autor implícito, viga mestra da ação, quer por coincidir com ela, quer por dela divergir. Em *A Falência*, três personagens secundárias opinam sobre a educação feminina burguesa. Catarina Rino e Francisco Teodoro são positivas no sentido de possuírem sensibilidade e generosidade: a leitora as aceita e estima. Outra, o médico Gervásio, repugna ao leitor por sua frieza (*Falência*, p. 52), hipocrisia e manipulação da família Teodoro. (É o amante de Camila, que freqüenta a casa como amigo por ser médico das crianças. Tal Pigmaleão transformara a matrona tosca em sua bela Galatéia, conservando-a, contudo, em estado de sujeição adolescente.) Ora, a força de *A Falência* transparece no fato de uma personagem simpática e admirável, Francisco Teodoro, o patriarca, emitir opinião antiquada de desprezo às mulheres instruídas, "as sabichonas" – todas elas feiosas, desagradáveis e más esposas (*Falência*, pp. 40 e 75). Tal perspectiva se coaduna perfeitamente com a motivação e a caracterização: apesar de qualidades de coração e talento comercial, Teodoro é pouco instruído e reacionário. Como os homens de sua era e terra, aborrece "as sabichonas". Em contraste, a educação feminina é exaltada por personagens cultas, a simpática Catarina, *alter ego* de sua autora pelo amor às flores e desinteresse por assuntos políticos[13], e o insu-

---

13. Em *A Falência*, temos o seguinte diálogo entre Francisco Teodoro e Catarina Rino: "E a senhora lamenta não ser eleitora?" / "Eu? Deus me livre! Tomara que me deixem em paz no meu cantinho, com as minhas roseiras e os meus animais" (*Falência*, p. 77). O amor da escritora por flores e jardins aparece indiretamente em cenários de romances (*Falência, Intrusa, Viúva*), ensaios como "Flores" (*Donas*) e um volume, *Jardim Florido* (1922), assim como na exposição de flores que a autora organizou no Rio de Janeiro em 1921. O desinteresse pela política manifesta-se claramente na crônica "Um Pouco de Feminismo" (*O País*, 13.1.1908) na

portável, mas inteligente, dr. Gervásio. Este último explica a Ruth a diferença entre cultura e educação, em conversa bem entrosada com a ação (*Falência*, p. 90) – traço comum nestas estórias.

Em *A Intrusa*, a preocupação com estudos e trabalho feminino também decorre da própria ação. A pequena Glória sai da casa dos avós, onde é mimada, para voltar à do pai e às mãos da nova governante. Assim, as conversas do pai, o advogado Argemiro, e de seu amigo, Padre Assunção, o padrinho de Glória, tendem naturalmente para a educação da moça moderna. Estas personagens masculinas positivas têm ideologia semelhante à de sua criadora. Já a avó autoritária, supersticiosa e ciumenta, contrasta com elas. A baronesa é representante da velha guarda, cujo âmbito se circunscreve ao círculo familiar: não vê necessidade de instrução especial para a neta, menina protegida e de posses, e muito menos de preparação para qualquer trabalho além do governo da casa (*Intrusa*, pp. 50-52).

Outro aspecto significativo do entrosamento ideológico com o componente narrativo se dá no nível temático, como era de se esperar. Em *A Falência*, e em *A Intrusa*, o trabalho representa um dos dois temas principais, sendo o outro o amor. Por dar-nos como núcleo uma família cujos dias decorrem aprazíveis até ser atingida pela desgraça, *A Falência* tem muito de romance de Tolstói. O elenco é vasto: o próspero comerciante de café, Francisco Teodoro, e sua bela esposa, Camila, são rodeados pelas três filhas e primogênito, por parentes, amigos, vizinhos, conhecidos e extensa criadagem, no palacete de Botafogo, em 1891. Tanto a residência luxuosa como outros confortos materiais se devem ao trabalho árduo e honesto de Francisco Teodoro, que menino emigrara de Portugal. Ao multiplicar suas posses, esse homem bom também aumentara seus dotes

<small>qual, apesar de frisar a necessidade e iminência do sufrágio universal, a autora se inclui entre "as mulheres [...] [que] são absolutamente indiferentes à política, e nesse caso não pensarão em votar". Outrossim, vê a carreira de letras em conflito com a participação política: "Eu, por ter empenhado o meu [voto] às letras, desistirei, se algum dia tal liberdade for concedida às mulheres no Brasil ainda em minha vida, de o oferecer à política, eternamente incógnita aos meus olhos" (*O País*, 13.1.1908).</small>

morais. É, no início do enunciado, patriarca generoso, entusiasmado com a própria fortuna – um novo-rico simpático.

O motivo do trabalho recorre repetidas vezes no romance, a frisar o tema. Distribui-se nitidamente: o trabalho masculino na praça do café, nas ruas, no cais e no centro do Rio de Janeiro, e o trabalho feminino, localizado no lar. Admiradora de Emile Zola[14], a autora se esmera em trazer à primeira plana a atividade comercial em sociedade industrial, impregnando-a com o cunho realista imprescindível aos grandes romances da época. À certa altura, frase incisiva sublinha e resume este enfoque, após a apresentação de soberbas cenas, "O trabalho trombeteava a todos os ventos sua força poderosíssima" (*Falência*, p. 119). É também mostrado o trabalho na esfera doméstica, a saber, no palacete dos Teodoro. Contudo, aí a dona da casa negligencia suas funções tradicionais, delegando poderes à sobrinha, Nina, e à ex-escrava, Noca. A preocupação de Camila, adolescente de 40 anos, se resume em encomenda de vestidos novos, decoração da casa e preparação de festas e recepções semanais. Camila é definida pelo narrador heterodiegético em curta frase "gostava de viver bem, à larga, com muito dinheiro" (*Falência*, p. 66). Moça pobre ao conhecer Teodoro, era trabalhadeira, mas agora, ociosa, somente cultiva as amizades ricas (*Falência*, p. 92). Por seu lado, Nina nunca parou de trabalhar. Apesar da condição injusta de criada mal paga, é no próprio trabalho que encontra a salvação e, após a falência, a dos parentes. A certa altura, com simplicidade, diz a Camila, outra vez pobretona, que trabalho distrai (*Falência*, p. 220). Essa opinião é a mesma de Ruth (*Falência*, p. 221), menina-moça apaixonada pelo violino e que após a ruína da família, instintivamente se cria nova função, ao tornar-se professora de música de vizinhos, no bairro humilde em que passa a viver.

Em *A Intrusa*, publicado em folhetim em 1905, e em livro três anos após, temos outra narrativa em que o trabalho e o amor for-

---

14. De Emile Zola, escreve que a França deve-lhe muito por haver o escritor desmascarado as "tolices da burguesia" e "mostrado o sofrimento dos humildes". Para ela, é "o cantor da Fertilidade, da Verdade, e o defensor da Justiça" (*O País*, 7.6.1908).

mam a estrutura temática, como se disse acima. O trabalho aí também é subdividido em feminino e masculino, em esferas diversas. Neste romance, porém, o trabalho masculino apresenta importância secundária, sendo projetado como pano de fundo. À leitora é dado ver o advogado Argemiro em seu escritório, assim como escutar conversas de vários figurantes sobre sua atuação como sacerdote, comerciantes e políticos. É o trabalho feminino, doméstico, tradicional, que se avulta aqui. O viúvo Argemiro procura governanta que lhe organize a casa, à mercê até então de criados inescrupulosos, mas, principalmente, que lhe faça companhia à filha de dez anos. Ao trazer Maria da Glória da chácara dos avós, o dr. Argemiro não só quer sua presença como também quer livrá-la da educação falha em mãos da avó. Do começo ao fim, o romance enaltece a importância da economia doméstica e educação de crianças. Ao passo que o âmbito do trabalho masculino é triste, feio e até deprimente (*Intrusa*, pp. 78-79), o lar aparece como remanso e prêmio. Meu lar é meu castelo, sente o dr. Argemiro.

O contraste de caracterização também se faz entre a burguesa ignorante e poderosa, cujo ciúme da filha morta se transporta para a neta menina, e a governanta, a quem chama intrusa. Esta, Alice, é instruída, viajada e sensata. Corajosa, arrosta a opinião pública a fim de ganhar a vida.

Misto de personagem romântica tradicional e realista, contemporânea da autora, é interessante criação desta. É romântica, por ser pobre e órfã, maltratada pela baronesa e pelo ex-escravo intrigante – ambos inferiores a ela em valor espiritual – acabando por casar-se com "o príncipe" da estória, seu bondoso e rico patrão. Como personagem realista, consegue agir e influir em sua própria sorte, apesar de não ter atrativos físicos maiores. Seu encanto espiritual traz ordem à casa maltratada do viúvo e disciplina e alegria à órfã. A pouca importância do aspecto físico é, de outro ângulo, tratada em técnica simbolista. Alice é em princípio entrevista por detrás de véu, conservando-se desconhecida em quase toda a estória, tanto para as outras personagens como para o leitor. Personagem indiretamente construída por opiniões de personagens diversas, aparece ao leitor ora bonita, ora feia, ora pura, ora intrigante. É só no quinto capítulo antes do final do livro que nos é dado penetrar em sua consciência (a "*chamber of experience*" de que fala Henry James), visita que confirma a impressão elogiosa preparada ao longo dos quinze capítulos anteriores.

Em conclusão, em dois de seus três maiores romances, *A Falência* e *A Intrusa*, Júlia Lopes de Almeida se debruça sobre a condição feminina através de parábolas relativas a sua época. Como boa realista, seu enfoque é a época contemporânea. É indubitável seu zelo quanto ao aproveitamento intelectual da mulher, a inaugurar nova era no Brasil, jovem república em busca de aperfeiçoamento. Este aperfeiçoamento muito tem a ver com a solidez da família, que aos olhos tanto de Almeida como de outros está à base da formação da pátria brasileira. Na imprensa, em livros, artigos e peças teatrais, Júlia Lopes de Almeida milita pela mudança de velhos costumes que viam a *sinhá* passiva: primeiro como filha obediente e depois mera dona de casa e reprodutora. O instrumento a efetuar tal metamorfose – da antiga à moderna brasileira – seria a instrução, a qual não só lhe possibilitaria visão para orientar a família como a versaria em assuntos de monta, além das paredes do lar. Esta nova mulher estaria apta a tomar decisões importantes, com o brilho e vigor de sua inteligência cultivada. Saída do estado de perene adolescência mental, a senhora "de boa família" evidentemente se tornaria cidadã esclarecida e útil. Contudo, a atividade intelectual, ao contrário do que temiam tanto homens como mulheres de então, nem a faria menos feminina, nem lhe desmereceria os encantos físicos. Esta nova mulher, à falta de apoio masculino, poderia também trabalhar fora, tendo maiores oportunidades no mercado.

A preocupação didática da escritora quanto à instrução feminina orientou sua obra mas não lhe viciou os melhores romances. Neste trabalho, só nos detivemos sobre dois deles, pois o terceiro, *A Viúva Simões*, foge à nossa temática de instrução e trabalho feminino burguês. Os três romances, segundo a opinião segura de um dos importantes críticos de nossa era, Wilson Martins, colocam sua autora talvez no ponto "mais alto do... romance realista brasileiro" (História..., V, p. 384).

No presente trabalho tentamos examinar como a arte de Almeida se deve em grande parte à perícia da autora em manipular elementos literários (narrativa, caracterização, ação, cenário) com os quais entretece fios ideológicos, conservando a harmonia e incisão próprios de um romance realista bem realizado. Consoante com o meio e a época, a ideologia de Almeida é, principalmente, o que, à falta de melhor terminologia, classificamos como "feminismo patriarcal". Isto quer dizer: o chefe de família é o homem, apesar da inegável importância feminina, principalmente na criação dos filhos. A mulher deve conservar-se nos bastidores, a não ser que falte o patriarca: situação irregular e indesejável. Aí a mulher assumiria posição de chefe de família, com suas responsabilidades, mas não os direitos. De fato, como se mencionou aqui, a esclarecida Júlia Lopes de Almeida não vê necessidade para o sufrágio universal (ver nota 13). Mas isto é assunto para outro ensaio.

Bibliografia

ALMEIDA, Júlia Lopes de. *A Falência*. 2ª ed. São Paulo, Hucitec, 1978.
_____. *A Família Medeiros*. Rio de Janeiro, Nova Ed. Refund, Empresa Nacional de Publicidade, 1919.
_____. *A Intrusa*. Porto, Livraria Simões Lopes, 1935.
_____. *Livro das Donas e Donzelas*. Rio de Janeiro, Francisco Alves, 1906.
_____. *Livro das Noivas*. 2ª ed. Rio de Janeiro, Francisco Alves, 1896.
COELHO, Jacinto do Prado. *Dicionário das Literaturas Portuguesa, Galega e Brasileira*. Porto, Livraria Figueirinhas, 1960.
Correio da Manhã. Rio de Janeiro, 24.5.1962 e 22.9.1962.
Enciclopédia Barsa. Rio/São Paulo, Encyclopoedia Britannica Editores, 1966.
O Estado de S. Paulo. 18.6.1912, 5.2.1949, 22.5.1961.
Folha de S. Paulo. 9.1.1981.
GRIECO, Agrippino. *Evolução da Prosa Brasileira*. Rio de Janeiro, Ariel Editora, 1933.
HAHNER, June. *A Mulher Brasileira e suas Lutas Sociais e Políticas: 1850-1937*. São Paulo, Brasiliense, 1981.

Jornal do Comércio. Rio de Janeiro, 28.10.1962.

LUFT, Celso. *Literatura Portuguesa e Brasileira*. Porto Alegre, Globo, 1979.

MARTINS, Wilson. *História da Inteligência Brasileira*. São Paulo, Cultrix, 1976, vol. V.

MENEZES, Raimundo de. *Dicionário Literário Brasileiro*. Vol. I. Verbete de J. L. de Almeida reproduzido em *O Estado de S. Paulo*, s/d.

PAES, José Paulo e MOISÉS, Massaud. *Pequeno Dicionário de Literatura Brasileira*. 2ª ed. Revista e ampliada por Massaud Moisés. São Paulo, Cultrix, 1980.

O País. Rio, 13.1.1908 e 7.6.1908.

4

Carmen Dolores: Jornalismo, Literatura e Feminismo na Bela Época Brasileira

Como nota Brito Broca, em *A Vida Literária no Brasil – 1900*, na virada do século, várias escritoras brilharam como jornalistas a contribuírem com artigos para os grandes jornais brasileiros. Entre estas, encontram-se Júlia Lopes de Almeida (1862-1934) e Carmen Dolores (pseudônimo de Emília Moncorvo Bandeira de Melo, 1852-1910)[1]. Inteligentes, trabalhadoras e abertas a idéias novas, essas

1. Há pouquíssimas menções de Carmen Dolores em dicionários ou histórias da literatura. No *Dicionário Literário Brasileiro*, vol. III (São Paulo, Saraiva, 1969), Raimundo de Menezes apresenta o verbete: "MELO, Emília Moncorvo Bandeira. Pseudônimos: Júlia de Castro, Leonel Sampaio e Carmen Dolores (o mais usado)... Nascida em São Paulo (segundo Luís Correia de Melo) ou no Rio de Janeiro (conforme R. Magalhães Júnior) a 11 de março de 1852. Colaborou durante muitos anos no *Correio da Manhã* e em *O País*, escrevendo a crítica 'A Semana'. Essa colaboração foi depois reunida em livro, sob o título *Ao Esvoaçar da Idéia*. Usou sempre [sic] o pseudônimo Carmen Dolores, de composição quase anagramática (informa R. Magalhães Júnior) pois todas as letras, menos o s final, foram tiradas de seus próprios nomes. Escreveu contos, crônicas, críticas literárias, poesias, conferências. Começou por simples diletantismo, através de uma enquete literária promovida pelos redatores do 'Almanaque' de *O País*. Depois forçada pelas necessidades econômicas, desdobrou-se em colaboração permanente em revistas e jornais. Faleceu no Rio de Janeiro, GB, a 13 de agosto de 1911".
Brito Broca, como R. de Menezes, dá o falecimento da autora como tendo ocorrido em 1911, o que está errado, como se pode ver no obituário de *O País*, a 17.8.1910.
A bibliografia de Carmen Dolores consta de *Gradações – Páginas Avulsas*,

autoras pugnaram por mudanças relativas à atividade mental, mas também demonstraram forte sentido prático. Assim, inspiradas por escritoras francesas, muito em voga então, conseguiram equiparar ordenados entre jornalistas femininos e masculinos (Broca, p. 225).

Como jornalista, Carmen Dolores é provavelmente a mais notável dessas autoras. Como contista, contudo, não tem, a nosso ver, a mesma significação literária que Júlia Lopes de Almeida como ficcionista, apesar de suas duas coletâneas, *Gradações* (1897) e *Um Drama na Roça* (1907) apresentarem inegável interesse literário, histórico e feminista[2]. Seu único romance, *A Luta*, é mencionado pela autora, com orgulho profissional, como sua obra mais realizada[3]. O romance tem valor pela apresentação de quadros dramáticos e personagens vivas, numa pensão carioca. Entretanto, em 1910, um romance naturalista em moldes fiéis de Zola era claramente anacrônico. Lúcia Miguel-Pereira tem razão ao pronunciar-se sobre ele como sólido e que "se tivesse sido escrito alguns anos antes... lograria grande fama" (Miguel-Pereira, p. 134).

O presente estudo tentará examinar como a cronista e contista Carmen Dolores reflete sua época, principalmente no que diz respeito à posição da mulher na sociedade burguesa média e alta. Aqui

1894-1896. Rio de Janeiro, Tipografia Leuzinger, 1897; *Um Drama na Roça*, contos, com prefácio de Coelho Neto, Rio de Janeiro, J. Laemmert, 1907; *Ao Esvoaçar da Idéia*, crônicas, Porto, Chardon, 1910; *A Luta*, romance, Rio de Janeiro/Paris, Garnier Livreiro, 1911. *Almas Complexas*, contos, Rio de Janeiro, Calvino Editora, 1934. (Os três últimos são póstumos.) Escreveu também a peça *O Desencontro*, que Artur Azevedo ajudou a montar no Teatro João Caetano (*O País*, 25.10.1908). (As citações de Carmen Dolores, Coelho Neto e outros tiveram grafia atualizada nesse trabalho.)

2. Publicado em 1897, como se disse acima, *Gradações* se encontra há muito esgotado. A Editora Presença reeditou a coletânea em 1989, com estudo prefatório, notas e atualização ortográfica pela autora do presente ensaio. O volume fará parte da coleção Presença/Resgate, dedicada à reedição de escritoras esquecidas, da virada do século.

3. Carmen Dolores chegou a ver *A Luta* impressa em folhetim (*O País*, 9.1.1910), mas não o livro, editado em 1911, um ano após sua morte (*O País*, 17.8.1910). Não o estudaremos no presente ensaio por não caber em nosso escopo. Também deixamos de lado a coletânea póstuma, *Al-*

veremos as características comuns à ficção e ao jornalismo, assim como as diferenças, a fim de determinarmos a importância da autora no panorama da virada do século, entre o final do Império e o início da Primeira Grande Guerra – a Bela Época brasileira.

Como contista, Carmen Dolores conseguiu vivo e merecido prestígio entre contemporâneos, tanto leitores como críticos[4]. Em estilo forte e cuidado, *Gradações* e *Um Drama na Roça* oferecem estórias cujo interesse dramático e análise psicológica se revelam como fatores predominantes. O que distingue os melhores contos dessas coletâneas é a fina percepção quanto à condição feminina burguesa, fazendo da pena da contista instrumento por vezes tão incisivo como aquela da jornalista. Sente-se o partido do autor implícito, que aqui se confunde com a autora real, podendo freqüentemente ser considerado seu *alter ego*: posta-se do lado da personagem feminina, mesmo que tácita ou claramente lhe critique a indecisão ou o superficialismo. Apresenta tais falhas como resultantes da educação da menina-moça e da vida ociosa da matrona, as quais, como jornalista, tão bem exemplifica como roteiro em crônicas como "Um Protesto" de *Ao Esvoaçar da Idéia*, 1910. Não queremos dizer que os contos de Carmen Dolores sejam meros *exempla*, pequenos sermões a pedirem melhor programa de vida para a moça da classe média e alta. Não, são muitíssimo mais: trabalhados como contos, contos são. Queremos dizer que a sorte de várias personagens pode ser ligada, indiretamente que seja, a posições também de interesse feminista a serem sistematicamente tratadas pela cronista: educação, trabalho e divórcio.

A primeira dessas coletâneas, *Gradações*, apresenta estórias nas quais faz-se anotação de sentimentos de mulheres apaixonadas e dominadas pelos amantes. "Paixão", aqui, indica o sentimento ex-

---

    mas Complexas, publicada em plena era modernista pela filha de Carmen Dolores, a ficcionista Mme. Chrysanthème (Cecília Bandeira de Melo).

4. Tanto R. Magalhães Junior, em seu *O Conto Feminino*, como Isaac Goldberg em *Brazilian Tales*, mencionam a escritora como tendo tido grande popularidade como ficcionista. Já Agrippino Grieco, em *A Evolução da Prosa Brasileira*, elogia-a como cronista.

cessivo que se confunde com o sofrimento, quando a amante perde a noção de tudo que não seja seu amor. Este é o mesmo amor hipertrofiante sobre qual Marcel Proust escreveria sua obra-prima. Carmen Dolores cria um mundo sublunar em sua escuridão e imprecisão de contornos: um mundo onde não há crianças nem jardins e onde os holofotes (ou talvez a luz de instrumentos médicos) iluminam o coração da protagonista a seguir os mínimos movimentos e variações – as gradações do título. O mais das vezes, o amor da personagem feminina se torna fixo, domina vontade, razão e maneira de vida, mesmo ao reconhecer que o amante, pouco após, desinteressa-se dela, ou ela dele: "Oh, as gradações de um sentimento de homem!" comenta o narrador de "Ilusão Morta" (*Gradações*, p. 88).

Ao passo que a primeira coletânea é uma reunião de estudos psicológicos tão ao gosto finissecular, *Um Drama na Roça* é menos intimista e oferece maior escopo e variação em temas, personagens ou cenários. Há, aqui, quadros vivos em que se move toda uma multidão: homens, mulheres, crianças, aristocratas, burgueses, artistas e até ladrões de casaca. Admiradora de Zola, a autora francófila, como ele, maneja multidões e estuda "temperamentos" ao tentar recriar seu meio e sua época[5]. Se alguns dos contos se inscrevem como dramalhões ou anedotas, quer por empregarem personagens-tipos em situação forçada (como a mulher fatal de *Um Drama na Roça*), quer por apresentarem um exotismo fora da sua

5. Assim se refere a escritora em sua admiração por Emile Zola, romancista e defensor do tenente Dreyfus: "o grande naturalista, o poderoso pintor de todos os quadros da vida, o épico defensor da justiça, da verdade e do amor" (*O País*, 7.6.1908). *A Luta*, indubitavelmente, é uma homenagem a Zola, em tema e estilo. Nota-se aí e em contos das três coletâneas (com maior ou menor sucesso) o estudo de temperamentos como prescrito pelo Mestre ("Préface" de *Thérèse Raquin*, *Anthologie*, p. 246) assim como do meio ("Préface" de *La Fortune des Rougon*, *Anthologie*, p. 253). Na enquete estampada novamente em *O País*, como parte do obituário, a escritora se refere, contudo, à influência exercida "pelos portugueses" sobre sua ficção. Romântica, começara com Herculano, para passar a Eça, que continuou a seguir como modelo (*O País*, 17.8.1910).

alçada, de modo geral a autora obtém êxito ao seguir as prescrições realistas, atendo-se a seu próprio meio social e geográfico. No importante prefácio a *Um Drama na Roça*, Coelho Neto apresenta Carmen Dolores como lutadora e artista, "uma das mais robustas organizações artísticas do nosso meio... Artista, tem a preocupação da forma... e verdade" (IV, V).

Podemos dizer que através da galeria de personagens tanto femininas como masculinas da chamada "boa sociedade", nestas estórias a contista fixa situações em geral diretamente ligadas à mulher, mas fortemente dependentes de personagens masculinas – marido ou amante, filho ou pai. Observa-lhes o temperamento, como se notou acima, muitas vezes impressionável ou mesmo "neurastênico"[6]. As personagens femininas seguem as regras do jogo impostas pela convenção, limitando-se ao itinerário consagrado: namoro, noivado, casamento, maternidade e, freqüentemente, viuvez. Este itinerário, de certo modo, cai no determinismo dos naturalistas, com as conseqüências esperadas.

Ao examinarmos os contos de Carmen Dolores percebemos que uma de suas características mais importantes apresenta interesse para a literatura brasileira, em geral, e feminista, em particular. Referimo-nos a sua escolha da mulher madura como personagem de numerosas estórias. Estas personagens são colocadas em situações difíceis e às vezes melodramáticas em função do envelhecimento[7]. Dependendo da beleza juvenil para cativarem marido ou amante e conservarem proeminência social e econômica, as personagens experimentam angústia muito real ao sentirem afastar-se o frescor da mocidade. (Como contrastam com Sofia de *Quincas Borba*, Natividade de *Esaú e Jacó*, dona Camila de "Uma Senhora" e as ou-

6. Em "Início", o primeiro conto de *Gradações*, a protagonista, a viúva Lavínia "andava doente, atacada por uma neurastenia profunda" (11), devido a rompimento de noivado. Outras personagens, geralmente femininas, sofrem do mesmo mal ocasional.
7. A velhice é um topos para a cronista Carmen Dolores que a menciona na crônica "Pôr-do-Sol" de *Ao Esvoaçar da Idéia* e em *O País* (23.1. e 10.9.1910), entre outras.

tras personagens perenemente jovens e belas na ficção de Machado de Assis!) Em "Abdicação", a situação da mulher de meia-idade atinge extremo patético e mesmo tragicômico. Aí, a pedido do esposo, a esposa promete não mais incomodá-lo quanto ao ato conjugal. De preto da cabeça aos pés, aparece no fundo da sala, a significar a atitude de viúva de marido vivo.

Se apesar de autora de muitos contos bons Carmen Dolores por vezes vicia outros, tornando-os anedóticos ou melodramáticos, tal não se dá com a obra jornalística. Escreveu para *O Correio da Manhã* e, de 1908 até sua morte, assinou a crônica "A Semana" em *O País*, que em 1900 fora o jornal de maior tiragem e circulação de toda a América do Sul. Nos artigos jornalísticos, nota-se o mesmo cuidado com a forma e coragem quanto à busca e apresentação da verdade elogiados por Coelho Neto como sendo característicos da ficção de Carmen Dolores. Como tão bem disse Brito Broca, a jornalista foi "espírito combativo que defendera o divórcio e as várias reivindicações femininas" (p. 252). Gilberto Amado, um dos grandes cronistas brasileiros e sucessor de Carmen Dolores em *O País*, destacou sua "paixão pela vida, a bravura dos entusiasmos, a violência das sensações [...] essa exaltação deslumbrada, essa robustez na aventura de viver, mercê da qual se reconhece que este mundo mau é um excelente mundo" (Broca, pp. 252-253).

Realmente, a autora não hesita em pegar da pena para cumprir o que vê como seu dever: consertar o que puder ser consertado na sociedade brasileira. Assim é quanto à batalha pelo direito ao trabalho bem remunerado para a mulher ("Um Protesto", *Ao Esvoaçar da Idéia*, p. 200), pela educação das crianças e por sua sorte em geral ("Natal", *AEDI*) e em, particular, pela instrução das meninas (*O País* 25.6.1908 e 6.6.1908). Faz o mesmo quanto à legalização do divórcio no Brasil, como se verá mais abaixo. Generosa, escreve em relação ao trabalho feminino: "Quando vejo um mal que me punge, ponho-me logo a pensar no remédio que talvez fosse possível apontar ao vencido por circunstâncias independentes, oh! bem independentes da sua pobre vontade" (*AEDI*, p. 19, "Um Protesto"). Mostra-se solidária, pois, com as principais reivindicações da mulher, as quais, para ela, compõem o feminismo. "[Levanto]-me para escrever artigo feminista, pede-o o instinto feminino", proclama em "Um Protesto" (*AEDI*, p. 202).

Quando se pensa que na época a mulher era vista como figura emblemática em seu pedestal de rainha do lar, movida por asas angelicais, compreende-se o valor da jornalista que se esforça por destruir mitos poéticos porém daninhos[8]. Em 1908, ano em que inicia sua colaboração em *O País*, encontramos pequeno artigo anônimo aí, sobre a posição da mulher das classes mais altas:

A dona de casa é a amável companheira do homem no percurso pela vida incerta e acidentada da vida... Se solteira, presidindo o lar à falta da mãe, não deve esquecer que tem que se desdobrar em filha e mãe e que na casa paterna vai preparando a alma para povoar mais tarde o lar do eleito do seu coração, a quem dará todos os tesouros dos seus encantos (*O País*, 2.1.1908).

Os tropos empregados no pequeno trecho, como se vê, desenvolvem roteiro de noivado, casamento e maternidade paralelo àquele de romances cor-de-rosa e água-com-açúcar. A moça será invariavelmente protegida pelo pai e depois pelo marido, ambos bons e dedicados chefes de família. Não há lugar para exceções. É justamente a realidade de seu tempo e de seu meio que a jornalista enxertará neste róseo programa nacarado de segurança e felicidade. Introduzirá a exceção negada pelo catecismo feminino: a mulher

8. O poema "The Angel in the House" de Coventry Patmore teve repercussão bem além da Inglaterra (1835) por coincidir com o sentimento popular em relação à mulher. Virginia Woolf retirou a imagem da gaveta poeirenta do passado ao apresentá-la como o maior inimigo da mulher com ambições profissionais (Ruthven, p. 72). Nos países católicos, como se sabe, houve desdobramento ao substituir-se o anjo por Nossa Senhora, dando-nos o "marianismo". Contudo, ao examinar a realidade brasileira do século passado, June Hahner nota, com acerto, que em relação tanto às mulheres tipo "boneca ou criança mimada" como àquelas maltratadas pelo marido, "a posição num pedestal [...] evidentemente teria sido um progresso notável para muitas [da burguesia média e alta]" (Hahner, p. 38).

desprotegida, abandonada ou maltratada, cuja defesa vê como seu dever. Daí o mencionado artigo, "Um Protesto", em prol do trabalho feminino bem remunerado e a brilhante série de artigos sobre o divórcio reunidos no livro maravilhoso que é *Ao Esvoaçar da Idéia*. Estas crônicas não são as historinhas ligeiras tão apreciadas no Brasil atual, mas ensaios de fôlego, de sete a oito páginas, nos quais a autora constrói e desenvolve argumento impressivo. Entre eles está a série dos sete a favor do divórcio como medida legal: "Conversando", "O Divórcio", "Um Absurdo", "É Irritante", "Coisas da Atualidade", "O Triunfo", e "Ainda". Em cada um deles, Carmen Dolores ergue firme arcabouço lógico a sustentar o argumento. Lúcida e pragmática, começa por aceitar a índole católica brasileira e tentar mostrar que o divórcio é parte da tradição cristã, tanto no Antigo como no Novo Testamento, apesar da oposição da Igreja Católica moderna. Logo após, lógica e consistente, examina o casamento civil, o único válido pela lei brasileira e que, se é contrato, "pode ser dissolvido" (*AEDI*, p. 67).

A autora se posta do lado da mulher malcasada por considerá-la "galé" (*AEDI*, pp. 64, 81, 110), "pária social" (*AEDI*, pp. 68, 78, 169), e não por querer o divórcio para si mesma. Como jornalista, crê dever alertar leitores quanto a falhas sociais a serem corrigidas. Decidida e constante, persiste na batalha, voltando à carga, pois "cumpre que alguém volte sempre a apanhar o fio reto da questão, não deixando formar-se o confuso emaranhado que é o objetivo de certos advogados dessa evolução social" (*AEDI*, p. 70). O divórcio é importantíssimo porque representa... "a liberdade individual" (*AEDI*, p. 74). Lógica, repete para ser ouvida: "pois que o único matrimônio legal em nosso país é o civil, a dissolução só deve ser debatida no terreno puramente civil. Isso impõe-se, é evidente" (*AEDI*, p. 77). Nesta série de ensaios, demonstra preocupação com a sorte tanto do homem como da mulher malcasados, mas reconhece que em seu meio e sua época, a meia-solução de separação de corpos, o desquite, prejudica muito mais a esta que àquele.

Se Carmen Dolores se coloca francamente no partido reivindicativo quanto à mulher e se classifica como feminista na defesa da educação, trabalho e divórcio, contudo demonstra ambivalência em relação ao termo "feminismo". Ora garbosamente assume a classificação, ora dela se defende como pecha. Na primeira posição, coloca-se solidamente no campo feminista, ao criticar o brasileiro em atitude grosseira de incompreensão e crítica à mulher instruída (*AEDI*, p. 52). Neste excelente ensaio, fala com autoridade e lirismo sobre a situação da escritora com seus ideais e problemas. Também defende a mulher de classificações injustas mas aceitas pela tradição ao mostrar que, ao contrário do ditado, é muito menos volúvel que o homem (*AEDI*, p. 43). Irônica, imagina que lhe jogam insultos do mesmo teor: mulher só precisa estudar assuntos domésticos (*O País*, 22.3.1908 e 26.7.1908). Ainda irônica, confessa-se partidária do "abominado feminismo" ao exigir ordenado e outras condições justas para o trabalho feminino (*AEDI*, p. 97). É como feminista que lamenta a educação deplorável que faz de muitas moças brasileiras de família abastada cabecinhas de vento (*AEDI*, "Um Protesto"; *O País*, 25.6.1908). É como feminista que elogia a atuação da Dra. Mirtes Campos, a primeira advogada brasileira a exercer a profissão e, por sua inteligência e integridade, abrir o caminho para futuras advogadas[9]. A posição da jovem advogada, solteira, ante a legalização do divórcio no Brasil garantiu-lhe não só a admiração como também o apoio da jornalista Carmen Dolores (*O País*, 18.10.1908; *AEDI*, "O Divórcio", p. 71 e "O Triunfo", p. 110).

Em certas ocasiões, contudo, Carmen Dolores resvala, chegando a queixar-se de nada ter de feminista! É o caso da polêmica com Carlos de Laët em 1908, provocada, aparentemente, pela crítica ferina da cronista ao ilustre sacerdote Padre Júlio Maria, a cujas pregações na Igreja da Candelária, acudiam fiéis entusiasmados. Por mais de uma vez, Carmen Dolores demonstra sua antipatia pelo pregador, o qual acusa de vaidade, superficialismo e até mesmo hipocrisia (*O País*, p. 223, 12.4.1908). Ora, o gramático, professor e acadêmico Laët se arvora em defensor do Padre Jú-

---

9. Olmio Barros Vidal, "A Primeira Advogada", *Precursoras Brasileiras*.

lio Maria. Como tanto ele como Carmen Dolores escreviam para *O País*, a polêmica se faz aí. Logo de início, o campo se restringe ao pessoal e o ataque de Laët passa a ser *argumentum ad mulierem*, ironizando a cronista (que se considerava sua amiga até então) como "confreira". Carmen Dolores aceita as armas oferecidas para o duelo, mas, surpreendentemente, logo dá uma reviravolta a aceitar a conotação do termo como aquela do atacante. Coloca-se, assim, no mesmo campo ideológico de Carlos Laët e outros. Em resposta a "confreira", diz ela: "Nem por isso me considero feminista, livre-pensadora ou coisa que o valha. Tenho, pelo contrário, a consciência de ser uma boa mãe de família – assaz o hei provado" (*O País*, 9.9.1908).

Outro exemplo de atitude surpreendente e reacionária é a humildade com que a escritora, apesar de a princípio refutá-la com certa energia, acaba por conceder valor científico à opinião do "sábio" italiano, Enrico Ferri. Este "sociólogo e criminalista", em conferências no Rio de Janeiro, em novembro de 1908, nega o "gênio feminino" e "[encara] a mulher como nula, fraca e dependente do homem" (*O País*, 29.11.1908). A arguta jornalista cai aí em armadilha, sendo intimidada pelo que vê como autoridade científica ao aceitar a opinião do "eminente cientista" devido ao que ela percebe como "seu grande respeito... e mesmo viva ternura" pela mulher! Carmen Dolores parece influenciada pelo positivismo, ainda, vigente no Brasil pós-imperial, e para o qual a ciência fundada por Augusto Comte, a sociologia, é a rainha de todas. Estranhamente, contradiz sua própria crônica, excelente, de dois meses antes, no mesmo jornal, na qual se pronunciara brilhantemente sobre "a insexualidade espiritual da escritora, cronista ou romancista" (*O País*, 6.9.1908). Cito mais: "Não entendo esta coisa de escrever como um homem ou uma mulher: deve-se escrever simplesmente como artista obedecendo livremente à sua visão própria, ao seu temperamento, à sua maneira de sentir" (*O País*, 6.9.1908). Esta é a questão de escritura feminina, que, na crítica, como se lembra, vem se impondo desde o século XVIII, com Madame de Staël, chegando ao nosso com Virginia

Woolf, Julia Kristeva, Hélène Cixous e, tangencialmente, Norman Mailer[10].

Outro aspecto a ser examinado aqui é a definição do termo "feminismo" para a parte da obra de Carmen Dolores em que se debruça sobre ele, como no ensaio "Um Protesto". (Contrasta com a definição encontrada na irritada polêmica com o irônico Carlos de Laët.) Vejamos como em "Um Protesto" o termo se compara com a definição usada atualmente, pelo menos no meio intelectual. Para Carmen Dolores, feminismo se restringe a reivindicações femininas, mas não se estende à vida da totalidade das mulheres, como hoje em dia. Diz ela, "o feminismo é um remédio, todos sabem". Explica que "é a única solução para a mulher desamparada que tem que ganhar o seu pão" (*AEDI*, p. 202). "Feminismo é questão de 'justiça', pois a sorte e não o seu gosto... arrojou [a mulher desamparada nesse] terreno" (*AEDI*, p. 202). Está pois excluída do campo e interesse de feministas a mulher dita feliz, a qual para a autora é aquela bem-casada, rica e pertencente à alta burguesia. É, em suas palavras, a mulher que "não conhece essas coisas de lutas práticas e vida exterior". São suas estas palavras surpreendentes:

> Ora, evidentemente, este tipo de mulher [i.e., alegre, fútil, preconceituosa, desdenhosa, com estreito mundo de idéias e nenhuma curiosidade intelectual] é *por excelência* [grifo nosso] o tipo feliz e invejável entre todos (*AEDI*, pp. 199-200).

Nisto a escritora, mais uma vez, se inclina à convenção patriarcal, apoiada por pseudo-sabedoria popular e religiosa. Apesar de aceitarmos, com Carmen Dolores, a realidade da fragilidade feminina e de dar-nos conta da dificuldade dos freqüentes partos para muitas das mulheres de então, todavia não podemos aceitar o mito, o conto de fadas a simplificar a estória da vida com a pro-

---

10. Para a questão da escritura feminina, veja cap. 3, "Gender and Genre"; cap. 4, "Towards a Definition of Feminist Writing"; e cap. 5, "Do Women Write Differently?" em Eagleton. Consultar também "Talking about *Polylogue*" (com J. Kristeva) em *French Feminist Thought* de Toril Moi.

posta da mulher feliz porque bonita, rica... e ignorante. Seguindo a linha da mulher-objeto-de-beleza bastante comum no mundo oitocentista do Brasil, a cronista rende seu preito a esta hipotética mulher feliz e protegida: "É o gentil passarinho... [cuja] missão é simplesmente de agradar pelas aparências" (*AEDI*, pp. 199-200). E estas não são palavras irônicas. Podem, contudo, ser explicadas como sendo de uma mulher que ao envelhecer vê-se ainda na necessidade de trabalhar para sustentar-se, apesar de doente. São palavras melancólicas de quem conhece a realidade, mas, por alguns momentos, gostaria de afastá-la e até substituí-la por conto de fadas infantil – que em momento de fortaleza e lucidez desprezaria. Só uma escritora exausta diria que "não há dúvida que o mais belo destino é o da mulher feliz... Ser feliz, não conhecer essas coisas de lutas práticas e vida exterior – *tout est là*" (*AEDI*, p. 198).

Ligado à posição da autora quanto à felicidade da mulher e pertencendo à mesma dicotomia masculina/feminina, temos o sufrágio universal. Em crônica sobre José do Patrocínio, Carmen Dolores afirma desconhecer assuntos políticos (*AEDI*, p. 23). Na polêmica com Carlos de Laët, revida aquilo que considera insulto, "republicana", declarando-se monarquista: "Não tenho política. O meu credo único é o da saudade do Sr. D. Pedro II, esse vulto sublime" (*O País*, 9.8.1908). O mesmo afirma a D. Leolina Daltro, a protetora dos indígenas: "Não, minha senhora, eu não sou, nunca fui, nem jamais serei republicana", pelo que vê como incompatível com sua "obscura personalidade de simples artista e lutadora no único terreno das letras" (*O País*, 19.6.1910).

Como outros contemporâneos, especialmente os monarquistas ferrenhos, ao colocar-se em posição apolítica, a autora tenta afastar-se do que reputa desonestidade e deselegância. Tal posição não é rara na época, tanto na Europa como nos Estados Unidos. Na mesma carta a D. Leolina Daltro, mostra claramente seu partido: "... mas o mais de palavrões, partidarismo, exibições, direito ao voto – não, isso não é comigo" (*O País*, 19.6.1910). E no questionário anexo ao obituário, temos outra explicação:

Só compreendo o feminismo como meio de garantir à mulher o direito de concorrer ao trabalho igual ao homem quando precisa lutar pela vida, mas acho inútil a sua incorporação à política, forma apenas grotesca de um exibicionismo sem necessidade, que fere preconceitos [e não valoriza] senão... a vaidade feminina (*O País*, 17.8.1910).

Enfática, define sua posição como sendo de "neutralidade desdenhosa [quanto] à política atual que [abomino]" (*O País*, 17.8.1910).

Como sua ilustre colega, Júlia Lopes de Almeida, Carmen Dolores não via relação entre a política e a literatura[11]. Apesar de manifestar atitude bem menos amena que a de Almeida, Carmen Dolores não chegou a atacar violentamente o sufrágio feminino como alguns de seus contemporâneos nas letras e na tribuna[12]. Claramente, a escritora evitava tudo que fosse republicano, mesmo que a medida, como o voto feminino, se destinasse a melhorar a situação social e legal da brasileira.

Em conclusão, excetuando-se sua indignada resposta a Laët (de não ser "feminista, livre-pensadora ou coisa que o valha") e por sua "neutralidade desdenhosa" pelo voto feminino, podemos dizer que a escritora Carmen Dolores foi coerente quanto a suas convicções. Lutou pela educação feminina, pelas oportunidades de trabalho bem remunerado para a mulher e, principalmente, pelo divórcio,

---

11. Apesar de manter que "por ter empenhado [seu] voto às letras, [desistira] do [voto político]", Almeida reconhece que o sufrágio feminino chegará ao Brasil e crê que as mulheres votarão com cuidado (*O País*, 13.1.1908).

12. Mrs. Humphry Ward (1851-1920), romancista célebre e professora em Oxford, organizou movimento contra o sufrágio feminino e escreveu o "Appeal Against Female Suffrage," 1889, e numerosos artigos do mesmo teor, ajudando também na organização da Women's National Anti-Suffrage League, em 1908 (Sutton-Ramspeck, 22). Quase vinte anos antes, no Brasil, a mesma posição de vários deputados à primeira Constituinte fá-los votar contra o sufrágio feminino. Fizeram-no por considerarem a mulher incapaz, intelectualmente, de escolher candidato adequado, e também por julgarem que tal concessão contribuiria para automática "dissolução da família brasileira". Daí o sufrágio feminino em si ser considerado "imoral e anárquico" (Hahner, pp. 84 e 85).

que via como direito da esposa (muito mais sacrificada pela situação anômala do desquite que o homem). Fruto de seu meio e de sua época, manifesta ambivalência quanto ao trabalho feminino. Se por um lado insiste em relevar-lhe o valor moral, por outro o exclui da vida da mulher privilegiada. Nascida em 1852, obviamente se enquadrava nos parâmetros patriarcais, apesar de viúva, durante muitos anos, ocupou lugar de chefe de família, tanto social como financialmente.

Conquanto, em momentos de desânimo ou irritação, tenha reagido contra o título de feminista, acatando assim o consenso preconceituoso que ela própria criticava em seu meio e época, Carmen Dolores merece o elogioso nome de feminista. Lutou por medidas imprescindíveis à trajetória da mulher brasileira que de "boneca mimada ou criança", passa pelo sonho inatingível de imitar Nossa Senhora, imaculada e mãe de Deus, para chegar ao patamar que lhe é próprio de ser humano inteligente, respeitável e ativo.

(Agradeço ao escritório de Research and Production Grant da University of South Carolina pelo apoio à pesquisa para este trabalho.)

Bibliografia

BARROS VIDAL, Olmio. *Precursoras Brasileiras*. Rio de Janeiro, A Noite Editora, s.d. (c. 1934).
BRITO BROCA, J. *A Vida Literária no Brasil – 1900*. 2ª ed., revista e aumentada. Rio de Janeiro, José Olympio, 1960.
CHRYSANTHÈME, MME. [Cecília Bandeira de Melo]. "Prefácio". *Almas Complexas* por Carmen Dolores. Rio de Janeiro, Calvino Filho Editora, 1934.
EAGLETON, Mary (ed.). *Feminist Literary Theory, A Reader*. Oxford/New York, Basil Blackwell, 1986.
GOLDBERG, Isaac. *Brazilian Tales*. Boston, The Four Seas, 1921.
GRIECO, Agrippino. *Evolução da Prosa Brasileira*. Rio de Janeiro, Ariel, 1933.
HAHNER, June E. *A Mulher Brasileira e suas Lutas Sociais e Políticas: 1850-1937*. São Paulo, Brasiliense, 1981.

MAGALHÃES JÚNIOR, R. *O Conto Feminino*. Rio de Janeiro, Civilização Brasileira, 1959.

MENEZES, Raimundo. *Dicionário Literário Brasileiro*. São Paulo, Edições Saraiva, 1969, vol. 3.

MIGUEL-PEREIRA, Lúcia. *Prosa de Ficção: 1870-1920*. 3ª ed. Rio de Janeiro, José Olympio, 1973.

MOI, Toril (ed.). *French Feminist Thought, A Reader*. Oxford/New York, Basil Blackwell, 1987.

O País. Vols. 24 (1908), 25 (1909), e 26 (1910).

RUTHVEN, K. K. *Feminist Literary Studies, An Introduction*. Cambridge, Cambridge University Press, 1985.

SUTTON-RAMSPECK, Beth. "The Slayer and the Slain: Women and Sacrifice in Mary Ward's *Eleanor*". *South Atlantic Review* 52:4 (November 1987).

ZOLA, Emile. *Thérèse Raquin*, e *La Fortune des Rougon*. Prefácios. Em *Anthologie des préfaces des romans français du 19ᵉ siècle*. Ed. H. Gershman e Kernan B. Whitworth, Jr. Paris, René Julliard, 1964.

5
O Crime da Galeria Crystal, em 1909: A Jornalista como Árbitro

Colegas no jornal *O Paiz*, de 1908 a 1910, Carmen Dolores e Júlia Lopes de Almeida alternavam crônicas semanais. Aquela escrevia "A Semana", aos domingos, e esta colaborava com um artigo às terças. O conteúdo de ambas as crônicas não as diferenciava de outras no gênero, através dos tempos, de Machado de Assis e Otto Lara Resende, hoje em dia. Estes artigos tratavam de casos recentes, no Rio de Janeiro ou algures, com comentário pessoal. Então, como agora, a personalidade da cronista fornecia o selo próprio.

Emília Moncorvo Bandeira de Melo, de pseudônimo Carmen Dolores (1852), e Júlia Lopes de Almeida (1862), contemporâneas e pertencentes ao mesmo núcleo socioeconômico, compartilhavam outras importantes características[1]. Assim, durante longos anos,

1. Apesar da fama alcançada em vida, Carmen Dolores foi logo esquecida e mesmo sua biografia apresenta disparidades. (Em seu *Dicionário Literário Brasileiro*, R. Menezes diz que para Luís Correia de Melo, a escritora nasceu em São Paulo, mas que R. Magalhães Junior dá o local como sendo o Rio de Janeiro. No mesmo *Dicionário*, por sua vez, a data da morte da escritora é registrada como agosto de 1911, o mesmo acontecendo com o livro de Brito Broca. A verdadeira data é agosto de 1910, segundo o obituário de 17.8.1910, de *O Paiz*.) Uma das personalidades literárias e jornalísticas mais em evidência durante nossa Bela Época, Carmen Dolores se exaltava com temas como a legalização do divórcio (pró) e o pregador, Pe. Júlio Maria (contra). Nascida dez anos após Carmen Dolores, Júlia Lopes de Almeida viveu, por assim dizer, uma vida

ambas pugnaram pela educação da mulher, por seu direito a trabalho digno e bem remunerado, em escritos jornalísticos ou propriamente literários. Nenhuma das duas, contudo, seguindo os padrões da época e da classe, propôs o sufrágio feminino, que consideravam desnecessário (Júlia) ou nocivo (Carmen Dolores) à mulher e à sociedade em geral. Outra característica das escritoras, e esta positiva, foi o sadio patriotismo demonstrado ao requererem elas melhor sorte para um Brasil jovem e mal saído dos grilhões da escravatura. Para ambas, este seria, de preferência, um país a trilhar caminhos europeus e não tropicais e afro-ameríndios, já que, mulheres de sua época e meio, não consideravam possível outro modelo.

O que mais unia as duas autoras era a seriedade com que exerciam a profissão. Ambas escreviam para ganhar o pão e o faziam com o entusiasmo de artistas. Viúva, Carmen Dolores se vira a braços com o sustento da família, tendo colaborado com os jornais cariocas, o mencionado *O Paiz* e o *Correio da Manhã*, como nos lembram Brito Broca e Raimundo de Menezes[2]. Júlia Lopes de Almeida, por seu lado, era esposa do poeta e jornalista Felinto de Almeida e mãe de seis filhos. À certa altura, viu-se obrigada a suplementar o modesto ordenado do esposo com produtos de sua atividade literária – tanto crônicas jornalísticas como romances, contos e ensaios de teor educativo.

As duas escritoras compartilharam seu labor literário, entre prosa de ficção e jornalismo freqüente. Contudo, Carmen Dolores só publicou duas coletâneas de contos, *Drama na Roça* (1907) e a

    completamente literária. Publicou seu primeiro artigo, uma resenha teatral, aos dezoito anos e escreveu até a morte: jornalismo, ensaios literários, peças teatrais e, sobretudo, romances e contos. Como Carmen Dolores – e mais injustamente ainda – passou de moda, em parte varrida pelos ventos do Modernismo de 1922. Hoje, resgatada por Wilson Martins e outros, é considerada uma de nossos dois maiores realistas. (O outro, evidentemente, é Aluísio Azevedo.)

2. J. Brito Broca, *A Vida Literária no Brasil – 1900*, 2ª ed. (aum.), Rio de Janeiro, José Olympio, 1960. Raimundo de Menezes, *Dicionário Literário Brasileiro*, São Paulo, Edições Saraiva, 1969, vol. 3.

excelente *Gradações*[3] (1897). Sua magnífica coleção de ensaios a favor do divórcio, *Ao Esvoaçar da Idéia*, e o romance *A Luta* são póstumos. Já Júlia Lopes de Almeida, em seus 72 anos de vida muito escreveu, chegando a obter posição privilegiada no cenário das letras e sua fama ultrapassado as fronteiras do Brasil. Contudo, suas melhores obras datam da juventude: os romances *A Falência, A Viúva Simões* e *A Intrusa*, justamente considerados por Wilson Martins, em sua *História da Inteligência Brasileira*, como dos pontos mais altos do realismo brasileiro em ficção[4]. Ao eleger o jornalismo, Almeida escolheu consciente e conscienciosamente um papel didático, principalmente em relação à jovem brasileira. Mãe de família, estendeu as paredes do lar para conter toda uma nação. Este magistério – ou sacerdócio – ela o cumpriu não só através dos jornais como também da ficção, principalmente a partir de 1905, com *O Livro das Donas e Donzelas* e o romance, *Correio da Roça*. Narra a filha, a declamadora Margarida Lopes de Almeida, que a mãe recebia pedidos de conselhos vindos de todo o Brasil (*Correio da Manhã*, 23.9.1962).

O presente ensaio examina a reação das cronistas Carmen Dolores e Júlia Lopes de Almeida a um incidente de grande repercussão no Brasil de 1909. Trata-se do assassínio, na terça-feira de

3. Reeditado pela Ed. Presença/INL, como parte da Coleção Resgate, dirigida por Luiza Lobo; com prefácio, notas e atualização ortográfica de M. Angélica Lopes (1989).
4. "É preferível pensar que nossa idade mental [em 1902] era então melhor representada por *Canaã* de Graça Aranha (1868-1931), de que a *Revista Brasileira* publica um excerto, pelo *Inverno em Flor* de Coelho Neto, e, sobretudo, pela *Viúva Simões* de Júlia Lopes de Almeida (1862-1934) que então apareceu em volume depois de ter sido publicado, dois anos antes, na *Gazeta de Notícias*. (W. Martins, *História da Inteligência Brasileira*, vol. 5, 11-12). "*A Falência* de Júlia Lopes de Almeida [é] excelente romance de inspiração eciana... (Matins, V, 194). "Júlia Lopes de Almeida, conforme foi dito anteriormente, representa, talvez, o ponto mais alto do nosso romance realista e, apesar da língua algo lusitanizante, não perderia no confronto com Aluísio Azevedo (vítima do mesmo mal). É ela um dos nossos romancistas do passado a exigir urgente releitura e reavaliação" (Martins, V, 384).

carnaval, em São Paulo, do advogado de 25 anos, Arthur Malheiro Ramos. A ré era Albertina Barbosa Bonilha, jovem professora de 22 anos, por ele seduzida quatro anos antes. Seu cúmplice fora o marido de um dia, o colega Eliziário Bonilha, que lhe arranjara tanto o revólver como a faca para matar o advogado. Este fora atraído por Bonilha ao quarto do hotel, onde o esperava Albertina. As crônicas de Carmen Dolores, de 6 de fevereiro e 14 de março de 1907 e a de Júlia, de 2 de março, intitulada, "Almas Fracas" foram escritas (para O Paiz) antes que O Estado de S. Paulo publicasse todos os fatos relevantes. Como veremos mais adiante, propõem uma Albertina incompleta, a qual, contudo, serve de veículo para afirmação clara da posição das escritoras quanto à criminosa, à brasileira e à mulher em geral. É muito provável que a situação das duas cronistas haja influído em sua interpretação da personagem Albertina. Idosa e adoentada, Carmen Dolores continuava a escrever, sem tréguas, para sustentar-se. Fora também baqueada por desgostos de família. Já a vida de Almeida era outra, malgrado dificuldades financeiras. Esposa e mãe feliz, recebia artistas e intelectuais em sua chácara de Santa Teresa.

Voltando ao crime de São Paulo, assunto de nosso ensaio: para Carmen Dolores, a ré é claramente culpada. Cito a cronista: "No meu conceito, Albertina Barbosa, a assassina, é uma miserável" (O Paiz, 28 de fevereiro 1909). Vê-a como arquiteta e instigadora, a qual "visou e acariciou na pessoa de Bonilha [o esposo] um possível instrumento de sua vingança". Ademais, Albertina é a "protagonista" desnaturada, que se coloca fora dos padrões de seu sexo por não haver demonstrado atitude de "jovem mulher delicada que devia ser sensível, timorata e humana". Carmen Dolores declara-a "um monstro".

A ré é assim colocada à frente do palco no drama familiar que a escritora eleva à esfera clássica ao lembrar a figura de Lucrécia, vítima e depois assassina de Tarquínio. Contudo, Carmen Dolores mal sugere o paralelo com a patrícia romana para imediatamente desfazê-lo: Albertina só aparentemente se assemelha a Lucrécia, figura pela qual, aliás, a cronista não nutre simpatia.

A óptica de Júlia em relação ao crime paulistano também se faz em proporções de drama alentado, projetado em cenário cíclico e universal. A crônica de terça-feira, 2 de março, começa com citação de almanaque francês, "Os ódios femininos produzirão seu pleno efeito... o maior drama, o maior escândalo nascerá do ódio de uma mulher". Explica que este sentimento é aquele que fez da esposa do compositor Giacomo Puccini a responsável pelo suicídio da jovem Dorietta Manfredi, por ela caluniada[5]. A ópera italiana, pois, extrinsecamente oferece pano de fundo e contexto para o assassínio de São Paulo e ambos – ópera e crime, arte e vida – são vistos por Almeida como efeitos inevitáveis do destino, movido pela conjunção astral. "Os astros não mentem", por duas vezes a cronista lembra à leitora na crônica citada.

A diferença entre a perspectiva de Dolores e aquela de Almeida se revela claramente na análise das três figuras principais do crime. Para Almeida, Albertina é uma "alma fraca", apesar de no passado haver demonstrado grande valor por sua vida honesta e difícil de professora primária, após o nascimento da filha ilegítima. Não buscara proteção masculina, nem troca de favores sexuais por sustento financeiro. Tal atitude a elevara, aos olhos da cronista. Em termos de culpa, continua Almeida, o crime não pode recair somente sobre a cabeça de Albertina, apesar de ela ser a assassina de Arthur Malheiro. Tal ação fora o resultado quase inevitável de cadeia de fatos alheios à vontade de Albertina, de "leis de uma sociedade madrasta e ingrata [para com as mulheres]". Almeida não considera Albertina como "protagonista", "instigadora" ou "monstro", à maneira de Carmen Dolores. Pelo contrário, apesar de condenar crimes de morte como imorais e inaceitáveis, tenta desvendar este através de coordenadas sociológicas e psicológicas.

Como se disse, Júlia Lopes de Almeida é autora de obras-primas do realismo brasileiro, como *A Falência* (1892) e *A Viúva Simões* (1902), nas quais provou conhecer muito bem os caminhos tortuo-

---

5. Noticiado em *O Estado de S. Paulo* de 24.2.1909, p. 3, portanto, na mesma semana do crime da Galeria Crystal.

sos que pode seguir um coração desnorteado pela paixão. Nestes romances, como em vários outros escritos, a autora aponta e condena a incompreensão social a aprisionar a mulher em camisa de força quanto à atividade sexual, ao mesmo tempo que concede carta branca ao macho da espécie. É dessa posição de árbitro que a cronista examina o crime de São Paulo, julgando os três principais atores do drama. Começa por colocar Albertina Barbosa no meio patriarcal, o nosso de então, em que a dependência feminina era dado inescapável. "Há três homens culpados no crime desta mulher", afirma a escritora tornada juíza, "primeiro o pai que a abandonou de criança..., segundo, o amante que a desonrou,... terceiro, o marido que a não aceitou [ao saber que não era mais virgem] e açulou-a à perpetração do assassinato". Para Almeida, ao marido, Bonilha, cabia "[aceitar a noiva] no seu infortúnio". Vê-o como instigador do crime e aquele que provera Albertina com as duas armas, o revólver e a faca. Já Albertina, a seus olhos, apresenta-se como "modesta professora de meninas", trabalhadora e nada leviana, a pagar por seu amor infeliz com a perda da filhinha e a preocupação com a própria saúde. Lógica, a escritora coloca o incidente numa escala bem mais ampla, ao comparar a reação social de crimes passionais masculinos e femininos. Cito-a, "Que allegam os assassinos de mulheres em face do tribunal? Allegam que foi por desaffronto de sua honra que puniram á faca ou á bala a esposa delinquente". E acrescenta que a mesma justificativa deveria ser aquela de Albertina, também desonrada, e além do mais traída e abandonada com a filha.

Como se viu acima, a opinião de Carmen Dolores contrasta como aquela de Almeida. A posição relativa à virgindade feminina efetua a separação aqui. Se para Júlia tal estado deve ser encarecido, não chega a ser bem absoluto, ou talismã. Aos olhos de Carmen Dolores, contudo, é o *sine qua non*, e Albertina cometera dois horríveis pecados: não confessara ao marido seu romance com Malheiro e assassinara o último, indefeso. A exaltação projetada pela linguagem coloca os dois atos no mesmo plano hiperbólico estilístico. A virgindade perdida é a seus olhos "esta mancha inapagável,... [essa]

falta que a exilava para sempre dos paraísos de uma união legítima". E mais: se o marido a tivesse aceito como era, seria herói e santo: nos termos da mesma crônica, concederia "magnânimo perdão". A escritora, pois, encara Albertina como pecadora bíblica, impura: é a responsável intelectual e *de facto* do crime. "Instigadora", é a "protagonista" que se aproveita da "allucinação de um homem de brio", o marido, para executar sua vingança.

Ao colocar nos ombros de Albertina Barbosa todo o fardo do crime, ao mesmo tempo que absolve tanto o ex-sedutor como o marido cúmplice, Carmen Dolores efetua reviravolta ideológica. Consegue-o ao construir cadeia que quer lógica, baseada na classificação de Albertina como moça moderna. Explico-me: a jornalista muito lutou pelos direitos da jovem brasileira e principalmente da burguesa: educação adequada, trabalho bem remunerado e implementação do divórcio civil. Quanto a este último, esmerou-se, em oito maravilhosos ensaios estampados na coletânea póstuma, *Ao Esvoaçar da Idéia*. Veemente e coerente, demonstra o direito legal devido às cidadãs e aos cidadãos. Posta-se ao lado de precursora brasileira, a advogada Myrthes de Moraes, ao defender "[as mulheres], as principais victimas do atrazo das nossas leis em relação ao casamento". Contudo, esta lutadora conserva inúmeros resquícios patriarcais reacionários, apesar de sua luta sem descanso em prol do divórcio. A meu ver, isto se dá por Carmen Dolores julgar a conquista dos direitos sociais da mulher não como um ideal universal, mas como algo particular e até secundário. Ambivalente, por vezes a autora deixa transparecer desconfiança quanto à capacidade da mulher que não é artista ou intelectual – a mulher "comum" – para empreendimentos profissionais. Assim, vê o trabalho remunerado como necessidade econômica para a mulher *desprotegida*, mas só em última análise, se ela se vir órfã, solteira ou viúva – destituída de vínculos masculinos, pois. A presença de pai, marido, irmão ou filho dispensaria a busca do ganha-pão fora do lar. E a ausência de trabalho, à certa altura, é vista por esta feminista paradoxal como suprema felicidade. Chega a dizer, sem a menor sombra de ironia, "Ora, evidentemente, este tipo de jovem [fútil, estreita de idéias] é por excelência o tipo feliz e invejável entre todos" (*AEDI*, 199-200).

Acresce que além da ideologia burguesa patriarcal que às vezes transparece nos escritos desta corajosa autora, com a idade aumentou ainda mais sua incompreensão dos jovens. Em vários contos e crônicas Carmen Dolores pinta a velhice como horrível exílio. Doente, deprimida por necessidade financeira, manifesta constante irritação durante os últimos anos de vida. É esta antipatia enraivecida que parece levá-la a construir silogismo cuja premissa se revela contrária àquilo que a levara à luta pela pena, anos antes: os direitos da mulher. No final da crônica, "A Semana", de 28 de fevereiro de 1908, destila seu veneno. Sem transição lógica e em início de parágrafo, Albertina Barbosa passa à condição genérica de moça moderna. Em processo ampliador, a ré se torna uma geração inteira, alcunhada, ironicamente, de "heroínas". Cito: são elas as "representantes atuais da mocidade feminina, que levam uma vida toda de independência... em plena responsabilidade, enfim dos seus passos..." Tal como Albertina, a cronista as vê como instigadoras de homem, a perturbá-los com fascínio sexual que chega a atemorizá-los e até afugentá-los! Todas as mulheres "consentem" [quanto ao encontro sexual] chega ela a dizer. Daí serem elas as culpadas de qualquer atitude masculina mais ousada, mesmo que esta chegue ao estupro. O silogismo construído por Carmen Dolores pode ser transcrito como:

A: As moças modernas são culpadas.
B: Albertina é uma moça moderna.
C: Albertina é culpada.

Em conclusão, ao examinarem o dramático caso Barbosa/Malheiro/Bonilha, as duas escritoras o tomam como *exemplum* a fim de dele extraírem uma moral. Carmen Dolores parece seguir os pormenores fornecidos tanto pelo jornal moderno, *O Paiz*, aquele de maior tiragem na América do Sul em 1900, como pelo sóbrio *Estado de S. Paulo*. Seu enfoque e estilo combinam com aquele, bombástico de *O Paiz*, que em três reportagens apresenta "Um Crime à Montépin" – portanto em moldes declaradamente romanescos, para entretenimento dos leitores. Já Júlia Lopes de Almeida parece basear-se somente em reportagens iniciais do jornal paulista, nas quais não se faz referência a uma Albertina bem mais livre que à primeira notícia.

Boas ficcionistas que são, as duas escritoras "modificam" o caso Albertina, a fim de expor, através dele, suas idéias sobre a mulher brasileira em geral e a criminosa em particular. Arguta e sensível, Almeida identifica a situação social de Albertina e as circunstâncias que a levaram ao assassínio do ex-amante. Contudo, Almeida descarta fatores de monta como o traje branco, de noiva, de Albertina criminosa impassível a emitir pareceres de justiceira e mulher ciumenta, estranhamente mesclados[6]. Para a cronista, ela não é mais que "alma fraca", premida pelas circunstâncias e pelos astros – vítima, enfim, de romance naturalista. Já Carmen Dolores, por seu lado, afasta as dificuldades muito reais da vida de Albertina, sua juventude pobre e maternidade penosa, para fazer dela doidivanas, sinônimo e emblema da moderna moça brasileira. Com voz de profeta de Antigo Testamento, decreta seu casamento sem virgindade "falta" tão grave quanto o próprio assassínio do sedutor, como se viu.

Uma Albertina diferente transparece nas reportagens do *Estado de S. Paulo*, em que laudos, perícia e declarações de testemunhas são minuciosamente transcritos e interpretados. Albertina proclamara em alto e bom som que mataria Arthur Malheiro Ramos porque ele a desonrara e porque não tolerava vê-lo feliz com outra, quatro anos após o nascimento da filha de ambos. Albertina também mandara levar a criancinha ao pai, quando aos dois meses o bebê adoecera. Arthur a passara à Santa Casa e depois ela fora en-

6. Este o diálogo entre Albertina e sua mãe, transcrito em *O Estado de S. Paulo* de 25.2.1909: "*Mãe*: Pois V. está satisfeita na prisão? – Albertina: Naturalmente. Eu não dizia que haveria de matal-o? Elle ia casar-se, não ia? Que direito tinha o Malheiro de ser feliz se eu era desgraçada por sua causa? Se eu o não matasse agora, matal-o-ia no dia do casamento".

tregue a um asilo, sem que os jornais houvessem descoberto se sobrevivera. Um casal nada admirável, podemos pensar? Certamente, apesar de nos apiedarmos da situação de ambos, face a uma sociedade monolítica a condenar.

Bonilha, instigador e provedor de ambas as armas – a faca e o revólver – se fez de mero espectador, no que foi apoiado e encorajado por Albertina. Aliás, a insistência da moça de ser a única autora do crime (apesar de não haver mancha alguma em seu vestido branco) deu o que desconfiar à polícia de São Paulo. Sua coragem e até empáfia, vistas nas declarações de autoria do crime, fizeram dela, paradoxalmente, heroína e simpática (*O Paiz* a chama de "heroína"). Isto talvez explique seu primeiro julgamento, no qual recebeu pena de 25 anos e seis meses na prisão (telegrama de *O Minas Geraes* de 31 de janeiro – 1º de fevereiro de 1910). A 19 de fevereiro, o mesmo jornal menciona que entrara em novo julgamento. Realmente, ela seria julgada e inocentada, meses após. Em sua crônica, "A Semana", de 4 de julho de 1910, Carmen Dolores se indigna com o final do caso. Lamenta que os criminosos escapem impunes. Albertina provavelmente voltaria calmamente a lecionar para meninas, comenta irônica. Júlia Lopes de Almeida já não mais menciona o "caso Albertina", pelo menos em suas crônicas posteriores para *O Paiz*.

6
Aníbal Machado e o Sonho

Autor de somente treze contos e novelas publicados no volume *A Morte da Porta-Estandarte e Outras Histórias*, e do romance *João Ternura*, Aníbal Machado tem, contudo, seu lugar assegurado na galeria de ficcionistas brasileiros[1]. Para Alfredo Bosi, ele é uma das "quatro vozes fortes do modernismo e de seus arredores" na contística, e para Fausto Cunha, outro crítico arguto e exigente, tem o nome garantido por "um punhado de estórias admiráveis"[2]. Outros têm também notado o valor literário desta ficção[3].

1. No presente estudo examinaremos as treze ficções incluídas em *A Morte da Porta-Estandarte e Outras Histórias*, 7ª ed., Rio de Janeiro, José Olympio Editora, 1970. Abreviaremos o título em *Porta-Estandarte*.
2. A. Bosi, "Situação e Formas do Conto Brasileiro Contemporâneo, prefácio a *O Conto Brasileiro Contemporâneo*, São Paulo, Cultrix, 1973. As outras vozes fortes são aquelas de Mário de Andrade, Antônio de Alcântara Machado e João Alphonsus. A citação de Fausto Cunha se encontra em *Situações da Ficção Brasileira*, Rio de Janeiro, Paz e Terra, 1970, p. 122.
3. Ver Otto Maria Carpeaux, "Presença de Aníbal", em *João Ternura*, 3ª ed., Rio de Janeiro, José Olympio Editora, 1965. Aí o ensaísta não só frisa a importância da pessoa de Aníbal para a vida intelectual e artística do Brasil através de seu "salão", como também se refere "[àqueles] contos, dos mais bem feitos da Literatura Brasileira..." (p. XVII). Outro ilustre crítico, Manuel Cavalcanti Proença, no ensaio "Os Balões Cativos" que mencionaremos mais adiante, nota que "ao publicar *Vila Feliz*, sua primeira coletânea de contos, o ficcionista já se adonara de todos os recursos e processos de sua arte. Já se cristalizara em sobriedade e bom gosto

Várias razões explicam o sucesso crítico de sua obra e aqui citamos algumas: *1.* a feitura primorosa na qual o autor, a partir de arcabouço anedótico informado por lirismo e humor metamorfoseia a trama em estória que atinge as raias do transcendente; *2.* a língua complexa, tão correta em descrições e sumários e tão deliciosamente crivada de gíria nas falas; *3.* o caráter sonhador de várias personagens que se vêem em união íntima com o universo, um universo franciscano em que as águas brincam com o sol e o vento é ora guerreiro ora menino; *4.* e, finalmente, a inocência subjacente ao sonho, a qual não só possibilita mas também mostra a bondade inerente às personagens.

No presente estudo examinaremos as duas últimas características mencionadas acima – ambas relacionadas com o sonho – tentando mostrar sua importância em *A Morte da Porta-Estandarte e Outras Histórias.* Aí o sonho é não só mola de mecanismo a mover a intriga como também pedra de toque quanto à verdadeira natureza das personagens.

Aníbal Machado atribuía enorme importância ao sonho. Classificando-se como "sobretudo um surrealista", disse ele: "O mal dos poetas foi ter consentido no distanciamento entre o sonho e a realidade"[4]. Era este distanciamento uma desvirtuação do destino humano pois para Aníbal como para André Breton (no *1º Manifesto Surrealista* de 1924): "O homem é um sonhador definitivo"[5]. Como o francês, nosso autor via no entrosamento do sonho e da realidade concreta uma doutrina que busca a libertação total do homem. "A renovação de valores trazida pelo surrealismo transcende do campo estético e organiza uma nova concepção do universo"[6].

---

    aquela imaginativa efervescente, que acumula originalidade". Também chama Aníbal de "escritor clássico" (p. XX).
4. Entrevista a Jones Rocha, em *Artes e Letras*, citada por F. Cunha em "Aníbal Machado entre a Poesia e a Prosa", *Seleta em Prosa e Verso de Aníbal Machado*, Rio de Janeiro, INL/MEC, 1974, p. 131.
5. Breton, *Manifestes du Surréalisme Extraits*, Paris, Gallimard, 1963, p. 11 (trad. da autora).
6. Entrevista a Jones Rocha, citada em *Seleta*, p. 131.

Ora, devido à aproximação feita pelo escritor com os surrealistas franceses, parece-nos indicado examinar o sonho em sua obra através de uma ótica surrealista. Temos, porém, o cuidado de afirmar o inegável bom senso de Aníbal Machado, para quem o sonho é passo essencial no conhecimento de si mesmo e do mundo ao redor, mas, ao contrário do que criam Breton e seus colegas, perde seu valor ao ser contaminado pela loucura. (Lembremos que aos olhos dos revolucionários franceses, os sonhos de Gérard de Nerval, louco, eram ainda mais importantes e desejáveis que aqueles de sonhadores sensatos.)[7]

Na ficção de Aníbal Machado, a natureza do sonho define as personagens. Por um lado, há os sonhadores que, mesmo ao gozarem a experiência onírica, não se deixam dominar por ela, mas a usam como meio de revelação de sua essência pessoal e do mundo circundante. Estas personagens agem, construindo sua vida, porque usam não só seus sonhos (e aqui, por extensão, também incluímos devaneios e projetos como sendo parte do sonho). São essas as personagens positivas, capazes de peneirar o imaginário dos fatos concretos, apesar da importância que atribuem àquele.

O outro tipo de personagens é também influenciado pelo sonho. Ao contrário das positivas, essas personagens são dominadas por ele que, ao se tornar a bússola de sua existência, descontrola-a, pois este tipo de sonho, tirânico, hipertrofia-se, metamorfoseia-se ao se tornar mania, e monomania. Perigoso, ao invés de revelar a verdade à personagem, ele se antepõe à verdadeira vida, escondendo-a ou mesmo anulando-a aos olhos e à consciência da personagem. Assim, as personagens obcecadas pelo sonho hipertrófico efe-

---

7. Nas palavras de Henri Peyre, "The second ambition of Surrealism was to open up the domain of dreams and insanity, to suffuse poetry with a dream like atmosphere, to cherish coincidences and chance encounters in life (especially with mysterious and half mad women), through which dreams come true". Citando Breton, diz Peyre: " 'Je vous souhaite d'être follement aimée' is the last sentence of L'Amour fou, and the wish Breton made for women who impressed him" ("Surrealism", *Contemporary French Literature*, New York, Harper & Row, 1964, pp. 423 e 424).

tuam sua própria desgraça ao cortarem as amarras com a realidade. Ao contrário dos "Balões Cativos" de que fala Manuel Cavalcanti Proença, elas são incapazes de unirem o imaginário ao concreto de modo frutífero[8]. É importante notar que tais personagens geralmente acabam fugindo, no final das narrativas, ou acabam na fuga maior que é a loucura[9].

Examinemos os sonhadores dominados pelo sonho em *A Morte da Porta-Estandarte*. Seu protótipo é o guarda-civil de "O Rato, o Guarda-Civil e o Transatlântico", dos idos modernistas de 1925, incluída no volume definitivo[10]. Aqui, o guarda é influenciado pela agitação geral que ele percebe como o Signo da Extravagância, provocado pela canícula, o qual substituíra aquele do Cruzeiro do Sul na cidade portuária. Ao contemplar "o colosso", o transatlântico chegado da Europa, sente renascerem seus antigos sonhos de grandeza. Esquecendo-se de suas modestas situações e possibilidades, quer saltar no navio e percorrer o mundo. Mas, paradoxalmente, também almeja mudar-se para São Paulo e tornar-se milionário, dono de inúmeros cafezais. O sonho aumenta, arrastando-o com voluptuosidade e, em sua catadupa de imagens disparatadas, acaba se apossando dele e enlouquecendo-o[11]. No final da novela, o pobre guarda-civil é levado para o manicômio.

---

8. "Os Balões Cativos", do que melhor já se escreveu sobre a ficção de Aníbal Machado, termina ao reiterar "a imagem dos balões cativos pelos quais se processa uma incursão no espaço imaginativo e onírico, sem desfixar do solo as amarras de um espírito crítico atento, anti-romântico, mas sorridente" (*Porta-Estandarte*, p. XXXVII).
9. No arguto ensaio "Aníbal Machado: Realidade e Supra-Realidade", Fábio Lucas considera as fugas dessas estórias como falha artesanal, opinião da qual discordamos (*Horizontes da Crítica*, Belo Horizonte; Movimento-Perspectiva, 1966).
10. "O Rato, o Guarda-Civil e o Transatlântico" foi publicado na revista *Estética*, janeiro-março de 1925, como se vê em *Porta-Estandarte*, p. 234.
11. Essa lista heteróclita, como se sabe, é processo pertencente à técnica surrealista de livre associação de idéias. Na novela de Aníbal, é também processo de caracterização a sugerir a loucura incipiente da personagem.

Outros visionários dominados pelo sonho têm destino igualmente trágico ao se curvarem à sua obsessão. Na coletânea inicial, *Vila Feliz*, temos Ataxerxes, protagonista de "O Telegrama de Ataxerxes", e o ferreiro de *A Morte da Porta-Estandarte* e, em grau mais fraco, Helena da estória que fornece o título ao volume, "Acontecimento em Vila Feliz"[12].

O ex-sitiante Ataxerxes se assemelha ao guarda-civil, incapaz que é de traçar a fina divisória entre o imaginário e os fatos[13]. Assim, ao se perguntar se realmente havia passado telegrama ao Presidente da República, lembrando-lhe ter sido seu colega de grupo e avisando-o de sua mudança para a Capital, Ataxerxes se preocupa:

> Um mistério, aquilo! Ultimamente, durante a noite, convencia-se de que [...] havia mandado [o telegrama]; ao amanhecer, acordava com a dúvida horrível. Em seu espírito tudo passava facilmente do real para o imaginário, do sonho para a realidade. Com relação ao telegrama, lembrava-se de ter entregado o papel ao guichê e tomado o recibo à taxadora; não estava seguro, porém, se isso se dera em seu pensamento ou na agência da Avenida Rio Branco (p. 148).

A confusão de Ataxerxes é compreensível para o leitor já que, estranhamente, o telegrama às vezes age (telegrama que o leitor sabe não ter sido enviado) conseguindo promoções ou favores para conhecidos da pensão de Ataxerxes. O clima, assim, se torna meio fantástico: a personagem passa a crer tão-somente no poder de sua imaginação, largando a realidade. Esta realidade inclui a esposa, Esmeralda, a filha, Juanita, e o sítio de Pedra Branca que ele acaba perdendo ao abandoná-lo em mãos de estranhos, na mudança para o Rio de Janeiro.

Algumas cenas da novela apresentam grande interesse e importância, não só por concretizarem o estado de espírito da persona-

---

12. Tanto o guarda-civil como Helena demonstram seu temperamento através dos olhos sonhadores (*Porta-Estandarte*, pp. 236 e 165-66).
13. Ataxerxes é irmão espiritual do guarda, que "fez esforço a fim de não misturar sonho e realidade, baralhados em seu espírito cheio de ressonâncias marítimas" e exacerbado pela canícula (*Porta-Estandarte*, p. 240).

gem ao descambar para a loucura, mas também por mostrarem um dos processos retóricos típicos de Aníbal na criação de personagens sonhadoras. Consiste esse processo na utilização de metáforas, símiles ou prosopopéias, que indicam interligação dos reinos animal, vegetal e mineral. Esse é um dos principais fatores na criação de mundo estuante de vida, em que as fronteiras entre o animado e o inanimado, o real e o imaginário, a verdade e a mentira, freqüentemente se apagam. Entre estas cenas a mais significativa é a do roceiro Ataxerxes embasbacado ante a vitrina da loja de roupas no centro do Rio. Sua fantasia transforma as gravatas expostas em cobras que por seu poder de sedução lembram ao leitor a serpente bíblica a tentar Eva no Paraíso. As gravatas parecem convidá-lo a viajar e, tal como o guarda-civil, Ataxerxes começa a imaginar mudança de vida radical através de honrarias, riquezas e viagens transatlânticas. Esse devaneio inocente infelizmente se hipertrofiará, apossando-se de Ataxerxes, arruinando-o e levando-o à ironia da morte por tiro de vigia noturno, em sua tentativa de escalar os muros do Catete.

O ferreiro de *A Morte da Porta-Estandarte* é outra personagem desnorteada pelo sonho, que em seu caso se tornara paranóia. Recusa a evidência do amor real da noiva, a linda mulata Rosinha, por ciúme injusto. Querendo testá-la, tiranicamente lhe proíbe comparecer ao carnaval apesar de ser ela porta-estandarte. Ao desobedecê-lo, Rosinha lavra sua própria sentença de morte. O ferreiro a mata e enlouquece; ao ser levado para a prisão ou manicômio, o pobre delira, crendo estar a moça somente adormecida. Ainda neste volume inicial, temos outra perigosa visionária Helena, a beldade da novela "Acontecimento em Vila Feliz". A moça se deixa dominar pelo sonho de modo tão violento que passa a acreditar no próprio embuste, cujo desmascaramento por pouco não acarreta trágicas conseqüências. Humilhada por sua esterilidade, a "princesa da Vila" fabrica gravidez de travesseiro de paina, passando por falso parto e perdendo o bebê. Consegue, assim, o carinho e depois a compaixão geral. Contudo, ao descobrirem que o caixãozinho do natimorto só encerrava um vaso de avenca, os habitantes se enfurecem, apedrejam a casa de Helena, perseguem-na e, por momentos, crêem ela e o leitor estar sua vida em perigo. Por pouco ela escapa da sanha, unindo-se ao marido, mas ambos têm que fugir da Vila.

Em 1959 é publicado o volume *Histórias Reunidas* que consiste nas quatro de *Vila Feliz* e de oito novas, as quais continuam a apresentar visionários perdidos no sonho e pelo sonho. Contudo, a seu lado aparecem várias personagens sensatas imaginosas, cuja importância examinaremos mais abaixo.

Entre os visionários sem peias temos José Maria, o funcionário público aposentado reminiscente daqueles de Machado de Assis. Teima ele em ressuscitar um sonho morto havia quarenta anos, nesse conto maravilhoso que é "Viagem aos Seios de Duília". Através de contemplação sistemática da Baía de Guanabara, que durante decênios ele mal percebera, desenterra a lembrança da mocinha Duília que, em gratuito e inexplicável gesto, lhe mostrara os seios durante uma procissão na vila natal. Através do exercício que é esse "noivado com a natureza", o velho José Maria captura o passado. Em imagens belíssimas, o autor mostra como a natureza desperta e aviva os sentimentos adormecidos do protagonista. Assim, as montanhas se tornam os seios de Duília – em metafórica transposição surrealista. E seios se tornam também gemas a reluzirem no fundo d'água. Mas, oh dor! Ao chegar à terra natal, após longa viagem até o interior, José Maria é brutalmente acordado do sonho ao deparar com a velha que se tornara Duília, enrugada e desdentada. Seu colo murcho, "ruínas", ele que fora "local do memorável acontecimento". Em seu desamparo, José Maria, como Helena, foge[14].

Em outra dessas novelas, "O Homem Alto", o protagonista também acaba fugindo, mas psicologicamente. Obcecado por sua modesta estatura, o narrador-protagonista sente-se crescer quarenta e cinco centímetros que lhe trazem a felicidade ansiada e o empre-

---

14. Belo trabalho sobre o conto é "Orfeu em Minas Gerais: Uma Leitura de 'Viagem aos Seios de Duília' de Aníbal Machado", *Cultura* XIII, nº 29, abril/junho 1978.

go lucrativo. Contudo, a não ser ele, ninguém percebe tal crescimento. Insistindo em se ver alto, no final da estória depara-se com gigantesca loura escandinava que, para seu espanto e consternação, o repõe psicologicamente na estatura anterior. Ela se avantaja, em cena que lembra aquela da natureza no delírio de Brás Cubas moribundo. Ironicamente, o narrador acaba em delíquio, ninado que é pela mulher com a qual negociara venda de produtos para amamentação!

Essas personagens dominadas pelo sonho, e que às vezes matam ou são mortas por ele, têm inegável importância na ficção de Aníbal Machado. Por um lado, fornecem boatos e qüiproquós anedóticos dos mais divertidos como arcabouço da intriga. Por outro, oferecem oportunidades poéticas em sua confusão da realidade com a ilusão que, em distorção óptica, proporciona incomparáveis metáforas e personificações – tropos característicos do autor. Apesar de sua declarada marca anibalina – se nos é permitido oferecer neologismo para as criações de nosso autor – estas personagens não são as mais representativas de sua ficção. Tal lugar pertence aos outros sonhadores, os sensatos, que ao aceitarem o sonho, todavia, negam-se a serem possuídos por ele. Usam-no como instrumento de alegria, é certo, mas também de autoconhecimento e de aprendizagem do mundo a seu redor. Essas personagens são muito mais numerosas que as outras. São os "balões cativos", como tão bem as definiu M. Cavalcanti Proença, pois, mesmo levadas pelo balão da fantasia, conservam-se ligadas ao solo. Demonstram entusiasmo ante a vida por conservarem os aspectos infantis de imaginação e generosidade, que temperam com realismo de pessoas vividas. Deste modo, seguem as palavras de Cristo: "Se não vos tornardes como criancinhas, não entrareis no reino do céu".

E voltando à filiação surrealista de Aníbal Machado, notamos que, como Breton, ele também exige a participação de poderes juvenis na revitalização do ser humano, através das personagens. Disse Breton:

O espírito que mergulha no surrealismo revive com exaltação a melhor parte de sua infância... Das lembranças infantis e de algumas outras desprende-se um sentimento de não açambarcado que considero como o mais fecundo existente. É talvez a infância que mais se aproxima da verdadeira vida; a infância além da qual o homem não dispõe além de seu salvo conduto que de algum bilhete de favor; a infância em tudo concorre, contudo, para a posse eficaz e sem risco de si mesmo[15].

Entre os adultos de *A Morte da Porta-Estandarte e Outras Histórias*, encontramos essas personagens que não perderam sua infância. São elas o defunto inaugural que, apesar de semimorto e fantasma, consegue aproveitar a vida através da alegria alheia; o ascensorista a cultivar seu coqueirinho no terraço do arranha-céu carioca enquanto protege os habitantes do prédio; o narrador de "O Desfile dos Chapéus", que manifesta tanta compreensão da vida e imaginação. Contudo, são as crianças e os jovens as mais vivas personagens sonhadoras positivas da galeria de Aníbal e a quem o autor dedica sua maior atenção e interesse. São elas: Tati a garota, Juanita, Tuquinha e Zeca da Curva. Entre elas sobressai a protagonista de "Tati a Garota" que aos seis anos já demonstra sagacidade e bondade maduras, lado a lado de seu entusiasmo juvenil, pelos encantos que lhe traz o novo bairro de Copacabana: as ondas "mais altas que o arranha-céu", os pescadores, os novos amiguinhos, as vitrinas da cidade, as caixas vazias de bombom e sabonetes, jogadas de apartamento vizinho. Através da personagem, seu criador nos oferece a pujança do sonho e da imaginação em imagens heteróclitas que podemos classificar como surrealistas. Assim, metáforas insólitas expressam as novéis sensações da criança: os queijos provêm de árvores, os canários amadurecem e seu quarto murcha ao crepúsculo[16]. Sensata, Tati adivinha o limite de seus sonhos e aceita a realidade. Ao sonhar com bicicleta para o Natal e não ter presente algum ao acordar, consola-se da injustiça de Papai Noel

---

15. Breton, *Manifestes du Surréalisme – Extraits*, pp. 54-55 (trad. da autora).
16. *Porta-Estandarte*, pp. 209 e 214. Ver também Breton sobre imagens poéticas surrealistas no *Manifeste*, pp. 48-52.

que só presenteava meninos ricos: vai brincar com seus bonecos velhos. No final da estória, ao terem de abandonar Copacabana, o leitor sabe que Tati e sua mãe sobreviverão e que esta sobrevivência se deverá a Tati. Em bela imagem bíblica, esta é para a moça tônico e nutrimento: "cântaro de vinho".

Jovens são também Tuquinha, Molly Bloom em clave menor, do delicioso "Monólogo de Tuquinha Batista". Juanita, de "O Telegrama de Ataxerxes", e Zeca de "O Iniciado do Vento". Ingênua, Tuquinha oscila entre a paz do subúrbio, onde os rapazes lhe fazem serenatas e gravam seu nome no mamoeiro, e a Zona Sul pecaminosa, onde sua irmã Betsy, nascida Raimunda, encontrara a glória da televisão mas perdera a inocência. Mesmo tentada pelo bonitão "fala macia, de mão boba", Tuquinha consegue sonhar e aproveitar o subúrbio – sua realidade. Ao costurar ao "solzinho", ela se delicia sonhando com o baile, o vestido e a possibilidade de ser eleita rainha da festa e do bairro. A outra jovem, Juanita, apresenta maior densidade psicológica por ser artista. Vinda do interior, a moça em princípio tem dificuldade em se acostumar com a metrópole: com a pensão medíocre, com o barulho das ruas e com mar que não é aquele que ideara. Contudo, sem abandonar o sonho ou desfazer-se de seu entusiasmo, ela acaba se adaptando à cidade grande. Seus dotes artísticos se manifestam através de danças espontâneas que recriam as bananeiras, o mar e um incêndio. Mesmo após perder os pais, a bela moça não só vence os perigos da cidade como se realiza em sua arte: no final da novela, dança "O Telegrama", aquele que o pai jamais enviara. Também Zeca da Curva dança, exteriorizando sua identificação com a natureza, e poeticamente urina ao vento. Confiante no engenheiro narrador e como ele amigo do vento, Zeca aceita suas explicações imaginosas quanto à natureza do vento, às quais acrescenta as suas, igualmente líricas. Zeca da Curva desaparecerá, no final da estória, mas, ao contrário de Helena e de José Maria, não está fugindo mas partindo em busca do mar com o qual sonhava.

Tanto esses jovens como as personagens maduras que seguem o sonho sem serem escravizadas por ele usam-no como instrumento de autoconhecimento e do mundo circundante. Sonhos e devaneios os guiam, ajudando-os a crescerem humanamente e a se reconciliarem com a vida: eles constroem sua própria felicidade. Todos esses sonhadores positivos têm aí dupla característica: vivem em ritmo com seu ambiente e se preocupam com a sorte alheia. De certo modo, aparentam-se com o brasileiro ideal como o viu Aníbal Machado em 1939, no ensaio "Machado de Assis". Ao oferecer análise de seus patrícios, na pauta dos primeiros modernistas, diz o escritor:

> A tendência geral da comunhão brasileira é essa marcha apressada e um tanto desordenada para a vida – marcha que, se for presidida por um ideal superior e por melhores condições materiais e culturais da coletividade, irá fatalmente levar o povo à conquista da alegria.

O autor salienta aí a força da parte instintual sobre a racional e sua importância: "Entre tantas indeterminações e movimentos incoerentes do nosso psiquismo descobre-se uma permanente predisposição feliz para a vida". Assim, "dentro desse psiquismo caminham bem próximas e com possibilidade de se fundirem, algum dia, as forças que nascem da natureza e as que vêm do espírito"[17].

É essa mesma fusão que o autor encarecerá doze anos mais tarde, na citada entrevista a Jones Rocha. Trata-se do "estado de disponibilidade, de consentimento à passagem caótica das coisas"[18], manifestada pelas personagens sonhadoras positivas e que o autor atribui ao brasileiro, mas que não possuía o grande e melancólico Machado de Assis.

Em conclusão, podemos dizer que na obra de Aníbal Machado, um dos escritores responsáveis pela afirmação da moderna contística brasileira e herdeiro declarado dos surrealistas, a renovação da literatura se faz em conjunto com aquela do ser huma-

---

17. "Machado de Assis", *Seleta*, p. 126.
18. *Idem, ibidem.*

no. Para tal renovação é imprescindível a tomada de contas com o próprio ser, através do inconsciente. Este, liberado de suas peias, como se sabe, pode se revelar com enorme pujança em sonhos e mesmo em manifestações de vigília, pois o respeito à prática onírica possibilita o conhecimento do próprio sonhador e do mundo circundante.

Ora, uma das características das mais importantes na obra de Aníbal Machado é justamente seu tratamento do sonho e aspectos relativos, não só do ângulo temático como também do retórico. Como tema, o sonho proporciona situações-chaves das novelas através do enredo e da caracterização; como processo retórico, cria tropos anedóticos, líricos e dramáticos que esclarecem e ilustram tanto episódios como personagens.

7
Nas Asas do Boato: A Contística de Aníbal Machado

Como recurso literário o boato oferece magníficas possibilidades que não passaram despercebidas a escritores, de Virgílio a Dostoiévski. Na *Eneida*, é a malévola deusa Fama que ao revelar os amores de Dido e Enéias tumultua a opinião cartaginesa e, ao precipitar a vergonha pública e o suicídio da Rainha, libera Enéias para sua profética missão além-mediterrânea. Em *O Idiota*, os mexericos não só assinalam a faceta cômica da incompreensão mútua do Príncipe Mishkin e seu círculo como também as causas de seu trágico fim[1]. O boato aumenta os fatos até a distorção e estabelece atmosfera indefinível e perturbadora. Assim, pela imprecisão onírica e tintas do absurdo, em nosso século podemos ligá-lo ao movimento surrealista.

A obra de Aníbal Machado apresenta esta dimensão de sonho e imaginação. Através do boato estas ficções desenvolvem situações potencialmente farsescas, as quais transformam em fábulas memoráveis onde personagens seguem seus sonhos, em clima ora trági-

---

1. Lembremos aqui que, em outro grande livro (que não é ficção), o autor frisa a importância do boato na gênese de acontecimentos importantíssimos. Referimo-nos a *Os Sertões* em que Euclides da Cunha mostra como os rumores sobre o pretenso heroísmo dos soldados das primeiras expedições do governo, assim como a magnitude da ameaça do Conselheiro e seus sequazes contra a novel república, criaram véu de ignorância e clima de histerismo que desencadearam a tragédia de Canudos.

co, ora cômico. Apesar de sua excentricidade, estas personagens se nos apresentam reais e humanas, pois lhes percebemos claramente as aspirações e desgostos. Aníbal Machado se declarou "sobretudo surrealista" e, realmente, o escritor viu no entrelaçar da imaginação com a realidade, "uma doutrina que busca a libertação total do homem"[2]. Assim, sonhos e devaneios e o clima que criam e que, por sua vez, cria outros sonhos, são facetas primordiais de sua ficção curta, do romance *João Ternura* e de *Cadernos de João*[3]. O presente estudo se propõe examinar o boato como importante recurso literário de intriga, caracterização e tom na maioria das treze estórias de *A Morte da Porta-Estandarte e Outras Histórias*.

Oriundo de ignorância ou malícia, o boato pode provocar peripécias tragicômicas e, como em "O Iniciado do Vento", quase fatais. Aníbal Machado o usa como instrumento de amplificação com que projeta determinados aspectos de personagens em situações extraordinárias. Com ele enriquece a trama, freqüentemente impregnando-a de alta comicidade[4].

2. Citados por Fausto Cunha em "Aníbal entre a Poesia e a Prosa" (*Seleta em Prosa e Verso de Aníbal M. Machado*, Rio de Janeiro, Civilização Brasileira, 1955, p. 131).
3. A ficção curta consta das cinco novelas de *Vila Feliz*, Rio de Janeiro, José Olympio, 1944; "O Piano", "Acontecimento em Vila Feliz", "O Telegrama de Ataxerxes", "A Morte da Porta-Estandarte" e "Tati a Garota", às quais foram acrescentadas sete novas ("O Iniciado do Vento", "Viagem aos Seios de Duília", "O Ascensorista", "O Desfile dos Chapéus", "O Homem Alto", "O Defunto Inaugural" e "Monólogo de Tuquinha Batista") em volume intitulado *Histórias Reunidas*, Rio de Janeiro, José Olympio, 1959. Com o acréscimo de "O Rato, o Guarda-Civil e o Transatlântico", primeiro publicado na revista *Estética* em 1925, saiu a coletânea definitiva, *A Morte da Porta-Estandarte e Outras Histórias*, Rio de Janeiro, José Olympio, 1965; cujas edições se multiplicam a atestar o sucesso tão merecido que o autor finalmente angariou entre o público ledor. *Cadernos de João*, Rio de Janeiro, José Olympio, 1957; inclui *ABC das Catástrofes e Topografia da Insônia*, primeiro publicados pelas Edições Hipocampo (Niterói, 1951) e *Poemas em Prosa*, Rio de Janeiro, Civilização Brasileira, 1955. O romance *João Ternura*, no qual o autor trabalhou durante trinta anos, é, como se sabe, póstumo (Rio de Janeioro, José Olympio, 1965).
4. Por sua carga cômica ou trágica e potência ampliadora, o boato se apa-

É o próprio temperamento de certas personagens que cria o clima impreciso, confuso e carregado, propenso à germinação de mexericos. Estas personagens não querem ou não conseguem viver no mundo que as circunda. São diferentes porque a fantasia geralmente as arrebata, criando e alimentando conjeturas ou opiniões estrambóticas, suas ou daqueles que as cercam. Seu precursor é o guarda-civil de "O Rato, o Guarda-Civil e o Transatlântico" (primeiro publicado em 1925, na revista *Estética*). Leitor inveterado de romances de aventuras, "[faz] esforços a fim de não misturar sonho e realidade, baralhados em seu espírito cheio de ressonâncias marítimas" (p. 246). A fronteira entre o sonho e a vigília é igualmente imprecisa para Ataxerxes do "Telegrama de Ataxerxes" (p. 148) e Helena, dos "olhos de sonho" de "Acontecimento em Vila Feliz" (pp. 166-167). E o ferreiro obcecado de "A Morte da Porta-Estandarte" vive seu medo, "misterioso, fechado em sua própria pele como numa caixa de ébano" (p. 223).

Outras vezes, são personagens habitualmente sensatas que se encontram em situações insólitas, propícias à criação de boatos. Em "O Piano", o pacato João de Oliveira, emocionado com o sacrifício do velho instrumento, tem estranhos sonhos nos quais o piano submarino é "tocado por uma porção de mãos... mais de cem dedos brancos ferindo o teclado [...] mãos mortas e [...] mãos vivas" (p. 194). O engenheiro José Roberto de "O Iniciado do Vento" declara: "Procuro viver das coisas positivas e, quando possível explicáveis. Não cultivo a atração do abismo. E o absurdo me aborrece" (p. 15). Contudo, as circunstâncias o colocarão em grande perigo, como se verá abaixo.

Além do temperamento de certas personagens e das situações extraordinárias, o cenário também pode contribuir para o clima de

renta a outros recursos retóricos do autor, tanto em *A Morte da Porta-Estandarte* como em *João Ternura*: metáforas, piadas e listas heteróclitas. Todos, exuberantes nas obras iniciais, foram depurados no decorrer da trajetória de Aníbal, ficcionista. A função do boato é também das mais importantes em *João Ternura*, merecendo estudo especial.

excitação, produtor de boatos. Em "A Morte da Porta-Estandarte", toda a Praça Onze se agita, desvairada na folia carnavalesca que a torna continuação do mar revolto. Outra praça à beira-mar, a Mauá de "O Rato, o Guarda-Civil e o Transatlântico", parece sofrer metamorfose com a chegada do navio cercado de mistério: "Alguma coisa segredavam-se àquela hora o cais e o transatlântico recém-chegado" (p. 235). Ambos estão "atracados confidencialmente" (p. 236). A música que sai do bojo do navio também possui poderes mágicos (p. 235). Exaltado, o guarda sente que "o mundo todo é uma festa" (pp. 236 e 243) e o que o "Signo da Extravagância [irradia] plenamente em lugar do Cruzeiro do Sul" (p. 243).

Edifício Lua Nova, em "O Ascensorista", é tão movimentado como as praças, é também cenário de estranhos episódios. Contudo, as conjeturas que faz o ponderado ascensorista/narrador a respeito de seus passageiros, ao contrário daquelas de Ataxerxes, do guarda e dos habitantes de Vila Feliz e da cidade do vento, são viáveis, apesar de igualmente pitorescas. Em outras estórias o cenário é completamente moldado pela imaginação da personagem e a Zona Sul, em que pensa Tuquinha Batista, limita-se a antro pecaminoso.

Em "A Morte da Porta-Estandarte" o boato pode vir em clave menor ou maior. Naquela informa "Monólogo de Tuquinha Batista" e "O Ascensorista". O boato ajuda a moldar a caracterização de Tuquinha. Amedrontada com a sorte da irmã tornada estrela de cinema e ao mesmo tempo tentada a seguir suas pegadas, a mocinha inconscientemente se defende criando uma Zona Sul hiperbólica. Esse quadro se alimenta de boatos, retratos e notícias de jornal, com pitorescos pormenores de queda e castigo das moças que se transformam em vedetes. Assim, "quando menos se espera a desinfeliz tá dentro de um carro que é uma beleza de carro subindo pra Tijuca com música no carro e uma porção de mãos pegando a gente que eles querem é só pegar no começo até que a gente gosta" (p. 108).

Da cabine do elevador, o ascensorista do conto homônimo está sempre em contato com vários habitantes do edifício. Observa atitudes que mentalmente anota para o diário. Abundam os comentários de moradores a respeito de outros. Assim, dizem que a moradora [do apartamento 1001] é protegida da polícia e até senadores recebe (p. 70). Em outro incidente, "dizem que havia no meio [da trouxa caída na rua] uma calça de moça com as iniciais M. S. e que as manchas de sangue foram para o laboratório de análises" (p. 80). Também "estão dizendo que foi da janela do psicanalista que [a linda moça] se atirou" (p. 81). Quando uma velha é assassinada, "estão dizendo que o 'homem do Sul' (o suposto assassino) botou barbas e está freqüentando o edifício. Deve ser invenção das costureiras" (p. 86).

Sensato e observador, o ascensorista fornece suas próprias suposições, que provarão ser verdadeiras. É assim que ao ver a "ricaça do 1204" com o "bonitão da Zona Sul" prevê "um crime" (p. 83) depois sucedido. Do morador do 703, que ninguém conhece no prédio, diz "deve ser personagem fantástico. Ou então é dentista sem clientes" (p. 73). É, realmente, "[verifica-se] que ele não existe" e que o escritório é centro de espionagem (p. 75). Ironicamente, o próprio narrador é alvo de boatos, sendo-lhe proposto emprego mais lucrativo porque "corre aqui uma lenda a seu respeito", conforme lhe diz o síndico: "o senhor cometeu um crime de morte, há muito tempo" (p. 94).

Em clave maior, os boatos e conjeturas fantásticas têm grande importância como elemento na trama e caracterização. São estas estórias as quatro iniciais (de *Vila Feliz*, com exclusão de "Tati, a Garota") e uma das últimas, "O Iniciado do Vento". Em "O Telegrama de Ataxerxes", novela baseada no próprio telegrama que se torna boato, que como bolha de sabão voa, pairando no ar até se dissolver[5]. Com invejável habilidade artesanal, o contista fabrica o boato com base em fatos reais, mesclando realidade e fantasia. É assim que a amizade propalada, atual, de Ataxerxes com o Presidente da República é imaginária, mas decorre de convivência in-

---

5. A etimologia de "boato", para Caldas Aulete é "voado", mas para Aurélio Buarque de Holanda é *boatu*, "mugido ou grito de boi".

fantil real. Como se lembra, "O Telegrama" narra o sonho que persegue o pequeno sitiante Ataxerxes, ao descobrir que o recém-eleito Presidente da República é o Zico, seu amigo colega de grupo. Muda-se para o Rio com a mulher e a filha, a fim de buscar sua fortuna. Aí, passa a elaborar um telegrama para o Presidente, lembrando-lhe a antiga amizade e avisando-o de sua chegada à capital. Durante o almoço, na modesta pensão onde se hospedam, Ataxerxes anuncia sua ligação com o Presidente. Tal notícia se espalha, criando aura de importância: "Nos bares, na pensão, na polícia... [Ataxerxes] era tratado e reconhecido como pessoa 'chegada ao Catete'. Cicios agradáveis o lisonjeavam" (p. 143). Haver ou não enviado o telegrama se torna secundário para o protagonista, que, impelido pela fantasia, chega a crer em poderes mágicos da mensagem, pois "o chefe da Nação já devia ter conhecimento de sua estada na capital. Qualquer dia o chamaria" (p. 143). Sua crença se fortalece ao conseguir favores para conhecido de pensão (p. 151). Neste ambiente, aliás, vicejam os comentários e diz-que-diz-que. Dona Cacilda, a proprietária, espalha calúnias sobre o hotel de luxo dos cunhados que inveja, ao mesmo tempo que faz "levar ao conhecimento [deles] que tinham como hóspede alguém chegadíssimo ao Presidente da República... [e que] por via desse hóspede, já negociavam um empréstimo na Caixa Econômica. Iam também construir seu arranha-céu" (p. 146). Transplantado para a capital, em circunstâncias cada vez mais afastadas da realidade circundante, Ataxerxes terá sua vida modificada pelo telegrama que não enviara e que, finalmente, o destruirá.

Em "Acontecimento em Vila Feliz" e "O Iniciado do Vento", o ambiente estagnado de cidadezinha do interior favorece o nascimento de boatos que por pouco arruinam os protagonistas. A bela Helena de "Vila Feliz" e José Roberto de "O Iniciado" vêem-se perseguidos pelas duas comunidades. Naquela, desde o início, a moça que desprezara candidatos locais casando-se com forasteiro, é alvo de boatos maliciosos. Sua esterilidade é interpretada como resultado de "desentendimento possível do casal, [ou da] integridade física de um dos cônjuges" (p. 160). E "dizia-se que a própria natureza se recusava a sancionar aquela união" (p. 161). Para um habitante, Mário Silvano, o marido, "é um cavalo. É contra a família. Não quer filhos" (p. 166). Grávida Helena após alguns anos de casamento, o fato assume proporções enormes e "não se comenta outra coisa no lugarejo" (p. 162). À certa altura explode o escândalo, quando durante o cortejo ao cemitério para o enterro do natimorto, cai o caixãozinho e a multidão até então compungida, descobre a farsa: Helena os enganara com falsa gravidez, parto e enterro: o bebê era um vaso de avenca! Humilhada por sua esterilidade, a moça usara estratagema que lhe parecera inocente. Indignados e totalmente insensíveis à angústia que provocara as ações da moça, o povo a persegue. Crescem os boatos e a vila subitamente estaciona a fim de comentar os "desmandos de Helena": "por toda a parte grupos parados [fazem] comentários" (p. 178). As versões dos acontecimentos são várias e contraditórias. Segundo uma "enlouqueceu a pobre Heleninha" que, havia algum tempo vítima do demônio fugira com "o monstro da Vila", Chico Treva, que, por sua vez, trucidara Mário Silvano (p. 179). Outra versão mantinha que "Mário estaria vivo, tendo dado um desfalque no Aprendizado [em que lecionava] e fugido com a mulher" (p. 179). "Mais tarde aceitou-se como versão oficial dos fatos a que veio dias depois na segunda página de um matutino carioca" e cujos únicos pontos novos são ainda mais acusações estapafúrdias contra o quieto Mário, "antigo líder comunista", que espancava a mulher e acabara por suicidar-se (p. 179). Ironia das ironias, o apaixonado de Helena, José Diogo, que "forjicara a notícia [do acontecimento em Vila Feliz] para os jornais", tornar-se-á também vítima de mexericos ao anunciar seu próximo suicídio, por afogamento.

Nesta novela, o boato amplia a caracterização de Helena sonhadora e de José Diogo ciumento e despeitado, assim como da vila sequiosa de novidades. O boato atravessa toda a estória, servindo de subtrama na parte final. Empresta à narrativa um tom fortemente irônico ao fornecer-lhe episódios cômicos.

Ainda mais importante que em "Vila Feliz" é o boato em "O Iniciado do Vento", núcleo da estória. Ameaça a liberdade e talvez a própria vida do protagonista. Como no outro conto, aqui há acontecimento inusitado – o desaparecimento duma criança. Toda a trama decorre do boato urdido por dois amantes despeitados, que se vingam através de uma calúnia. Assim, o jovem engenheiro José Roberto, que chegara do Rio de Janeiro à "capital do vento" para dirigir construção de ponte, trava amizade com o pequeno Zeca da Curva – como ele entusiasta do vento – com o qual faz longos passeios a cavalo. A dona do hotel em que o protagonista/ narrador se hospeda apaixona-se por ele, mas não sendo correspondida, vinga-se quando o moleque desaparece, acusando José Roberto de havê-lo violentado e morto. Nisto é secundada pelo escrivão que, por sua vez, ama a hoteleira sem ser correspondido. Como em "Vila Feliz" os rumores sobre os propalados "desmandos de Helena" foram oficializados ao serem estampados em jornais da metrópole, aqui são erigidos em acusação a produzir inquérito judicial. Adquire força de veracidade através da incompreensão da cidadezinha quanto à amizade entre o importante engenheiro e o menino da rua.

Também aqui os habitantes agem em uníssono, desde a chegada do forasteiro à estação ferroviária. A certo momento, contudo, mudarão o curso do julgamento e a sorte do rapaz. Duas forças fragmentam a massa monolítica da população hostil: o interesse das moças sonhadoras, ouvintes de novelas de rádio, que se impressionam com a seriedade e juventude do acusado (5) e a atuação do vento, *deus ex machina* que acaba por influenciar a assistência do tribunal reforçando a evidente sinceridade da defesa do protagonista. O Bem vencerá, e na conclusão da novela, José Roberto, que o leitor sabia todo o tempo ser inocente, sairá da cidade livre e aclamado como herói... em meio a boatos sobre a hoteleira e o escrivão escorraçados e o estranho juiz que deixara ao vento a solução do julgamento.

O boato e suas variações têm dupla função em "A Morte da Porta-Estandarte": por um lado mudam a perspectiva narrativa, ao deixarem o protagonista nos bastidores do meio para o fim da estória, e por outro, provêm alívio cômico. Como se lembra, a novela relata circunstâncias da trágica morte da bela Rosinha, porta-estandarte proibida de comparecer ao desfile pelo noivo ciumento, o ferreiro. Quando a moça desobedece, ele a mata em meio à multidão. A notícia de que "mataram uma moça" (p. 228) corre célere: partindo "da esquina da rua Santana, [circula] em torno da Escola Benjamin Constant, [correndo] agora por todos os lados e alarmando as mães" das mocinhas folionas (p. 228). As informações sobre a vítima são contraditórias: "uma pequena de Bangu, operária de fábrica" (p. 228), é "uma mulata de Madureira, porta-estandarte de um cordão" (p. 231). Aqui, como nas outras ficções examinadas acima, o boato tem firmes amarras na verdade, pois realmente "mataram uma moça". Contudo, ao ser aceita como morte de suas respectivas filhas pelas mães de Nenucha, Mariazinha, Laurinha, Raimunda e Odete, a notícia passa a ser falsa, coadunando-se com o frenesi carnavalesco. A estória de Odete, dos enormes seios "como proa de navio" (p. 230), narrada pela mãe, introduz esplêndida carga cômica e fantástica, sustentada em longa fala. No final da novela, porém, a morte da moça, que agora se sabe ser Rosinha, a porta-estandarte, reaparece em tom trágico na singela apresentação da vítima, que então o leitor vê pela primeira vez: "A mulata tinha uma rosa no pixaim da cabeça" (p. 231).

Em "O Piano", o estranho transporte do instrumento para o mar origina várias levas de suposições e mexericos que mantêm o tom cômico da estória, provendo também a última parte e o desfecho anedótico. Este conto antológico, como se sabe, narra as vicissitudes da família Oliveira que, tendo de conseguir um quarto extra para a filha noiva, é levada a dispor do piano. Primeiro os esposos, João e Rosália, tentam vendê-lo, depois dá-lo a parente (o piano é relíquia de família), a amigos, conhecidos, ou mesmo desconhecidos – a qualquer um, enfim. Não o conseguindo, o afoito João joga o piano ao mar. Depois, ainda abalado com o sacrifício do "amigo e parente", volta à casa onde, para sua surpresa, espera-o um dos candidatos ao piano, que resolvera finalmente comprá-lo!

Durante o "saimento" (p. 191) do piano, da casa dos Oliveira à praia, nascem inúmeras conjeturas e boatos dos espectadores do insólito acontecimento. "Uma loucura" (pp. 192-193), dizem uns. João, emocionado, oferece informações fantásticas sobre o instrumento: "Bom piano, podem acreditar. Músicos famosos tocaram nele. Dizem que até o grande Chopin privara dele. Dizem que para ele não havia igual" (p. 193). Este boato extremo e que, apesar de desligado da realidade, com o tempo se tornara lenda, aumenta o valor e mistério do instrumento que, no final do conto, acabará por adquirir – pelo menos para os esposos Oliveira – caráter mítico.

Suposições díspares são fornecidas pela multidão que

> se havia juntado na praia, a pedir informações... Constou, a princípio, que uma família inteira de poloneses havia se afogado; depois, que fora uma criança. Alguns afirmaram que não: era uma senhora que se suicidara, desiludida do amor. Só mais tarde se soube que se tratava de um piano (p. 195).

Os mexericos voam rápidos nessa época da Segunda Grande Guerra e, por duas vezes, autoridades informadas a respeito do estranho acontecimento interrogam João de Oliveira. Primeiro, "há suspeitas que dentro do piano afundado se escondesse alguma estação de rádio clandestina, a que ele quisesse dar sumiço. Que ele comparecesse ao distrito policial para prestar esclarecimentos" (p. 197). Depois, já no final do conto, é um funcionário da Capitania do Porto que interroga Oliveira, intimando-o a comparecer a sua repartição (p. 198).

Em conclusão, podemos afirmar que a mestria de Aníbal Machado em trabalhar o motivo do boato, não só na caracterização como também na intriga, contribui enormemente para o sucesso artístico e popular de sua ficção. Este escritor que se equilibrou no "terreno fronteiriço... entre o chão da realidade... e as nuvens do imaginário, entre sonho e vigília, entre espírito e matéria, verdade e mentira, relatório e ficção"[6], seguiu a linha surrealista que se propusera e que, para ele, incluía personagens brasileiras em

---

6. M. de Cavalcanti Proença, em seu esplêndido ensaio, "Os Balões Cativos", *A Morte da Porta-Estandarte e Outras Histórias*, p. XXIII.

situações brasileiras[7]. Partindo de bases anedóticas que em mãos de outros autores facilmente descambariam para o pesado e o prosaico, Aníbal Machado conseguiu transmutá-las em realidade banhada de poesia. O entusiasmo, a imaginação e a bondade do autor se revelam à leitura de sua ficção onde personagens muito humanas às vezes perdem pé ao seguirem seus vôos oníricos.

---

[7]. Ver o ensaio "Machado de Assis" (*Seleta em Prosa e Verso*) no qual Aníbal discorre sobre a alma brasileira e felicidade que considera viável para seus patrícios, por sermos mais guiados pelo instinto que unicamente pela razão. Ver, igualmente, os manifestos surrealistas de André Breton.

8

João Miramar e João Ternura: Filhos do Modernismo

"Ver com olhos livres", prega Oswald de Andrade no *Manifesto Pau-Brasil*, para se atingir uma "nova escala, uma nova perspectiva". Continua ele, "ágil o romance, nascido da invenção. Ágil a prosa. A poesia pau-Brasil. Ágil e cândida. Como uma criança"[1]. Para tal mudança era necessário guinada de 180º da poesia de Olavo Bilac e prosa de Coelho Neto[2].

O presente trabalho examina dois frutos de nova estética, na qual um elemento preponderante é a aproximação da poesia e da prova: as *Memórias Sentimentais de João Miramar*, de Oswald e *João Ternura*, de Aníbal Machado. Ambos renovam a novelística brasileira através da estrutura, do tema e da língua. Ambos se guiam pelo novo ponto de vista de "olhos livres", que lhes provê a liberdade

---

1. *Manifesto Pau-Brasil*, em Oswald de Andrade, *Obras Completas*, vol. 6. Rio de Janeiro, Civilização Brasileira, 1972, p. 6. O título será abreviado no texto como OC.
2. Em sua autobiografia, *Um Homem sem Profissão* (OC, vol. 09), Oswald manifesta sua posição desde a juventude: "Nunca fui com a nossa literatura vigente. A não ser Machado de Assis e Euclides da Cunha, nada me interessava" (p. 66). E de volta da primeira viagem à Europa. "Os valores estáveis da mais atrasada literatura do mundo impediam qualquer renovação. Bilac e Coelho Neto, Coelho Neto e Bilac. Houvera um surto de Simbolismo com Cruz e Sousa e Alphonsus de Guimarães [sic], mas a literatura oficial abafava tudo. Bilac e Coelho Neto, Coelho Neto e Bilac" (p. 75).

experimental e os torna produtos vitoriosos de uma estética renovadora. Com justeza afirmou Fausto Cunha que junto com *Serafim Ponte Grande* e *Macunaíma*, os dois romances pertencem à mesma família por "[terem] em comum uma poderosa interação entre poesia e prosa" (p. 137).

De início urge estabelecer a diferença entre a gênese e a cronologia de *Miramar* e *Ternura* em relação ao Modernismo. Oswald publica as *Memórias Sentimentais de João Miramar* em 1924, ano em que também saem em Paris seu *Manifesto Pau-Brasil* e o *Manifesto Surrealista* de André Breton. Desde o início, o autor acreditou na importância do pequeno livro, "o primeiro cadinho de nossa prosa nova"[3]. Nota Haroldo de Campos que, com *Serafim Ponte Grande* (1933), as *Memórias Sentimentais de João Miramar*

foram realmente o "marco zero" da prosa brasileira contemporânea, no que ela tem de inventivo e criativo (e um marco da poesia nova, também naquela "situação limite" em que a preocupação com a língua na prosa aproxima a atitude do romancista da que caracteriza o poeta (p. XIV).

A mesma quebra com a novelística tradicional e o mesmo entrosamento entre poesia e prosa caracterizam *João Ternura*. Contudo, apesar de sua parte inicial datar de 1926-1932, o livro só foi publicado em 1965[4]. Segundo o crítico e contista Renard Perez, o

3. Citado por Haroldo de Campos em "Miramar na Mira" (Oswald de Andrade, *OC*, vol. 2, XIV).
4. Renard Pérez, *Escritores Brasileiros Contemporâneos*, 1ª série, Rio de Janeiro, Civilização Brasileira, 1970, narra: "Em 1926 (morava na Tijuca), [Aníbal Machado] baseado em episódios de infância e nas lembranças de Sabará, iniciou o seu famoso romance *João Ternura, Lírico e Vulgar*. Escreveu o livro até 1932, com pausas, mostrando-o aos mais íntimos..." (p. 23). O próprio Aníbal se manifestará de modo impreciso quanto à cronologia do romance, "Iniciado o livro já não me lembro quando, e não sei quantas vezes esquecido (o que constitui também um modo de ser construído), cheguei a deixá-lo de lado definitivamente" (*João Ternura*, 3ª ed., Livraria José Olympio Editora, 1970, p. 30). Na mesma "Introdução" a seu romance, o autor explica que as duas primeiras partes foram elaboradas muito antes das quatro últimas (p. 4).

próprio Oswald de Andrade fora um dos que, logo no começo, haviam "trombeteado" a obra em progresso, declarando, numa enquete "que considerava *João Ternura* um dos pontos altos do romance nacional" (Perez, 23). É, realmente, trabalho impressivo por reunir os motivos principais de seu autor, dos poemas em prosa e contos[5]; pela perícia com que casa o cômico ao lírico, e pelo fôlego que demonstra ao seguir o protagonista do pré-nascimento à pós-morte.

No presente estudo, interessa-nos frisar outro paralelo entre os quatro romances citados, dos Andrade paulistas e de Aníbal Machado. *Macunaíma, Memórias Sentimentais de João Miramar, Serafim Ponte Grande* e *João Ternura* têm protagonistas trêfegos, que jamais ingressaram no mundo adulto (Ternura e Serafim) ou, se o fizeram, foi para subvertê-lo (Macunaíma) ou rejeitá-lo (Miramar). São os verdadeiros filhos do Modernismo, que contribuíram para trazer a pujança necessária à prosa brasileira – este romance "ágil e cândido como uma criança", que se assemelharia ao seguinte instantâneo do *Manifesto Pau-Brasil*: "A poesia Pau-brasil é uma sala domingueira, com passarinhos cantando na mata resumida das gaiolas, um sujeito magro compondo uma valsa para flauta e a Maricota lendo o jornal" (*OC*, II, 9). Dentro do espírito de alvorada modernista, pode-se também ampliar a metáfora: como Macunaíma e Serafim, os meninos *Ternura* e *Miramar* são o jovem Brasil, cuja identidade tanto preocupou poetas, ficcionistas e sociólogos dos idos de 1920 e 1930[6].

Aqui deter-nos-emos sobre a parte inicial das *Memórias Sentimentais de João Miramar* e de *João Ternura*, que relata a infância e a

5. Cotejo entre os treze contos de *A Morte da Porta-Estandarte, Cadernos de João* e *João Ternura* oferece estimável variedade de paralelos temáticos nas três obras. Deste ponto de vista, Fausto Cunha tem pois, também razão em declarar *João Ternura*, publicação póstuma, "ponto culminante da ficção de Aníbal Machado" (*Seleta*, 137)
6. Lembremos os poemas dos três Andrade e Cassiano Ricardo, as estórias de Alcântara Machado, Mário de Andrade e "O Rato, o Guarda-Civil e o Transatlântico" (publicado por Aníbal Machado em 1926). Evidentemente, não se pode esquecer *Raízes do Brasil*.

adolescência dos dois Joões. Como se sabe, ambos os romances contêm forte elemento autobiográfico[7]. Ambos oferecem como cenário inicial o berço do autor: a modesta São Paulo de final de século e a pachorrenta Nossa Senhora da Conceição de Sabarabuçu, a Sabará do Rio das Velhas, pelo qual navegaram tantos bandeirantes à cata de ouro e pedras preciosas. Aí, portanto, há contraste entre a cidade e o campo, apesar de ambos os ambientes serem tradicionais e acanhados, sem a influência estrangeira que pouco depois ajudaria a compor a metrópole paulistana. São estas duas infâncias brasileiras típicas de sua época e meio, decorridas no seio da família. João Ternura da Silva mora em chácara à beira-rio, com os pais Antônio e Liberata, as tias solteiras, o avô, e criados, como o moleque Isaac, Maria e Josefina. Em São Paulo, João Miramar convive com os pais e, à certa altura, com a tia viúva e os primos Célia, Cotita, Nair e Pantico. Ao contrário de Ternura, cujos pais atingem idade avançada, Miramar menino fica órfão de pai.

O início de ambos os romances desenvolve fatores integrantes da infância: família, religião, escola e curiosidade sexual. Transgressão a ocasionar punição é constante nos relatos sobre os dois Joões. Ao crescerem, Miramar e Ternura se instruem, em grande parte, por desafiarem tradições familiares ou sociais. Sua curiosidade os impele a praticarem ações que lhes alargam as fronteiras infantis.

Já se tem notado que o movimento modernista brasileiro é cronologicamente paralelo ao Surrealismo francês[8]. O Modernismo, contudo, apresenta saudável cunho nacionalista de país jovem em busca de sua identidade, aspecto obviamente ausente do movimento francês, oriundo de nação de fortes tradições. Devido a sua permanência em Paris nos anos 1911-1912, Oswald se abeberara das

---

7. Isto é mais fácil de se ver no caso do extrovertido Oswald, em *Um Homem sem Profissão*. No de Aníbal Machado, baseamo-nos na citada entrevista a Renard Pérez, assim como em escritos dos amigos Carlos Drummond de Andrade e João Alphonsus e lembranças da família do próprio Aníbal.
8. K. D. Jackson, *A Prosa Vanguardista Brasileira: Oswald de Andrade*, São Paulo, Perspectiva, 1978, p. 10.

correntes estéticas aí predominantes: Futurismo franco-italiano, Cubismo, Dadá e primórdios do Surrealismo (Jackson, 13-14). Parece-nos lícito, pois, recorrer ao pensamento do *Manifesto Surrealista* nesta análise da infância, empregada tanto como motivo, como técnica, em livros de natureza originalmente autobiográfica.

André Breton não hesita em afirmar que a infância é imprescindível como manancial e diretiva artísticos. Desprovida de preconceitos, a criança tem os olhos e o coração abertos para o mundo. Citamo-lo: "Na infância, a ausência de quaisquer restrições conhecidas permite [à criança] a perspectiva de várias vidas vividas simultaneamente... A criança parte cada dia sem a menor preocupação"[9]. A criação artística tem que se alimentar de entusiasmo infantil, ainda para Breton, pois

é talvez a infância que mais se aproxima da "vida real" da pessoa; a infância além da qual o homem tem a seu dispor, fora de seu salvo-conduto, somente uns poucos bilhetes grátis; a infância na qual tudo, entretanto, conspira para produzir a posse eficaz e sem riscos de si mesmo (pp. 39-40).

Ligada aos sonhos, a infância o é também à ação, e principalmente à ação poética. Fonte que é, fornece não só material artístico para uma vida inteira, como também orienta a feitura deste material. Como tão bem disse Gaston Bachelard, cujo pensamento aí coincide com aquele dos surrealistas[10]: "Por alguns de seus traços, a infância dura toda a vida"[11]. Tal força de permanência se deve sobretudo ao devaneio, atividade habitual à criança e da qual a *anima* capta as vibrações emitidas pelo mundo circundante, trabalhando-as e deixando que ajam tanto na imaginação como no coração infantil. Se "em nossa meninice, o devaneio nos concedia

---

9. André Breton, *Manifestos of Surrealism*, trad. R. Seaver & Helen R. Lane, Ann Arbor, The University of Michigan Press, p. 3. (A tradução é minha.)
10. Sobre Bachelard e Breton, ver M. Ann Caws, *Surrealism and the Literary Imagination: A Study of Breton and Bachelard*, The Hague/Paris, Mouton & Co., 1966.
11. Gaston Bachelard, *Poétique de la Rêverie*, Paris, Presses Universitaires de France, 1960, p. 18. (A tradução é minha.)

a liberdade", hoje, adultos, só somos livres nele. Nele vivemos a infância (p. 86). Portanto, todos carregamos uma "infância potencial" (p. 86).

Formato

A "poderosa interação entre poesia e prosa" de que fala Fausto Cunha é primeiro explicitada nos dois livros através dos pequenos poemas, geralmente oferecidos como exemplo da poética de seus autores. Em *Miramar*, estes poemetos se apresentam como alguns dos próprios capítulos, enquanto em *Ternura*, inserem-se no texto em prosa. Tanto num como noutro livro, os poemas têm função lírica e narrativa, a acentuar aspectos salientes ou pitorescos. Já outros aspectos poéticos se manifestam através da forma. As *Memórias Sentimentais de João Miramar* contêm breves capítulos ("fragmentos" para D. Jackson) vistos por diversos críticos como coleções variadas[12]. Seu estilo "telegráfico" apresenta processos comuns em poesia: sintaxe modificada, elipse, tropologia e rima. Já em *João Ternura*, a divisão se faz por blocos de comprimentos diversos, os seis livros. Como no romance de Oswald, aí também há variedade de tropos, predominando os metafóricos que ajudam a criar a atmosfera lírica e mágica do mundo infantil. Por sua mescla de termos coloquiais e literários (e estrangeiros, no caso de Oswald de Andrade) o nível léxico apresenta inegável cunho modernista.

Memórias Sentimentais de João Miramar

Aqui enfocaremos o estilo das *Memórias Sentimentais* no que elas transmitem do frescor juvenil. Nas palavras da personagem Machado Penumbra, seu prefaciador de significativo nome parnasiano/

---

12. Jackson, pp. 19 e ss. H. de Campos usa o termo "episódios-fragmentos" ("Miramar na Mira", p. 20).

simbolista, o livro tem "estilo telegráfico [e] metáforas lancinantes". Lembra-nos Haroldo de Campos ser este estilo comum à estética européia dos três primeiros decênios do século XX, exposta nos vários manifestos (XL, II).

Os vinte primeiros capítulos do romance se iniciam com João pequenino e terminam com data importante, sua formatura no colégio. Limitar-nos-emos aqui a eles, não só por serem relativos à infância do protagonista, assunto de nosso trabalho, mas também por serem eles tecnicamente representativos de todo o livro. Nesses capítulos, Oswald põe em prática a "nova perspectiva e escala" sugeridas no *Manifesto Pau-Brasil* ao enfocar sensações, opiniões, fatos e personagens através da "câmara de experiência infantil"[13]. Para isso, utiliza-se de processos então experimentais, geralmente reservados à poesia, mas hoje quase de praxe na prosa. Entre eles está o deslocamento sintático por anacoluto e hipérbato, com ausência de vírgula, ponto e vírgula e dois pontos. No nível tropológico avultam a metáfora, metonímia, zeugma e antimeria. Tal combinação léxica, sintática e tropológica ajuda a veicular a ótica insólita do mundo por ser aquela da criança, na qual a lógica adulta ainda não interveio[14]. As sensações têm, pois, frescor ingênuo por se manifestarem através de perspectiva primitiva — Pau-Brasil, portanto. Ao caminhar para o mundo adulto, a criança se oferece explicações baseadas em sua própria vivência, que tem tanto de imaginoso como de real. Nesse contexto, a metáfora é freqüente, ganhando novo vigor a literalizar-se, pois no universo infantil a divisória entre real e imaginário, sonho e vigília, é tênue e oscilante. Como se sabe, a

---

13. A expressão de Henry James, tão adequada, une a vivência à observação. "The Art of Fiction", *Partial Portraits*, New York, Haskell House, 1968.
14. Oswald combate a lógica adulta no *Manifesto Pau-Brasil*: "Contra o mundo reversível e as idéias objetivadas. Cadaverizadas"... "Mas nunca admitimos o nascimento da lógica entre nós". Breton faz o mesmo, em seu *Manifesto* de 1924: "... a atitude realista, inspirada pelo positivismo, de Santo Tomás de Aquino e Anatole France, parece-me claramente hostil a qualquer desenvolvimento intelectual ou moral" (Breton, 6). (A tradução é minha.)

metáfora molda a visão juvenil ao formar relações só aparentemente esdrúxulas porque ilógicas.

No texto oswaldiano, tal representação mental se enriquece pela ambigüidade acarretada pela falta de pontuação (a não ser pontuação final): dois termos justapostos anulam esclarecimentos que trariam vírgulas e seus congêneres. A ausência de pontuação insinua novas possibilidades de combinação e exegese, como se verá abaixo. Contudo, as *Memórias Sentimentais de João Miramar* não são um fluxo de consciência oferecido ao leitor em seu estado natural, cru, apesar de toda a sua espontaneidade. O autor e autobiógrafo, o escritor adulto João Miramar, encarrega-se de ajustar a visão infantil, pois, ao redigir suas lembranças, intitula cada pequeno capítulo. Alguns destes são títulos singelos, próprios de criança ("Um Primo", "Colégio") mas outros revelam conhecimentos adultos e literários ("O Penseroso" e "Cidade de Rimbaud"). Os últimos títulos são irônicos e trazem comentário social. Assim, o texto oferece duplo nível: da criança/personagem e do adulto/escritor.

Os motivos principais: religião, família, sexo e escola, vêm ora isolados, ora entrelaçados. No primeiro capítulo temos as orações noturnas de Joãozinho. Um zeugma (tropo por vezes irônico) une elementos díspares pela substância – concreto e abstrato –: "o dever e a procissão em pálios". Logo após há outro choque, no contraste entre o sagrado e o profano: "procissões e circo". Justaposição cria a ambigüidade: "Mamãe chamava-me e conduzia-me para dentro do oratório de mãos grudadas". Seguem-se as palavras bíblicas da Ave Maria, provavelmente a oração mais conhecida do País, entremeadas, no fluxo de consciência, de João sonolento. Atropela-as, com preocupação simultânea, a curiosidade sexual veiculada pela lembrança de pernas. Estas não pertencem a mulher de verdade, mas a manequim de costura. Numa época em que as senhoras pudicamente usavam saias largas e compridas, havia poucas ocasiões para menino aprender a anatomia do sexo oposto. Motivo importante na infância de Miramar, as pernas reaparecerão, sempre envoltas no mistério da interrogação. No capítulo 6, a caminho da escola, o pequeno protagonista pensa em pernas humanas, as da velha Maria da Glória. Duas metáforas indicam sua curiosidade: "O mecanismo das pernas sob a saia centenária desenrolava-se da casa lenta à escola". Esta é, pois, uma progressão: de pernas de objeto inanimado às de mulher de carne e osso (que contudo não podem ser consideradas objeto sexual para o pequeno). Finalmente, no capítulo 9, pertencem à moça bonita. Na casa de seu terceiro professor, Monsieur Violet, João se encanta pela jovem governanta, "Madô de meias baixas e saias curtas". "Ela era um jorro de mangas rendadas das pernas louras abertas". Estas pernas são vivas para a criança (jorro) e não mais objeto distante (mecanismo).

Como o primeiro capítulo, aqueles sobre Maria da Glória e Madô ligam os motivos sexual e religioso. Em divertido qüiproquó produzido pela inocência da velha criada e do menino, ela se pronuncia sobre a Primeira Comunhão de João, que este entende ser "o dia mais feliz da vida [de Napoleão]... um grande guerreiro que Maria da Glória conheceu em Pernambuco". Em outro nível, inserido pelo autor/adulto, a inter-relação sexo e religião se faz sutilmente no mesmo capítulo 9, "Bolacha Maria", quando Madô é equiparada a sua xará bíblica. Isto se dá primeiro através do símile, "procissão de passos", com que ela saía da sala e depois, mais fortemente, durante o enterro de M. Violet: "E num canto Madô chorava o destino das Madalenas"[15].

O capítulo 16 continua o motivo sexual através de processo habitual no romance, a paródia da carta mal escrita[16]. A prima Nair

15. Madô será relembrada, anos depois, na Europa (Capítulo 37, "A Madô do Começo").
16. Em "Miramar na Mira", H. de Campos examina cuidadosamente o aspecto parodístico no romance de Oswald, principalmente aquele encontrado em discursos pedantes como os de Machado Penumbra, e de cartas de semi-analfabetos como os irmãos Pantico e Nair, e o tabaréu Minão da Silva. Em *João Ternura*, há também ênfase deste processo farsesco, caro aos modernistas. O protagonista escreve aos pais, com sintaxe deplorável, e o estilo de Liberata se revela deficiente. (Outra paródia, admirável, é a de manifestos políticos, literários ou filosóficos,

critica o lesbianismo incipiente que encontra no internato[17]. O título do capítulo, "Butantã', reúne os dois motivos, religião e sexo, se for encarado como reminiscência do Paraíso Terrestre, onde para a mente popular o pecado de Adão e Eva tentados pela serpente, foi sexual. Em outra deliciosa paródia de carta infantil, o capítulo 19 retoma o motivo sexual. Desta vez é Pantico que se queixa de que sem bicicleta ou outras distrações na fazenda, sua única solução seria o vício solitário. O título do capítulo é "Bicicleta de Onã".

O terceiro dos quatro motivos importantes é o da família, que por duas vezes se liga à morte. Logo no terceiro fragmento, o pequeno Miramar se vê órfão. Sinestesia indica a perturbação do menino ante algo grande e misterioso: "a voz toda preta de Mamãe" que ia [buscá-lo] "para a reza do Anjo que carregou meu pai". A explicação cristã para compreensão infantil simplifica a teológica, ao tornar a morte uma viagem não de todo desagradável por ser acompanhada por anjo. Pouco depois, como se viu, morre o professor Violet, cujo enterro lembrara a João o de Cristo (procissões e pálios) com as Santas Mulheres.

Família, sociedade e escola estão intimamente unidas na mente infantil como matrizes do "dever" mencionado no primeiro capítulo. Certas regras são tacitamente observadas no mundo católico e burguês de Miramar. À certa altura, teve que sair da escola de dona Matilde "porque marmanjo não podia continuar a classe com menina" (cap. 8). A fim de se evitar transgressão, por vezes há afastamento no seio da família. Pantico é má companhia para João Miramar, segundo a mãe deste, por ser rústico e ignorar importantíssimas regras sociais, cultivando a amizade de criados (cap. 14). O capítulo seguinte é cômico pela dicção grandiloquente da mãe de Miramar, a transmitir conselhos seculares que o filho descreve tintim por tintim. Temo-los em metonímia, na hora sagrada da reza notur-

    o "Manifesto dos Não-Nascidos", que contudo nada apresenta da pobreza gramático-estilística das paródias acima mencionadas.)

17. Homossexualismo é motivo importante em *Serafim Ponte Grande* e bastante mencionado, também, nas memórias de Oswald (*Às Ordens de Mamãe*).

na: "ralhos queridos não queria que eu andasse com meu primo". A explicação cristalina é que "Pantico não tivera educação desde criança". Termos eruditos apóiam a seriedade do assunto. Pantico "amava vagamundear". Transgressão social ou moral é inapelável, pois "que diriam as famílias de nossas relações se me vissem em molecagens gritantes ou com servos? Só elas é que devíamos freqüentar". Da pena do autor adulto temos a reação da criança, o rebelde que já começa a desafiar tradição e família: "Eu achava abomináveis as famílias das nossas relações". No capítulo 8, "Fraque do Ateu", há outro afastamento pelo qual a mãe tenta proteger a criança. Aí João é retirado da escola pela senhora indignada ao saber que para o professor, Seu Carvalho, "não havia Deus porque Deus era a natureza".

Os capítulos 11 e 12 mostram Miramar na quarta escola, em que se formará. São ambos ricos em variações sintáticas e tropos, a veicularem a balbúrdia dos alunos. Silepse metafórica os introduz: "Malta escabriava salas brancas e corredores perfeitos" e uma sentença de teor cubista, o diretor que "vermelho saía do solo atrás da barriga e da batina". Pela primeira vez temos um dos vilões do livro, o "cínico... ruivo José Chelinini" que simpatiza com o herói, João. Mau elemento, picaresco, tornar-se-á caça-dotes e professor de danças latino-americanas em Paris. Chelinini introduz também o motivo do imigrante novo-rico nas *Memórias Sentimentais de João Miramar*.

João não consegue ser "o melhor dos alunos", para desaponto da progenitora, distraído que é constantemente pela movimentação a seu redor. Antimeria e sinestesia transmitem o ambiente, na rua: "caía vida do tinir das forjas e dos bondes nos apitos e pregões". O sinal para o almejado recreio é feito em bonito verso, alexandrino a não ser pelos dois pés finais: "A campainha era um badalo de sonoridades". E toda esta vida, no futebol de meio-dia, transparece nas metáforas da frase seguinte: "A grita meridiana estourava bola de sabão..." Após as aulas, João tem que fazer o "para casa" como se vê no capítulo 13, que também apresenta a família da tia Gabriela, chegada da Fazenda Nova Lombardia. O importante assunto da educação do herói é retomado no décimo-sétimo capítulo, "Por Exemplo", esboço de retrato dos colegas. Entre eles, sobressai Chelinini, "um perdido", em metáfora, a "[pôr] rabos-leves" nas teorias maternas do narrador-menino. Metáforas, antimeria e metonímia veiculam a pitoresca impressão de Miramar: "[Chelinini] comprava aos quilos a apologética dos colegas. Filho de cereais varejos, tilintava moedas nos tonéis dos bolsos e minguados brotos de aristocracia tinham-lhe seráficos silêncios para cacholetas aporreantes"[18]. O vigésimo capítulo, "Rumo Sensacional", fixa "a última aula de tantos anos" com frase concisa a resumir e parodiar o "adeus de discurso do paraninfo", outro parnasiano/simbolista, "o poeta e misantropo Seu Madureira". Ei-la: "Partíamos na direção da vida – estrada onde havíamos de encontrar muitas vezes abismos recobertos de flores".

João Ternura

Apesar de sua unidade como obra literária, o romance é uma colcha de retalhos a oferecer, através de narrador ora homodiegético, ora heterodiegético, diálogos, monólogos interiores, descrições, anedotas, paródias, poemas, manifestos, episódios naturais e sobrenaturais, em admirável justaposição significativa do protagonista, o irrequieto João Ternura, continuamente a se movimentar, perguntar e pular de um assunto para outro. Deste ângulo, a técnica do livro é cinematográfica, a provar mais uma vez o experimentalismo dos modernistas brasileiros, impressionados pela Sétima Arte[19]. Os trechos dos seis livros que compõem o romance,

18. Este trecho apresenta uma das raras vírgulas do livro. As demais se encontram nos capítulos de paródias epistolares (que incluem cartões postais): 100, 104, 109, 130. Discursos vêm nos capítulos 69, 81, 88 e 162; notícias de jornal em 79, 80, 156 e 163 – todos, obviamente, de caráter satírico.
19. Em *La Metáfora*, diz Poncela: "Durante largas etapas de su desarrollo las estructuras del mito y del lenguaje estuvieron determinadas por idénticos

ao contrário dos capítulos das *Memórias Sentimentais de João Miramar*, desenvolvem cenas e sumário sem sintaxe regular – o maravilhoso estilo de Aníbal Machado, que casa o coloquial ao literário com tanta simplicidade aparente.

Notável ambiente mágico informa todo o livro. Este é um mundo de sonho, intemporal, no qual a perspectiva infantil impregna de poesia acontecimentos e personagens cotidianos. (Lembremo-nos de que o título original foi *João Ternura, Lírico e Vulgar*). Há aqui o animismo encontrado nas outras obras do autor, principalmente transmitido por metáforas e prosopopéias. Ora, como se sabe, no pensamento metafórico está a raiz tanto da linguagem como do mito[20]. A prosopopéia é o tipo mais próximo da visão dita primitiva, semelhante à visão infantil, por emprestar características de animais ou de seres humanos a objetos inanimados (p. 21). A criança compõe seu próprio mundo, por aproximação do desconhecido ao conhecido. Para o pequeno João Ternura, uma locomotiva, a princípio "mansa e distraída" (p. 30), subitamente se torna "terrível", de "olho medonho" (pp. 30-31); outra "soprava de raiva" (p. 51); a casa de janela azul colonial "surgiu sorrindo" (p. 62) e as folhas das árvores "por falta de vento desistiram de seguir" o menino em sua bicicleta. As sensações infantis deslocam a perspectiva habitual naquele processo que os formalistas russos chamaram de estranhamento. Este é naturalmente praticado pela criança, tornando-se óbvio aqui, para o protagonista, quando de binóculos examina a outra margem do rio.

motivos psicológicos. Cassirer ha mostrado con suficiencia cual fue esta raiz primaria: el pensamiento metafórico" (p. 5).

20. Nota o filósofo Max Black, "If we wanted to teach the meaning of metaphor to a child, we should need simpler examples like 'the clouds are crying' or 'the branches are fighting one another.' (Is it significant that one hits upon examples of personification?) (Black, 26). Ver, também, meu trabalho sobre a importância da linguagem figurada na ficção de Aníbal Machado, "Metáfora e Prosopopéia: O Universo Animado de Aníbal Machado", *Luso-Brazilian Review*, vol. 9, n° 1, Summer, 1982.

Este mundo gira em torno de João e é o mundo de João: a mãe está às suas ordens, mesmo antes de ele nascer (p. 9), as tias o "adoram" (p. 10). A ótica é a de João, o que dá ao romance uma "nova escala" de narrativa, bem Pau-Brasil. Aí é natural que o rio e a noite sejam vivos para o protagonista, que os anjos voem no céu acompanhando a procissão, que a mãe e tia quase creiam que o próprio João possa voar, e que se tema que a Iara o tenha arrastado para o fundo das águas. Entes extraordinários são recuperados pela memória infantil, com toda a sua aura de mistério, como dona Iaiá, cigana e bruxa de posse dos segredos do universo que, ao sair irada da casa de Ternura, deixa forte cheiro de enxofre nas narinas das criadas impressionáveis.

Como no livro de Oswald, os motivos principais aqui são relativos a uma infância brasileira tradicional burguesa, dos idos de 1900: família, religião, sexo, e, secundariamente, escola. Esta sociedade é, contudo, menos rígida que aquela da acanhada São Paulo de então. A influência campestre parece não só emprestar sua aura mágica a coisas e seres, como também abrandar regras sociais. É sobretudo um mundo de muito amor, no qual o pequeno João, de nome significativo, impera com toda a força de filho, sobrinho e netos únicos. Se suas travessuras são punidas, tal aspecto é menos salientado que a admiração e afeto que evoca nos familiares.

O motivo religioso acompanha o nascimento do herói, equiparando-o ao de Jesus, de modo delicadamente irônico, pois Ternura nasce às badaladas do sino de Natal. Logo, um singelo quadro frisa a semelhança: "Uma vaca lambia os caixilhos do quarto, um cavalo branco vinha se aproximando. Ele também ia nascer numa noite de Natal! A missa do galo dissolvia-se pelas ladeiras" (p. 10). Quadro apropriado para a cidadezinha barroca de ar de presépio de montanha. Logo após, a ironia suave do narrador se encarrega de corrigir o que haveria de sacrílego em tal comparação, pois, "No céu algo estava ausente a estrela dos magos". E apesar de as tias entrarem e "[adorarem] um pouco" (p. 10), a visita dos colonos ao filho do patrão é uma paródia da adoração respeitosa dos pastores de

Belém: "Os homens admiravam as sedas, o abajur, o cortinado, a mobília. Nem percebiam o menino". Este, aliás, nada tinha de Menino Jesus, "mirrado, peludo e indignado da vida" (p. 11).

A religiosidade das antigas Cidades do Ouro é uma das constantes da infância de João Ternura. Em longa cena temos sua reação à queima do Judas de pano, Sábado Santo (p. 16). À noite, antes de dormir, lembra-se do cheiro de incenso da procissão, à qual a criança apavorada fora levada pela velha mãe preta (p. 29). O narrador heterodiegético descreve os elementos essenciais: incenso, canto gregoriano, assistentes, os passos de Jesus e as estátuas dos profetas. A cena é introduzida e frisada por pormenores que apesar de pertencerem ao código de manifestações religiosas e barrocas, insinua atmosfera mítica: "Anjos rechonchudos sopravam num céu de Novo Testamento" (p. 29). Estes anjos são retomados, em clave cômica, em episódio mais longo no qual Ternura, outro Ícaro, tenta voar da ameixeira, munido de velhas asas de anjo encontradas em baú antigo. Seu desaponto é, infelizmente, ainda mais duro por ser público e seguido de gargalhada da família e de visitas.

Como nas *Memórias Sentimentais de João Miramar*, por vezes o motivo religioso se liga ao sexual. Em outra cena, "As Virgens da Procissão" (p. 47), Isaac não pode compreender que as meninas que "[haviam feito] porcaria com a gente" no quintal (p. 48) subitamente se metamorfoseiem em virgens de procissão, de véu e branco. Contudo, subitamente sério, João compreende. Em sua lógica nada prosaica, é perfeitamente normal que as meninas se compenetrem de papel importantíssimo, assumindo-o. Pouco mais tarde, porém, torna-se tão cético como Isaac ao descobrir num livro que Deus não existe. Tal como João Miramar, João Ternura anuncia a grande nova à mãe, em cena igualmente cômica e na qual as reações maternas coincidem.

Em matéria de curiosidade sexual, Ternura é muito mais arrojado que Miramar, indo além de cogitações e anseios. Por duas vezes levanta as saias da criada Josefina (pp. 25 e 28), sendo em ambas repreendido. Em memorável ocasião, agarra a prima e a beija, para escândalo da família. "Monstro" e "cínico", é criticado, exceto pelo avô, que o encara com orgulho, sentimento que coincide com o do próprio João. Após tal transgressão, pouco impressionado com o castigo, sonha em voltar à carga, principalmente após se haver tornado "herói" (p. 36) com a fuga a cavalo – falta esta não punida.

O pequeno João se torna lírico ao descrever à mãe a mulher linda que avistara e que o fizera perder a respiração: "Parece a Iara... parece uma noite muito bonita. Parece uma rede... Parece um pouco com você quando está rezando para mim..." Escandalizada, Liberata lhe diz para não olhar para "aquilo" porque é uma mulher da vida (p. 22).

Ao passo que nas *Memórias Sentimentais* o narrador menciona quatro escolas freqüentadas pelo protagonista, em João Ternura há somente anotações sobre uma professora, que o menino escolhe por ser a mais gordinha, e que lhe ensina geografia e outras matérias. Já rapazinho, é mandado para o colégio interno, de padres, no "casarão onde... se aprende latim e ciências" (p. 61). O Livro II enfoca sua permanência de um ano aí, única passagem triste da juventude de Ternura, a não ser pelo afogamento da criadinha Maria. Subitamente, o sol como que desaparece para o protagonista: "As batinas enegreciam a sombra dos corredores. À noite, os pesadelos" (p. 61). Reagindo contra "as trevas, o mofo, a angústia", um dia ele pula a janela, pega uma canoa e rema rio abaixo até reconquistar a felicidade ao ver, em prosopopéia, "a casa [surgir] como que sorrindo" (p. 62). Tudo nos leva a crer, pois, que João Ternura, menino "diferente", mesmo aos olhos dos pais, educou-se pelo almanaque do mundo e não pela cartilha escolar. Sua ambição é pujante e ele sonha descer rio abaixo até encontrar o oceano. Adulto e morando no Rio de Janeiro, conservará toda a sua imaginação por sacrificar à liberdade as convenções dos "homens imponentes" (um dos motivos do romance). Nas palavras do autor:

Esse pobre João Ternura... nas nuvens melhor ficaria, uma vez que sua simplicidade e inocência nem sempre encontravam resposta num mundo em que não conseguiu (e nem suportava) atingir a chamada idade da razão e das conveniências sociais que tão tristemente já alcançamos (Introdução a João Ternura).

Em conclusão, a seção inicial tanto das *Memórias Sentimentais de João Miramar* como a de *João Ternura* põem em prática a lição do *Manifesto Pau-Brasil*, com prosa "ágil e cândida como criança", muito próxima da poesia – tão próxima que freqüentemente com ela se confunde. Isto se dá por terem Oswald de Andrade e Aníbal Machado utilizado a infância como tema do início dos romances e também como padrão de visão de olhos livres, em moldes daquela infantil. Assim, em *João Miramar*, tem-se a sintaxe infantil a acarretar divertida ambigüidade, a falta de pontuação comum à poesia, os tropos insólitos, o léxico caseiro entremeado de neologismos estrangeiros, sabiamente trabalhados, a compor o livro de "metáforas lancinantes e estilo telegráfico", justamente reconhecido como o "marco zero" da prosa brasileira contemporânea. A mesma sintaxe infantil, léxico cotidiano e imagética lírica (com predomínio da metáfora e sua forma a mais representativa da mente dita primitiva, a prosopopéia) criam o universo de *João Ternura*, moldado, pois, pelo espírito do protagonista. Quer na chácara à margem do rio das Velhas, quer na movimentada Rio de Janeiro, Ternura é o centro deste universo, a traduzir sua maneira de encarar a vida, universo que jamais se confundirá com aquele dos adultos, "os homens importantes".

9
Noite-Madrasta e Noite-Mãe: O Universo de João Alphonsus

Ao publicar *Galinha Cega* em 1931, o autor foi logo aclamado pela crítica como contista de primeira água[1]. Comentando sobre os quatro contos do volume (o homônimo, "Oxicianureto de Mercúrio", "Godofredo e a Virgem" e o "O Homem na Sombra ou a Sombra no Homem"), disse Mário de Andrade:

> Afinal João Alphonsus reuniu em livro os contos que, infelizmente com muita escassez, andou publicando nas revistas de Minas. Mas se o livro ficou pequeno em tamanho, conserva em todas as suas páginas uma admirável qualidade e é um dos produtos fecundos da nossa prosa contemporânea[2].

1. *Galinha Cega,* Belo Horizonte, Os Amigos do Livro, 1931.
2. Mário de Andrade, "Galinha Cega", *Revista Nova*, 15.12.1932, citado em Fernando Correia Dias, *João Alphonsus: Tempo de Modo*. E assim se pronunciou o severo Agrippino Grieco sobre o volume: "Outros escritores carecem de heróis de espavento para obter os seus efeitos. O sr. João Alphonsus consegue tudo reportando-se a uma galinha cega, a um gambá, a um vendedor de rua, cujo 'pregão molengo' se torna para nós tão impressionante quanto a trompa dos paladinos de Carlos Magno. Da morte de um simples bicho extrai minúcias não menos patéticas que as da morte de uma criatura de alta roda. Um bilhete cheio de erros de ortografia, um apelido caseiro são toda a retórica desse homem sem retórica e um arrepio nos sacode quando ele, arrancando não sei que melancolia das coisas vulgares, nos fala do vento que vem do Acaba Mundo... Às vezes uma espécie de melodia retalhada parece cheia de alusões ao passado e ao futuro de todos os que lemos. É forçoso reconhecer que esse decifra-

Realmente, essa ficção casava poderoso sentido de observação e sólida carpintaria a inegável plasticidade da língua. Nas coletâneas subseqüentes, *Pesca da Baleia* e *Eis a Noite!*, o escritor firma seu estilo e aprofunda a caracterização[3]. Os funcionários públicos, estudantes, donas de casa, boêmios e animais domésticos, com seus anseios e conflitos, vivem aos olhos do leitor.

Em princípio o autor, mal saído da adolescência, é sarcástico e iconoclástico, a castigar com a pena tanto os costumes da terra como o estilo literário romântico-parnasiano "passadista". Várias das estórias iniciais como "Morte Burocrática", "Pesca da Baleia", "Godofredo e a Virgem" e "Oxicianureto de Mercúrio" são, apesar da maior ou menor virtude literária, principalmente anedotas desenvolvidas[4]. Aí o rapaz escritor, como a personagem Xisto de "Eis

dor do nosso destino tomou lugar, já agora, entre os maiores prosadores vivos do Brasil". ("Valdomiro Silveira e outros", *Gente Nova do Brasil*, 2ª ed. revista, Rio de Janeiro, José Olympio, 1948), pp. 80-81. E lembremos que João Alphonsus tinha então vinte e quatro anos!

3. *Pesca da Baleia* (Belo Horizonte, Paulo Bluhm, 1941) inclui a estória homônima, "Morte Burocrática", "Uma História de Judas", "O Guarda-Freios", "O Imemorial Apelo" e "Sardanapalo". *Eis a Noite!* consta da ficção homônima, de "Mansinho", "A Noite do Conselheiro", "Foguetes ao Longe", "O Mensageiro", "O Guerreiro", "Ordem Final" e "Caracol" (São Paulo, Livraria Martins Editora, 1943). Sobre os três volumes escreveu Alceu Amoroso Lima: "Um que... foi [dos mais representativos], na primeira linha dessa 'nova escola mineira' que surgiu com a segunda geração modernista, foi sem dúvida João Alphonsus, um dos filhos do poeta e tão prematuramente falecido em 1944, que nos deu, em 1931, essas pequenas jóias da *Galinha Cega*, seguida em 1941 de *A Pesca da Baleia*, e em 1943 de seu canto de cisne, *Eis a Noite!*. A morte o levou, como a Antônio de Alcântara Machado, muito jovem. Mas ambos deixaram provavelmente o melhor de sua obra e com ela marcando o modernismo como sendo, de todas as nossas escolas literárias, salvo a exceção de Machado de Assis, o eterno solitário, aquela que nos revelou os nossos melhores contistas" (*Quadro Sintético da Literatura Brasileira*, 2ª ed. revista e aumentada, Rio, Livraria Agir Editora, 1959), p. 93. Para o presente estudo, usamos a edição de *Contos e Novelas* (Rio de Janeiro, editora do Autor, 1965) que inclui as três coletâneas.

4. Lembramos que dois contos de *Pesca da Baleia*, 1941, são bem anteriores à coletânea e contemporâneos daqueles de *Galinha Cega*, como logo se vê pelos temas e estilos. São eles "Morte Burocrática", publicado em

a Noite!", parece cutucar o leitor, "festejando a própria pilhéria" (*CN*, 115).

Contudo, essas estórias já apresentam o estilo do autor, que mescla gíria e sintaxe popular a sólido português literário, como seus coetâneos Marques Rebelo e Mário de Andrade. Podemos dizer, pois, que, com esse estilo, João Alphonsus obedece a um dos três importantes ditames modernistas, do "direito permanente à pesquisa estética", pregado por Mário[5].

Negligenciada e mesmo esquecida durante anos, após a morte do autor em 1944, sua ficção curta ganhou ímpeto popular ao ser reunida pela primeira vez na coletânea *Contos e Novelas* (Rio de Janeiro, Editora do Autor, 1965).

A crítica contemporânea novamente se inclinou sobre ela, trazendo-lhe merecida proeminência, tanto literária como histórica, em nossas letras[6]. Edições se sucederam, atestando o sucesso agora popular do escritor mineiro. O conto "O Ladrão" foi acrescido ao volume.

A Revista de 7.3.1922 (*CN*, 18) e *Pesca da Baleia*, no mesmo mensário a 2.8.1925 (*CN*, 17). "Galinha Cega" constou do nº 5 de *Terra Roxa e Outras Terras*, abril de 1926 (*CN*, 12).
5. Mário de Andrade, "O movimento modernista", *Aspectos da Literatura Brasileira*, 5ª ed., São Paulo, Livraria Martins Editora, 1947, p. 242.
6. Citamos opiniões mais recentes de alguns críticos de peso. Eduardo Portela menciona João Alphonsus como um dos responsáveis pela consolidação do conto brasileiro após o modernismo, em "Dois Acentos Rítmicos do Conto", (*Dimensões II*, Rio de Janeiro, Livraria Agir Editora, 1959, p. 16). Diz Nelson Werneck Sodré: "[Em] João Alphonsus, em cujos traços a visão lírica suaviza os contornos, verificamos, no pós-modernismo, a coexistência, em perfeito equilíbrio e harmonia perfeita, do regional, no seu melhor sentido, despojado do pitoresco, e do universal como expressão humana que não tem limites de tempo e espaço" (*História da Literatura Brasileira*, Rio de Janeiro, Civilização Brasileira, 1964, p. 532). Fausto Cunha, queixando-se de "onanismos líricos e histórias medíocres" de contistas em voga, cita João Alphonsus, "no olvido durante muitos anos: mas João Alphonsus é o que há de melhor". Logo após, repete: "Não quero insistir no absurdo de permanecer anos e anos fora do mercado, e sem contato com várias gerações de leitores, um contista como João Alphonsus". ("Situação do Conto", *Situações da Ficção Brasileira*, Rio de Janeiro, Paz e Terra, 1970, pp. 73, 74-75).

O desenvolvimento efetuado durante os vinte anos da contística de João Alphonsus aponta para evolução espiritual e literária do autor. Uma indicação dessa evolução é o tratamento do tema noturno. A noite, a princípio perigosa e mesmo malévola, nas estórias iniciais, torna-se amiga e protetora a partir daquelas do meio de carreira. Essa mudança de atitude se manifesta logo, como se era de esperar, no estilo que inicialmente exuberante e mesmo ferino, terá seus traços caricaturais aparados e apurados ao serem enriquecidos por sutis matizes psicológicos e lingüísticos nas grandes estórias maduras: "Eis a Noite!", "Mansinho", "O Imemorial Apelo" e "Caracol".

À primeira leitura, o universo de *Contos e Novelas* se apresenta sombrio. Um motivo domina toda a ficção do autor desde o início, inclusive os romances *Rola-Moça* e *Totônio Pacheco*: a morte[7]. Dezessete das vinte ficções curtas examinadas apresentam-na como tema, subtema, ou título, a saber: "Morte Burocrática", "Galinha Cega", "Pesca da Baleia", "Godofredo e a Virgem", "O Homem na Sombra ou a Sombra no Homem", "Oxicianureto de Mercúrio", "Uma História de Judas", "O Imemorial Apelo", "O Guarda-Freios", "Sardanapalo", "Mansinho", "Foguetes ao Longe", "A Noite do Conselheiro", "O Mensageiro", "O Guerreiro", "Ordem Final" e "Caracol". Dessas acabam em morte: "Pesca da Baleia", "Morte Burocrática", "Oxicianureto de Mercúrio", "Uma História de Judas", "O Guarda-Freios", "Sardanapalo", "Foguetes ao Longe", "O Mensageiro" e "Ordem Final". Como se vê, elevada proporção das vinte estórias.

Certos *topoi* relacionados com a morte também permeiam a coletânea: a noite, o sono e o sonho. Este é um universo noturno e

---

7. Como disse Henriqueta Lisboa: Se fizéssemos uma estatística de toda a espécie de crimes e tragédias; de todas as atitudes negativas que povoam seus livros, ficaríamos perplexos: a esse número avassalador não corresponde a impressão que nos deixam, lidos sem preocupação de cômputo" ("Palavras sobre João Alphonsus" [Belo Horizonte: *O Diário*, 28.7.1946] citado por F. Correia Dias, *João Alphonsus: Tempo e Modo*, p.113).

várias das estórias se passam inteiramente, ou quase inteiramente, à noite. Citamo-as, com os respectivos volumes. Em *Galinha Cega*: o conto homônimo, "Godofredo e a Virgem", "Oxicianureto de Mercúrio" e "O Homem na Sombra ou a Sombra no Homem" – portanto todo o livro. Em *Pesca da Baleia*, a estória homônima, "Morte Burocrática", "O Imemorial Apelo" e "Sardanapalo" (quatro dos seis contos). Em *Eis a Noite!*, o último volume publicado, cinco das oito ficções têm importante ambiente noturno: o conto homônimo, "Foguetes ao Longe", "A Noite do Conselheiro", "O Mensageiro", "O Guerreiro" e "Caracol". "O Ladrão" também se passa quase toda à noite.

Para João Alphonsus, a noite parece indicar tristeza e dor, pois é quando morrem Carmita, Amâncio, Lúcia, "seu" Castanheira, Josefino, Lina e o amante, Eduardo, Joaquinzinho, Felisberto e toda a pensão. Também à noite morrem os animais: a galinha, o burro, o rato e o gato. Contudo, apesar desse forte aspecto melancólico, encontramos na noite o oposto, de vida e regeneração[8]. A noite, em João Alphonsus, aparentemente cruel é, contudo, ambivalente: inimiga e protetora, madrasta e mãe.

A Noite-Madrasta

Como se disse, na contística de João Alphonsus, a noite ubíqua é, freqüentemente, nefasta. Irônica e covarde, parece comprazer-se em castigar ou aniquilar os seres humanos e os irracionais. É a noite madrasta que, semelhante àquelas personagens de Branca de Neve, Gata Borralheira, Bela Adormecida e outros clássicos infantis, está constantemente à espreita para destruir herói ou heroína.

---

8. J. E. Cirlot nota a ambivalência da noite: "Como estado previo, nos es aun el día, pero lo promete y prepara. Tiene el mismo sentido que el color negro y la muerte, en la doctrina tradicional" (*Diccionario de símbolos*. Nueva edición revisada y amplificada por el autor, Barcelona, Editorial Labor, 1969), p.338.

Para o escritor, essa encarnação da noite, que se apresenta mais forte nas ficções de primeira juventude, parece simbolizar o descaso e injustiça imposta aos seres humanos por força sobrenatural que se ri deles. A noite malfazeja assusta e deprime Josefino; rouba a noiva de Godofredo, a alegre Lúcia, o bom pai de Doralice, o ingênuo Amâncio e a pobre galinha. A noite desilude Ricardo, o homem na sombra, com a traição de Maria Triste, e o atormenta com pesadelos.

Para o moço João Alphonsus, pois, a noite se apresenta como símbolo ou mensageira das forças do mal, contra o qual nada podem os homens: nem os covardes como Josefino, nem os fortes como Godofredo. Essas personagens (com exceção do sr. Castanheira), da mesma idade do autor de vinte anos, frisam assim a identificação entre ele e suas criaturas e sua revolta contra o sacrifício das vidas em flor. Depois de *Galinha Cega* e das duas primeiras estórias de *Pesca da Baleia*, suas contemporâneas, as personagens gradualmente envelhecem, com seu autor. Não morrem mais no limiar da idade adulta, se bem que seu fim continue a pautar a ironia da surpresa.

Mesmo que não mate a personagem, a noite é madrasta ao recusar-se a proporcionar sono benfazejo, ou, se o traz, povoa-o de horrores, como os pesadelos de Ricardo e Evaristo. Na primeira novela, Ricardo é censurado pela morta, que mal conhecera, pela dona da pensão e pela prima, que o repreendem ou ameaçam.

O pesadelo final lhe traz visão de sofrimento e apocalipse. Insone, o rapaz vagueia pelas ruas, após tentar dormir no banco do parque; caminha para o cemitério longínquo, onde exausto dorme, tendo outro pesadelo no qual estranhos se riem dele. Para "o guerreiro", o pesadelo é também apocalíptico, mas ao contrário daquele de Ricardo, aí o mundo acaba com o fogo da guerra e não com o dilúvio.

A mãe de Amâncio, boêmio doente, protagonista de "Oxicianureto de Mercúrio", preocupa-se com suas noitadas. Insone, é vítima. Tampouco Godofredo, em "Godofredo e a Virgem", consegue dormir e tem visões tragicômicas de Carmita no banheiro (*CN*, 41). Ironicamente, após todas as noites de vigília, adormece e a moça, coincidentemente, morre. Josefino, de "Pesca da Baleia", é outro angustiado a oscilar entre a abulia e o nervosismo. Ouve ou imagina, "noite a dentro, nevermorescamente, urros, uivos, ladridos, mugidos, gemidos ..." (*CN*, 69). Em "Morte Burocrática", a enfermidade do funcionário só aflige sua filha e cunhada, que o velam. Os outros, aos poucos se retiram, apesar de o sobrinho, o namorado médico e o possível sucessor na repartição continuarem a vigiá-lo todas as noites. Nenhum dos três sente afeto pela personagem, mas convencionais, cumprem com o que consideram seu dever[9].

Como se verá adiante, a maioria das estórias posteriores apresenta diferentes aspectos da noite, como amiga e protetora. Há, contudo, exceções, como "Sardanapalo", na qual o narrador se sente possuído pelo mal, na noite da luta entre o gato e o rato, e "Foguetes ao Longe", quando Maria exacerba Eduardo até o suicídio. A noite perturba dona Carlota, em "Ordem Final", com ruídos que talvez signifiquem visitas da cozinheira ao quarto do patrão. Ao perder a chefia da seção noturna, Péricles, protagonista de "Caracol", muda de vida, dando-se à boemia. As noites lhe trazem breve conforto de falsa alegria, anulado pelo remorso ao chegar em casa. É à noite, também, que indiretamente ele se vinga do chefe, seu Macrínio, cortando os brotos do caracoleiro de seu jardim.

A grande diferença entre a noite deletéria das estórias iniciais e a noite também perigosa das últimas decorre da perspectiva mudada do escritor. Assim, se naquelas os jovens morrem injustamente, quase sem o perceber, já nestas a morte é encarada não como piada desumana perpetrada por forças malignas, mas como

---

9. A atitude dos três homens é brilhantemente demonstrada através dos lugares comuns do diálogo. Como se sabe, essa faceta, freqüentemente unida à hipérbole, é característica dos medíocres e falsos. Muito bem escreveu M. Nazaré Lins Soares sobre tais personagens, na obra machadiana: "Entre a realidade e si [mesmas] põem de permeio anteparo de expressões convencionais". E mais, nota a origem psicológica de tal discurso: "Tanto é certo que sem experiência interior profunda não pode haver originalidade de linguagem" (*Machado de Assis e a Análise da Expressão*, Rio de Janeiro, INL-MEC, 1968, pp. 25 e 21).

fato inevitável, comum e portanto aceitável. Nas estórias de meio e fim de carreira, não é a noite que aniquila as personagens, mas essas desaparecem naturalmente (como o burro Mansinho e o primo Joaquim de "Ordem Final") ou se destroem e destroem outros (Lina e o rapaz em "O Imemorial Apelo", Eduardo em "Foguetes ao Longe", Sardanapalo e o rato em "Sardanapalo" e Felisberto e colegas de pensão em "O Mensageiro"). Morre-se à noite, sim, mas não da noite.

Esta ótica mudada acompanha a evolução estilística: as piadas e recursos retóricos exagerados se transformam em jogos sutis de pensamentos e de palavras[10]. O autor não é mais o jovem insistente a exigir gargalhada ou indignação do leitor, mas alguém mais vivido e paciente, que mesmo reconhecendo o absurdo e futilidade como constantes da vida, contenta-se com sorriso meio tristonho, unindo-se ao leitor em crítica incisiva, porém compassiva[11].

A Noite-Mãe

Se nessas ficções a noite pode apresentar-se perigosa e mesmo aniquiladora, contudo tem outra face, igualmente importante. Amiga e protetora, exerce força curativa trazendo o sono benfazejo

10. É interessante a contraposição entre as piadas e provérbios populares exuberantes das estórias iniciais ("O Homem na Sombra ou a Sombra no Homem", "Godofredo e a Virgem", "Pesca da Baleia" e "Morte Burocrática") e a imagética de duas últimas ("Ordem Final "e "Caracol") onde soberba teia metafórica é desenvolvida a partir de base humorística.

11. A indagação sobre o valor da vida é motivo importante na ficção do autor, que assim a descreveu: "Quanto a mim, enquanto os outros procuram uma certeza, eu permaneço na dúvida. Eu sou do golpe da inquietude espiritual bem explorada, com amarga lucidez, como diz o outro" (Entrevista ao *Diário de Minas*, 17.2.1919. Em F. Correia Dias, *op. cit.*, 103). Várias personagens de *Contos e Novelas* se propõem à angustiosa questão, resolvendo-se por resposta negativa. Godofredo, após a morte da mulher: "Esta vida não presta pra nada. Para nada" (*CN*, 42). Madalena se pergunta: "Mundo incompreensível, irrealizável. Que é que vale?" (*CN*, 110). Péricles se mostra por duas vezes pessimista: "... como sinto agora e quase sempre – todo o universo se precipitando numa

e o esquecimento da dor. Mais, divindade generosa, inclina-se sobre os seres humanos ao oferecer-lhes momentos inefáveis e revelações de mistérios[12].

Várias personagens dos *Contos e Novelas* são noctívagas, como Arconte Medeiros, o "amigo da noite" em "O Imemorial Apelo". Ricardo e Péricles trabalham à noite, quando Amâncio, Felisberto e Evaristo freqüentam bares. Os narradores de "Sardanapalo" e "Foguetes ao Longe", mesmo ao fazerem suas confissões, encobrem-nas com a noite. O sono benéfico parece, contudo, agraciar somente os tranqüilos ou os medíocres, como o caixeiro na pensão de dona Antônia, em "O Mensageiro".

É em "O Imemorial Apelo" que a noite, rainha e amiga, se revela mais forte em toda a coletânea. Parece-nos que a aproximação entre seu narrador-personagem, Arconte Medeiros, e o próprio João Alphonsus esclarece o papel da noite nessa ficção[13]. A novela, além da importância intrínseca literária, é também marco, com "O Guar-

> velocidade quase infinita para o fundo impossível do infinito, se precipitando em conjunto assim à toa, para o impossível" (*CN*, 200). Mais adiante, pensando sobre o filhinho morto: "... anjos que fugiam ao nosso esforço insensato de os forçar a viver uma vida terrena que não vale nada de nada..." (*CN*, 202). Tal pessimismo é, contudo, modificado pela evidente simpatia do autor, traço também do homem. O aparente paradoxo dessa ironia compassiva impressionou seus contemporâneos. Múcio Leão fala de "aquele espírito gracioso e sutil, cheio de malícia [que] não destruía a capacidade de ternura, e antes o revestia de uma poesia infinita" (*CN*, orelha). Carlos Drummond de Andrade relembra o amigo desaparecido, o "jeitão do poeta, na sua filosófica postura diante da vida. Era gordo, calmo. Descria mais do que acreditava. E sua boca parecia guardar sempre uma zombaria, que, por desdém não se formulasse. A ternura fica bem recalcada no fundo de tudo isso" ("Passeio na Ilha", *Poesia Completa e Prosa*, Rio de Janeiro, Livraria José Olympio Editora, 1977, p. 871).

12. Citamos ainda Cirlot sobre a noite: "Relacionada con el principio pasivo, lo femenino y el inconsciente; Hesíodo le dió el nombre de madre de los dioses por opinión de los griegos que la noche y las tinieblas han precedido la formación de todas las cosas. Por ello, como las aguas, tiene un significado de fertilida, virtualidad, simiente" (*Diccionario*, p. 338).
13. O contista foi durante dez anos "auxiliar jurídico da Procuradoria Geral do Estado, cargo que ocupou até seu falecimento. No exercício deste

da-Freios", a iniciar a fase madura do contista. Se nas estórias iniciais a noite se apresenta cruel e mesmo monstruosa, nas posteriores passa a revelar com mais força sua face benfazeja. "O Imemorial Apelo" é hino de homenagem à noite, por seu sacerdote Aronte, que com ela mantém contínua relação de amizade e devoção, rica em matizes. Ora ele é o rei, ora ela a rainha[14]. Aí a noite superficialmente se revela madrasta, pois é quando morrem Lina e o rapaz. Contudo, como o leitor logo vem a saber, a moça sempre tivera mania de morte e vivendo e se degradando à noite (os dois termos talvez se havendo tornado sinônimos para ela), acabará por escolhê-la para o suicídio. Não é a noite, pois, que aniquila a moça, mas é Lina quem se mata e convence o companheiro a segui-la. A face da noite a predominar no conto é a da divindade benfazeja e amiga, de beleza indescritível. Seu encanto é eterno, imperial, e a ele sucumbe o narrador.

Outras personagens atendem o chamado da noite, como Ricardo, o homem na sombra; o carroceiro de "Galinha Cega"; "O Guerreiro" Evaristo; Madalena de "Eis a Noite!" e Péricles de "O Caracol". Para eles, contudo, a ocasião é uma e isolada, ao passo que para Arconte, seu sacerdote, ela se revela continuamente em momentos bem-aventurados, que marcam a personagem, chegando mesmo a mudar-lhe atitude e ações[15]. Essa influência também se faz sentir em mais personagens de outras novelas e contos, principalmente sob o luar[16]. Voltando à pensão, Ricardo é dominado por "prazer indefinível", compartilhando de "gozo profundo..., numa

    cargo viajou repetida e longamente o seu Estado natal" (Rubem Braga, Prefácio de *Contos e Novelas*, p. 6). Essas viagens profissionais o aproximam dos narradores de "O Guarda-Freios", e "O Imemorial Apelo".
14. Arconte, como substantivo comum, é "sacerdote da igreja grega" (Cândido de Figueiredo, *Novo Dicionário da Língua Portuguesa*, Lisboa, Livraria Bertrand/Rio de Janeiro, Mérito S.A., 1949).
15. Esses momentos se assemelham aos "moments bienheureux" agraciados a Marcel, o narrador proustiano de *Em Busca do Tempo Perdido*.
16. A lua apresenta complexa simbologia. Poderosa, "es el guía del lado oculto de la naturaleza, en contraposición al sol, que es el factor de la vida manifestada y arca... maternal, ocultante, ambivalente por lo

glória humilde" que o transporta fora do espaço e do tempo (*CN*, 55). De repente o mundo faz sentido: vegetais, animais racionais e irracionais se entrosam em harmonia até então despercebida. Contudo, o momento é fugaz, imediatamente seguido e destruído pela desilusão com Maria Triste. O carroceiro, decidido a matar o gambá assassino de sua galinha cega, comove-se sob o efeito da "lua leitosa". Ele, que gostava tanto de uma cachaça, deixa que o animal bêbado escape. É também o luar insistente que devolve a Godofredo o interesse pela vida, apagando a tirânica lembrança da morta. A repetição do luar, como agente que "batia", por três vezes, indica a força da noite sobre o protagonista (cuja atitude é retoricamente frisada por duas outras menções da lua [*CN*, 43-44]).

A noite também emite força renovadora através da lua em "A Noite do Conselheiro", em maior escala que em outras estórias. Aliada à notícia do suicídio estampado no jornal vespertino, ela tenta comover o conselheiro José Inácio e levá-lo à aceitação de sua culpa longínqua e indireta pela morte de Genoveva. O vento, agente noturno, faz "ramalhar as árvores" e o luar, artista, "[desenha] no tapete do chão as linhas da janela", com aparente "capricho" (*CN*, 138). Recordações antigas também se esforçam por virem à tona, na consciência da personagem. A certo ponto, sucumbe às forças externas e internas, revivendo o passado. Contudo, após momentos de suspense, nos quais se crê em sua aceitação de culpa e subseqüente mudança de atitude, José Inácio rechaça a possibilidade de regeneração. "Burguês de Nádegas", agarra-se às posses e ao conforto, indo dormir[17]. Este conto é o mais severo de todos os vinte examinados, por apresentar condenação aberta de personagem, aí somente vista como ser desprezível. Como tal, é exceção na contística de João Alphonsus.

> protector y peligrosa..." (Cirlot, 338). Cícero a equipara ao sol: "Cada mes la luna ejecuta la misma carrera que el sol em un año... Contribuye em gran medida por su influjo a la madurez de las plantas y al crecimiento de los animales" (Cirlot, p. 295).

17. O conselheiro José Inácio parece-se como gêmeo ao burguês de "Ode ao Burguês" da *Paulicéia Desvairada* de Mário de Andrade.

Belíssimo trecho descreve o momento bem-aventurado concedido a Péricles e Rosalina pela noite, através de sua emissária, a lua. "A magia do luar", preparada pelo filme sentimental e unida aos botões do caracoleiro a se entreabrirem, como que proporciona aos esposos uma explicação do mundo em estado de harmonia. Contudo, esta não é harmonia estática, mas em processo, desenvolvendo-se como o caracoleiro, em espiral. Nas palavras de Péricles:

> Penetrava-[nos] o mistério daquele palpitar de vida que não pára, o mistério da vida vegetal que sentíamos criar tão pertinho dos nossos corpos novas pétalas encaracoladas, tão perto das nossas almas, afinal o mesmo mistério com que pareciam nascer a cada momento novas estrelas no céu docemente claro. A palpitação conjugada, inseparável, de astros e seres, grandes e pequenas vidas, tudo abençoado por Deus numa ascensão universal ... (*CN*, 200).

Ao contrário daquele de "O Homem na Sombra ou a Sombra no Homem", este momento se prolonga, vindo contudo a ser anulado pela decepção de Péricles, um mês depois, ao perder a chefia do serviço noturno.

Em conclusão, diríamos que através da ótica noturna se pode perceber a evolução espiritual e artística do autor. "Madrasta, mas principalmente mãe, a noite é a grande responsável pelo elemento lírico de *Contos e Novelas*, esse 'vago' de imensa beleza na vida física das suas personagens"[18]. É o "aceno de graça" que, como Henriqueta Lisboa tão bem disse, suaviza e redime "o carregado, exaustivo [pessimismo]" provocado pelas inúmeras mortes. Esse elemento lírico traduz a compaixão que o contista sente pelas personagens, que torna tão vívidos os momentos de felicidade daquelas, mormente os noturnos. Dá a *Contos e Novelas* seu caráter... constituindo o traço de união do escritor com o homem, exatamente quando o homem completa e aperfeiçoa o artista[19].

---

18. Agrippino Grieco, *op. cit.*, p. 81.
19. Henriqueta Lisboa, cit. em Correia Dias, p. 113.

10
A Estética do Malfeito: Clarice Lispector e *A Legião Estrangeira*

Entre as cento e oito peças de *Fundo de Gaveta*, a segunda parte de *A Legião Estrangeira*, vinte versam sobre a criação literária e o processo de escrever. Affonso Romano de Sant'Anna viu *Fundo de Gaveta* como a "arte poética" de Lispector, e Elizabeth Lowe, como seu "testamento poético", a lhe reconhecerem a importância. Na edição original de *A Legião Estrangeira*, 1964, a primeira parte consiste nos treze contos. A segunda, *Fundo de Gaveta*, é precedida por breve prefácio – uma explicação/piada/meditação tão ao gosto da autora, que agradece o título a Otto Lara Rezende. Depois, explica-se, "Gosto de modo carinhoso do inacabado, do malfeito, daquilo que desajeitadamente tenta um pequeno vôo e cai sem graça no chão".

O presente ensaio enfoca uma estética do malfeito, sugerida por Lispector em *Fundo de Gaveta* e seguida em trabalhos posteriores. Ao deter-nos sobre este manual informal, esta "arte poética" que é *Fundo de Gaveta* (rebatizado como *Para não Esquecer*, em 1978), tentaremos atar certos fios que entrelaçam sua obra e a costuram. Fá-lo-emos a partir de menções explícitas de um aspecto imperfeito explorado na realização artística. O malfeito e o inacabado supõem, assim, a matéria bruta, a ganga que em alquimia inerente ao processo literário carregasse consigo a virtualização do ouro final – a obra literária. A transformação indica mistério a atrair a própria autora, que o examina e registra. Este é "mistério natural", com sua própria clareza, "não substituível por clareza de nenhum outro" (PNE, 31). A clareza é concedida como dom, em agnórise e epifania, àqueles que aceitam a "submissão ao processo" (PNE, 63). O "processo de escrever é feito de erros – a maioria essenciais" que levam a "esse instante de reconhecimento (igual a uma revelação)". É um processo "o modo extremamente caprichoso e natural como a flor é feita... com paciência monstruosa".

Várias outras peças de Fundo de Gaveta/Para não Esquecer também apresentam metáforas, meditações e fábulas duma estética do malfeito na criação literária. O título original oferece a primeira indicação quanto à posição da autora. Que é um fundo de gaveta senão local modesto tornado invisível pela desatenção do dono do móvel? Aí se coloca o que não interessa mais, mas de que não se consegue livrar. Paradoxalmente, também representa local precioso, de virtualidade e pujança sacrais. Ambivalente, por um lado é o buraco do tesouro do avarento e, por outro, o ventre potencialmente fértil da mãe terra. Clarice brinca com o conceito de fundo de gaveta e de baú, numa das últimas peças (FG, 100), "Uma Escritora", que passa a vida procurando (sem encontrar) o material inspirador escondido na gaveta.

Em FG/PNE, logo a leitora se depara com dois objetos a exemplificarem este tatear e balbuciar vivificantes, próprios da estética do malfeito. O primeiro é um "pato feio", da peça, #10. O outro, também epônimo, é o guarda-roupa de "Esboço de Guarda-Roupa", #34. Tanto o animal como o móvel revelam inegável mau jeito em sua relação com o espaço circundante. Quanto àquele, a variação de conto infantil não transforma o sujeito ontologicamente, como no conto de Hans Christian Andersen, pois o pato continua pato, não se tornando lindo cisne ao sair da adolescência. Muda, aqui, não a essência ou aparência física, mas a atuação. Se em terra o pato é desajeitado, nos ares revela toda a sua pujança. Tão ridículo quanto o pato rasteiro, o guarda-roupa figura como "descomunal, corcunda... intruso". Contudo – e isto é importante – também se apresenta "triste e bondoso". Sua metamorfose se fará tão luminosa como o vôo do pato, pois "cerra-se... a porta-espelho" e a luz domina: "entram frascos e frascos de vidro".

Ao encarar a evolução da obra, do processo, como se viu, Clarice exalta o despojamento e coragem de encarar-se possível derrota decorrente de desacertos. Pois esta pode ser mero estágio episódico, mas também tornar-se irreversível. Como se viu acima, em "Submissão ao Processo" a escritora também se debruça sobre a importância do malfeito e inacabado ao apontar erros como ingrediente essencial à criação.

Críticos como Benedito Nunes e Hélène Cixous têm ressaltado tal aspecto da aprendizagem da autora, primeiro estampado em *Fundo de Gaveta* e retomado em várias obras subseqüentes, principalmente *Água Viva*. A importância da busca que resulta em erro compõe um dos motivos-mores de *Fundo de Gaveta*. No pequeno ensaio, "Escrever, Humildade Técnica", a autora confessa que seu estilo é apenas "uma procura humilde". Humildade, etimologicamente, é aproximação do solo, da coisa chã, qualidade e virtude antiga reconhecida por Lispector como tentativa de conhecimento a significar lucidez e humor.

É tateando e buscando que talvez se atinja a essência, a claridade por ela mencionada em várias dessas ("Aventura", "Explicação Inútil") e de outras peças ("Mistério em São Cristóvão" de *Laços de Família*, "O Ovo e a Galinha" de *A Legião Estrangeira* e nas entrevistas a Claire Varin). Há percalços óbvios na caminhada em busca do objeto, há tentações a desviarem o peregrino da verdadeira rota. Uma dessas consiste no "atraente" da peça "Romance", de *Fundo de Gaveta*. Outra, o atraente, é elemento de romance e, ainda mais: choca-se com o malfeito. Apesar de "perfeitamente lícito", oferece o perigo de descaracterizar e falsificar – "como um quadro que se torna quadro porque a moldura o faz quadro". Assim, diz a autora, "Para escrever tenho que prescindir [do atraente]". Escrever é uma disciplina, um sacerdócio exigente. Requer "experiência", portanto todo o contrário do elemento romântico falsificador. Ora, a experiência que flui até o presente através da memória é inacabada, informando e incorporando o malfeito, o qual, por sua vez, a influencia e molda.

Este aspecto da busca paciente, da construção cuidadosa de ida e volta, no qual o erro se apresenta como elemento inescapável mas imprescindível, tem interessado à crítica feminista. H. Cixous, por exemplo, se refere "à lição importante de Lispector como sendo lição da e pela mulher. É a lição das coisas" (*Poétique* 40, 409-410). Lição dupla, abre-se em lentidão e feiúra, lentidão que em seu bojo contém a espera. A visão a dirigir tal lição contraria a vida moderna, na qual "a precipitação anula... o pensamento se torna tela plana" (de televisão e cinema). (Tradução da autora do presente ensaio.)

Realmente, para Clarice a paciência é suprema. Em #107 de *Para não Esquecer*, paciência e amor se criam; em #63, "Submissão ao Processo", os erros são na maioria essenciais e tão importantes como a paciência que os trabalha, em processo semelhante àquele da natureza levando à lenta e perfeita produção de uma flor. Essa lição, primeiro oferecida em *Fundo de Gaveta*, é retomada ao longo da obra clariceana, em *A Paixão Segundo G.H.* e *Água Viva*, assim como nas crônicas do *Jornal do Brasil* (estampadas em *A Descoberta do Mundo*, 1984). Tal como Machado de Assis, Marcel Proust e Autran Dourado, Clarice pertence à família de escritores ruminantes, constantemente a reelaborarem seus temas de estimação, em épocas e gêneros diversos, a seguir propulsão helicoidal. Por vezes, a autora reestampa peças na íntegra, como, por exemplo, "Esboço de um Guarda-Roupa" e "A Pesca Milagrosa", em *Água Viva*. Outras são retrabalhadas[1].

Voltando à interpretação feminista da "lição da e pela mulher" de Cixous, a crítica francesa desenvolve este aspecto, no ensaio

1. A reimpressão destes escritos indica sua importância para Clarice Lispector. Assim, "Um Pato Feio" e "Esboço de um Guarda-Roupa" foram reestampados, respectivamente como o irônico "Cisne" e "Estudo de um Guarda-Roupa", em sua coluna do *Jornal do Brasil*, no final de 1970 (*ADM*, 421 e 423). O mesmo se deu com "Romance" (11.11.1972) e "Submissão ao Processo" (20.1.1973), com os títulos originais. Várias outras peças de *Fundo de Gaveta* e contos de *A Legião Estrangeira* são reelaborados e reestampados na íntegra.

acima referido. Nota que Lispector consegue "tocar o coração das rosas, [que] é a maneira mulher de trabalhar... ser tocado... aprender-se a deixar-se dar pelas coisas" (*Poétique* 40, 411). No ensaio "Feminina Mãe Imperfeita", Ruth S. Brandão releva

a feminina enunciação de Clarice, que, ao contrário do tipo de escrita que tenta... [suportar as grandes imagens, construir discursos em sua honra] exibe os humanos limites, os estreitos caminhos... e dá à voz feminina a mãe imperfeita, nas entrelinhas, no silêncio.

Parece-nos que este cuidado, esta atenção – matéria mágica para Cixous (*Poétique* 40, 414) – a construir uma "lição de flor improvisada", prepara então espaço feminino, no qual se privilegia o conjunto mãe e filhos pequenos e do qual o homem está, se não excluído, pelo menos temporariamente afastado. As peças 76, "Desenhando Menino", e 33, "Na Manjedoura", oferecem este espaço como o pré-verbal e pré-simbólico, "le sémiotique", de Julia Kristeva, Como eles, a peça 43, "Glória nas Alturas", introduz a figura paterna, mas distante e oblíqua. Aí, apesar do aspecto verbal, ainda não se deu cisão entre mãe e cria. Ainda não imperam o nome e o não do pai lacaniano. No trecho 76, "Desenhando Menino", a narradora homodiegética volta ao espaço pré-verbal no qual o bebê, muito vivo, sente que "mãe é não morrer".

Em *Fundo de Gaveta/Para não Esquecer*, este espaço natural é o lar, cenário do apartamento carioca no Leme, que a escritora Clarice Lispector compartilha com seus pré-adolescentes, Paulo e Pedro. Em outra representação do livro, o lar se transforma no *locus amoenus* clássico da peça 45, "Uma Imagem de Prazer": um bosque com clareira, "entre alturas". Aí, em harmonioso entrosamento, a narradora/personagem comunga com animais variados e insólitos: borboletas e leão. Presépio e cartão de Natal em versão secular, esta cena silenciosa transmite a paz sugerida pelo labor doméstico, com a narradora, sentada no chão e tricotando em silêncio. A paz emanada lembra aquela entre diversos animais no famoso quadro "The Peaceable Kingdom", de Edward Hicks, o principal pintor ingênuo norte-americano do século passado. Havendo morado nos Estados

Unidos, Clarice certamente conheceria se não um dos mais de cem originais de Hicks sobre o tema, pelo menos sua reprodução em cartões de Natal. O mistério e a calma alegria, fatores integrantes da cena, "Uma Imagem de Prazer", também evocam quadros de outro célebre ingênuo, Henri Rousseau. Clarice, como sabemos, pintava e usou a pintura como metáfora em vários escritos, como *Fundo de Gaveta* e *Um Sopro de Vida*. Na cena luminosa, encantadora, do quadro em palavras que é "Uma Imagem de Prazer", transparece a paciência industriosa da mulher humilde a velar pelos animais, seus filhos. Algures, a escritora se refere à ligação íntima com outros animais – os irracionais –principalmente as fêmeas, devido à maternidade comum (Varin, 139). Clarice Lispector chega a declarar: "Não ter nascido bicho é minha secreta nostalgia" (*AV*, 53 e *ADM*, 363).

Transposta ao registro religioso, a cena referida se torna "A Manjedoura", peça de *Para não Esquecer* a reproduzir o Natal. A ligação espiritual entre os membros da Sagrada Família e os animais "doces" confirma, para a autora, que um "menino é seu pastor", como o é dos desprotegidos em geral, "as crianças, os pobres de espírito e os que se amam".

No espaço materno a aprendizagem se faz de parte a parte. Aí, toda a atenção é pouca quando se trata de crianças, cujas palavras e ações freqüentemente oferecem sábia e sadia visão do mundo. *Para não Esquecer* apresenta quinze peças relativas aos filhos pré-adolescentes, várias a ecoarem aquelas nas quais Clarice se retrata como escritora. Tais peças infantis são dialéticas e em contraponto ao transcreverem diálogos e comentários dos dois filhos. Estes se interessam pela atividade materna, oferecem sugestões e críticas. A conversa fiada do menino sem fome, a engambelar a mãe na hora do jantar, pode ser tomada como comentário jocoso à declaração séria da mãe escritora, em "Escrever, Prolongar o Tempo". Intrigado com o ângulo estilístico, o menino elogia sua própria redação no colégio ("Bandeira ao Vento", 39) e examina o trabalho da mãe com olhos críticos ("Estilo", 52; "Crítica Leve", 64; e "Crítica Pesada", 65). Igual desdobramento se percebe no diálogo "Irmãos", 78, de linhas semelhantes àquelas duas meditações de Clarice, "Abstrato e Figurativo", 40, e "Uma Porta Abstrata", 93.

A antítese do *locus amoenus* oferecido pelo apartamento carioca, pela clareira do bosque fictício e pela manjedoura bíblica pode ser vista como Brasília, a cidade artificial por excelência. *Fundo de Gaveta* estampa o retrato da cidade pouco após a inauguração. Neste ensaio mais longo que as demais peças do livro, a autora ironiza a nova capital, como também se ironiza. Vejamos algumas de suas observações:

> Brasília é construída na linha do horizonte. A alma aqui não faz sombra. Por enquanto não pode nascer samba em Brasília. Mulher rica é assim. É Brasília pura. Todo um lado de frieza que eu também encontro em Brasília.

Esta cidade, cuja perfeição estética não consegue produzir vivência e aconchego de lar, tornar-se-á "Brasília: Esplendor", doze anos depois. Isto porque a autora escreveu um segundo ensaio, acrescentado à edição de 1974 (e estampado em *Para não Esquecer*). Estilisticamente, esta peça continua aquela original de *Fundo de Gaveta*, mas com acentuado lado anafórico (se não de ladainha, pelo menos de cantilena) em meio a análise e meditação. Citemos alguns desses comentários, após a primeira constatação de que "Brasília é uma cidade abstrata".

> Brasília não tem esquinas, não tem botequim para a gente tomar um cafezinho, não tem cotidiano.
> Brasília não admite diminutivo. A luz de Brasília me deixa cega. Brasília me deixa doida. Em Brasília tenho que pensar entre parênteses. Brasília não é de brincadeira.
> Brasília é o fracasso do mais espetacular sucesso do mundo. Brasília é uma estrela espatifada.
> Mas falta magia em Brasília, falta macumba. Em Brasília nunca é de noite.

A distância entre a maravilhosa metrópole e os reinos animal e vegetal é para a escritora também falta grave. Vejamos:

Brasília é o contrário de Bahia. Bahia é nádegas. Em Brasília não tem poste para cachorro fazer pipi. Brasília usa peruca e cílios postiços. Brasília é tesoura de aço puro. Brasília é vidro partido.

Contudo, a autora convidada a dar conferência, tenta ser justa e descobrir virtudes na nova capital:

Brasília não tem cárie; é pérola entre os porcos; é ouro. Brasília tem nariz bonito e delicado.
Brasília é jóia, lá tudo funciona como deve. Brasília humanizou-se.
Brasília é coro infantil na manhã azulíssima e gelada.

A ambivalência evidente de Clarice quanto à nova cidade, que a certa altura ela confessa adorar, inclui a falta de empatia e entusiasmo ante seus aspectos de "ficção científica"[2]. À certa altura, a escritora aconselha, "Seja mais bicho, Brasília. Nem só de homem vive o homem", em calque bíblico.

"Brasília: Esplendor", o segundo retrato encontrado em *Para não Esquecer*, explicita a razão da discordância: o contraste entre a escritora e a cidade. Diz ela: "Sou tão indecisa. Brasília é decisão." E continua: "Brasília é uma piada estritamente perfeita e sem erros. E a mim só me salva o erro" (*PNE*, 38).

Ampliando, continua: "Brasília não é crochê, é tricô feito por máquinas especializadas que não erram.

Mas, como eu disse, sou erro puro. E tenho alma canhota" (*PNE*, 51). Prima de Carlos Drummond de Andrade, como se vê[3].

Em conclusão, *Fundo de Gaveta,* rebatizado como *Para não Esquecer,* e sem a peça teatral *A Pecadora Queimada e os Anjos Harmoniosos*, foi editado como homenagem póstuma a Clarice Lispector. Ao

---

2. Notemos que a tentativa de imparcialidade é clara em "Brasília de Ontem e de Hoje", entrevista na qual a escritora reproduz as palavras de um casal amigo, morador da capital, que entoa louvores principalmente quanto às virtudes relativas à criação de filhos e outros aspectos domésticos (*ADM*, 463).
3. Lembremos que a escritora especificamente filia sua timidez àquela do *gauche* Carlos Drummond de Andrade.

mesmo tempo "arte poética" e "testamento literário", o livro nos oferece lição de escrita e de vida, nos moldes paradoxais característicos da autora. Várias peças relativas à criação literária exaltam a humildade na submissão ao processo de elaboração da obra. Neste processo, o erro é essencial, parte da lentidão e feiúra que o informa. Estes aspectos se metamorfoseiam, em *Fundo de Gaveta/Para não Esquecer*, através de dois veículos de historietas/meditações: um pato e um armário que se transformam – um pelo vôo e outro pela luz irradiada por sua porta-espelho.

Em *Água Viva*, obra-prima publicada nove anos após *Fundo de Gaveta*, a autora retomará a importância de categorias de malfeito e inacabado, citadas no breve prefácio deste. Declarará alto e bom som: "A feiúra é meu estandarte de guerra. Eu amo o feio com amor de igual para igual" (*AV*, 40). Estes sentimentos, sabemos, também serão repetidos e virtualizados, muito depois, na maravilhosa Macabéia, protagonista de *A Hora da Estrela*. O malfeito e o inacabado representam a desordem essencial na trajetória da escritora e do ser humano Clarice Lispector que, ainda em *Água Viva*, dirá: "Sigo o tortuoso caminho das raízes rebentando a terra" (*AV*, 22). Pois, afirma, "Quero a profunda desordem orgânica que no entanto dá a pressentir uma ordem subjacente" (*AV*, 27).

A metodologia do malfeito tem como cerne o processo natural, tal como aquele das raízes procurando o solo – ciclo de vida paralelo ao da gestação e maternidade. Dão-se aí transformações, várias das quais consideradas erros, mas que carregam consigo potencialidade imprescindível e transformação interentes à construção da escrita e da vida.

Além das peças relativas ao ofício de escrever, *Fundo de Gaveta/ Para não Esquecer* oferece outras a apoiarem e ilustrarem a lição do fazer. Estes pequenos escritos criam espaço por assim dizer materno, que vem a ser tanto o apartamento do Leme como um *locus amoenus* ligado ao bosque e ao presépio clássicos. Esta zona, que se confunde com aquela pré-simbólica, com *le sémiotique* das feministas francesas, é evidentemente também informada pela visão da criança no que tange tanto a vida como a criação artística. É a antítese da esplêndida Brasília geométrica, a seu ver, de luz cegante, cidade sem erros e fracasso do sucesso.

Bibliografia

LISPECTOR, Clarice. *Água Viva*. São Paulo, Círculo do Livro, 1973.
_____. *A Descoberta do Mundo*. Rio de Janeiro, Francisco Alves, 1992.
_____. *A Hora da Estrela*. Rio de Janeiro, José Olympio, 1977.
_____. *Laços de Família*. São Paulo, Francisco Alves, 1960.
_____. *A Legião Estrangeira*. Rio de Janeiro, Editora do Autor, 1964.
_____. *A Legião Estrangeira* (só os treze contos). 10ª ed., São Paulo, Ática, 1991.
_____. *A Paixão Segundo G.H.* Rio de Janeiro, Editora do Autor, Cixous, Hélène. "L'approche de Clarice Lispector". *Poétique*, 40, nov. 1979.
NUNES, Benedito. *Leitura de Clarice Lispector*. São Paulo, Quíron, 1973.
SANT'ANNA, Affonso Romano de. "Clarice e a Epifania da Escrita". In *A Legião Estrangeira*, 10ª ed., São Paulo, Ática, 1991.
SILVIANO BRANDÃO, Ruth. "Feminina Mãe Imperfeita". In *Clarice e o Feminino*. *Tempo Brasileiro* 104, jan.-mar. 1991, pp. 101-110.
VARIN, Claire. *Entretiens avec Clarice Lispector*. Québec, Deux, 1987.

11

Eros e Tânatos:
A Aposentadoria Relutante

Na excelente coletânea, *O Cântico do Galo* (São Paulo, Global, 1985), Manoel Lobato prossegue na temática dos contos anteriores: a dificuldade de comunicação, a força do amor, a miséria dos marginais, a doença, a morte, o sexo e a religião, mas introduz novo tópico, o envelhecimento angustiado do homem *qua* animal sexual[1].

1. Diplomado em Farmácia e em Direito, Manoel Lobato é redator do *Minas Gerais*. Mineiro de Açaraí, e autor dos romances *Mentira dos Limpos*, 3ª ed., Porto Alegre, Mercado Aberto, 1987; *A Verdadeira Vida do Irmão Leovegildo*, Belo Horizonte, Interlivros, 1976; *Pagulogo, o Pontífice*, 2ª ed., Belo Horizonte, Lemi, 1983; e das novelas *Somos Todos Algarismos*, São Paulo, Moderna, 1979; *O Segredo do Bilhete*, 2ª ed., Porto Alegre, Mercado Aberto, 1986, *Cordão de Prata*, São Paulo, Companhia Editora Nacional, 1986; *Abraços para as Árvores*, São Paulo, Editora do Brasil, 1988. Seus contos foram publicados em *Contos de Agora*, Belo Horizonte, Edições Oficina, 1970; *Garrucha 44*, Rio de Janeiro, Organização Simões, 1961; *Os Outros São Diferentes*, 2ª ed., Belo Horizonte, Comunicação, 1975; *Flecha em Repouso*, São Paulo, Ática, 1977; *O Cântico do Galo*, São Paulo, Global, 1985(aqui mencionado como *CG*); *A Brisa e o Lenço*, Belo Horizonte, RHJ, 1991; *Você Precisa de Mim? O Antúrio Não É uma Flor Séria*, Belo Horizonte, Comunicação, 1980 e *O Anjo e o Anticristo*, Belo Horizonte, Oficina de Livros, 1991. Tem contos nas antologias: *Menino no Quintal*, Belo Horizonte, Lemi, 1979; *Status Literatura*, São Paulo, Três, 1980; *Contos Eróticos Mineiros*, São Paulo, Três, 1983; *Contos Mineiros*, São Paulo, Ática/Globo, 1984; *Momentos de Minas*, São Paulo, Ática/Globo, 1982; *Contos da Terra do Conto*, Porto Alegre, Mercado Aberto, 1986; *Ficções nº 1*, Porto Alegre, Mercado Aberto, 1987; *Amor à Brasileira*, São Paulo, Traço Editora, 1987; *Contos da Repressão*, Rio de Janeiro, Record,

O título, *O Cântico do Galo*, é apropriado não só por ecoar o *Cântico dos Cânticos* bíblico, no qual, segundo a tradição, o rei poeta Salomão entoa hinos de louvor à bela rainha negra de Sabá, como também por introduzir registro metafórico de animais irracionais.

Quatro dos onze contos da 1ª parte desenvolvem tal temática, a saber: 1º - "Flores-Brancas", 2º - "O Estalo", 3º - "Circular nº 2/81" e 4º - "Trapézio da Criação". A esses podemos acrescentar "Aula Particular", da coletânea *Contos da Terra do Conto* (Porto Alegre, Mercado Aberto, 1986), no qual é uma mulher mais velha que procura homem jovem para encontro erótico.

A perícia de Lobato, a arte gabada por críticos e escritores do quilate de Fábio Lucas, João Antônio e Guimarães Rosa, manifesta-se na segurança, destreza e versatilidade com as quais trabalha as estórias[2]. As quatro ficções de *O Cântico do Galo* apresentam teor tanto poético como dramático, a saber, a beleza do amor sexual — um bem que se teme perder ao escoar a juventude — e o aspecto agônico da luta de Eros contra Tânatos. Parafraseando Sean O'Faolain, diríamos que o grande valor dos contos se deve a seu impacto e lirismo (*punch & poetry*)[3].

1987; *Contos Premiados*, Salvador, EGBa, 1989; *O Fino do Conto*, Belo Horizonte, RHJ, 1989; *Flor de Vidro*, Belo Horizonte, Arte Quintal, 1991 e, no exterior, *Nouvelles brésiliennes*, Montreal, Quebec, Dérives, 1983.

2. Fábio Lucas nota a riqueza de elementos e processos a informarem e construírem seus contos: "Por isso, creio eu, é preciso atentar na funcionalidade dos elementos de sua ficção: os diálogos, as descrições, os gestos, os episódios, os objetos, os nomes próprios (a transparência onomástica muitas vezes ajuda a bem interpretar o texto), enfim, na rede de informações que circula de conto a conto como agregação do real e intensificação da vida" (orelha de *O Cântico do Galo*). Guimarães Rosa se pronuncia: "Manoel Lobato é contista de limpa marca, autêntica qualidade. Seus contos são ótimos, coisa pirandelliana". Para João Antônio, contista de marginais como Manoel Lobato, e prefaciador de *O Cântico do Galo*, "Os seus livros formam uma soma. O produto estético já atingiu um ponto de maturidade em que a economia, ao lado de um critério exigente de composição, dá às suas narrativas um ritmo invejável" (*CG*, 9).

3. "Mas os elementos essenciais para um bom conto são indefiníveis; ou as palavras usadas nessa definição contêm significado subjetivo. Assim, as

Além da temática, as estórias compartilham importantes características relativas à própria ação e ao estilo, que possibilitam seu estudo em bloco. Primeiro, temos a ironia de vários matizes, através da pena do narrador a rir-se da luta inglória da personagem, a entrar, talvez, em aposentadoria sexual compulsória. É um riso triste, amarelo, por significar derrota. A situação do protagonista é acompanhada pelo ridículo que transmite o riso. É, assim, desenhada em farsa ampla. O elemento do ridículo predomina aí. Como se lembra, o próprio ato sexual tem sido ridicularizado por moralistas, quer misóginos quer misantropos, como por exemplo, Erasmo em *Elogio da Loucura*[4]. Então na mente popular, se praticado por velhos, a cópula amorosa passa a ser quase que sinal automático de caduquice. Lembremo-nos dos velhos de comédia apaixonados por mocinhas (topos tão comum desde a Antiguidade).

A segunda característica comum a estas estórias de Manoel Lobato é o questionamento não só de direito à prática sexual como de seus limites ao longo da vida humana. Tal questionamento se faz através de catecismo cristão, segundo o qual a desobediência descamba para o pecado – a falha. (Tal aspecto é bem mais tênue em "Aula Particular" na qual a protagonista, a velha sapeca, pouco se incomoda com o posicionamento moral de seu ato: busca de gigolô com idade para ser seu filho para encontro clandestino em motel. "Aula Particular" se inscreve como farsa sem laivos filosóficos. É, repetimos, excelente conto.)

Uma terceira característica desses contos é a metáfora levada ao ponto de metamorfose. As personagens são equiparadas a irra-

    coisas que gosto de encontrar numa estória são impacto e lirismo. Eu sei o que estas palavras significam para mim, [...] (são um pouco) como 'personalidade'. Duvido haver me expressado com bastante clareza aqui, mas tenho alguma esperança de, talvez, haver demonstrado com clareza que 'técnica' é a parte menos importante deste assunto" (prefácio ao ensaio/antologia, *The Short Story*, IX. Tradução minha).

4. Diz a Loucura: "E, às vezes, também, como o velho de Plauto, ele volta a suas três letras, A.M.O., as mais infelizes de todas as coisas vivas, se ele compreendesse suas próprias ações" (Desiderius Erasmus, *The Praise of Folly*, p. 20. Tradução minha).

cionais – cavalo e égua, galo e galinha – ou, do outro extremo da escala, a anjos ("Trapézio da Criação").

O tema do macho que envelhece é, pois, aberto em leque de varetas e matizes diversos em *O Cântico do Galo*. No conto "Flores-Brancas", modesto homem do campo tornado jardineiro de cidade grande é simultaneamente atraído por duas mulheres, as quais vê como flores: a esposa de um médico e a jovem empregada da casa em frente. Tem encontro amoroso frustrado com a moça e, no final do conto, dirige-se à casa da grã-fina.

No segundo conto, "O Estalo" (que nada tem a ver com aquele de Padre Vieira, mas é farsa completa e aberta), um advogado maduro também se defronta com duas mulheres sedutoras e contrastantes: uma loura que reaparece em encontro erótico, longínquo, na memória, e uma mulata, de carne e osso no texto, por assim dizer. O encontro com a loura fracassará e, com a morena, acabará em desastre e dor físicos.

No terceiro desses contos, "Circular nº 2/81", uma desconhecida (como aquela de "O Estalo" e a protagonista de "Aula Particular"), como se verá mais adiante, telefona ao narrador/personagem para marcar encontro declaradamente amoroso. Em "Trapézio da Criação", o último desses contos de *O Cântico do Galo* a serem examinados no presente estudo, novamente duas mulheres – imaginárias? reais? – povoam os sonhos de um pintor que se sente envelhecer. Apesar de não tentar relações sexuais com nenhuma das duas, a jornalista Flávia e a modelo Ângela, imagina encontro dos mais sensuais com a última, que posara para um de seus nus.

Em "Aula Particular", da coletânea *Contos da Terra do Conto*, o atrito se dá entre velha "moderninha" e gigolô prático, com anúncio em jornal de cidade grande. As posições se invertem e o tom do conto tem, em comum com os quatro outros citados, da antologia *O Cântico do Galo*, a sátira tanto à mulher libidinosa, que se torna ridícula em sua busca de amante jovem, como ao rapaz que se vende. Aqui, faz-se caricatura das mais ferozes de pseudo-intelectual de nossos dias, professora universitária que mal se constrange com o ato extraconjugal com desconhecido, pago, e de idade para ser seu filho. Suas preocupações se restringem a nível bastante epidérmico: sua aparência física e a sensação da aventura amorosa. (Como veremos adiante, não há aqui sentido de culpa.)

Esta inquirição angustiosa e angustiada sobre o amor é movida por um sentido de pecado – como sombra quase inevitável e, assim, parte do ato amoroso extraconjugal. Nossa leitura, pois, vê a linha das cinco estórias como divergente da epígrafe de *O Cântico do Galo*, tirada de Henry Miller: "O erotismo é um processo purificador, enquanto a pornografia apenas aumenta a sujeira". Estes ótimos contos – e "Flores-Brancas" é um primor – propõem e ilustram um outro lado da moeda erótica a destoar da frase do romancista norte-americano. O que temos, no livro de Lobato, é o desaponto, o ridículo, o remorso, quando não a dor e o acidente físico a significar o acidente moral. O velho broxa, como se sabe, é uma figura antiquíssima na farsa de quem aqui o narrador pretender rir, sem o conseguir; por isso pede a ajuda do leitor, sua risada por procuração.

Muito ao contrário do erotismo exuberante e orgiástico dos livros de Miller (como, por exemplo, *Trópico do Câncer*), o autor implícito nos dá, em *O Cântico do Galo*, a aplicação sombria e tradicional da moral cristã. Como São Paulo, Santo Agostinho e demais Padres da Igreja, sua voz condena o amor erótico avulso. Seu sentido comum, de homem prático, parece reforçar atitude negativa por detrás das estórias ao se dar conta do fracasso provavelmente à espera – ao contrário dos jovens, para quem tudo parece tão fácil, pode-se ler nas entrelinhas...

A associação com cristianismo tradicional, severo, é-nos sugerida por elementos determinados, principalmente em "Circular nº 2/81" e "O Estalo". Estes elementos se constituem em termos de pecado. Em "Circular", a tentadora aparece como súcubo medieval, demônio disfarçado a tentar eremitas no deserto. É ela quem inicia o perigoso jogo que é a sedução do narrador/protagonista, jogo que este também vê como luta e batalha. Tem-se na primeira sentença: "A história começa com um telefonema de mulher; tem nome de santa, mas deve ser satânica; talvez seja mítica: metade gente, metade animal" (*GC*, 61). O tema da santidade é continuado elipticamente, em uma Nossa Senhora polinímica, imagem a ser retomada na conclusão do conto. Com esta santa virginal e casta contrasta a mulher do telefone: serpente tentadora, Dalila e Helena de Tróia. Genérica e anônima, transformar-se-á em animal irracional, no que será acompanhada pelo próprio narrador/protagonista. Como se disse acima, a metamorfose é característica comum às quatro estórias de *O Cântico do Galo* aqui examinadas. A tentadora de "Circular nº 2/81" se tornará égua, em magistral passe de mágica literária (*CG*, 62-63) e salientar seu sensualismo. Como se lembra, a simbologia complexa e rica do cavalo carrega consigo não só exotismo como guerra[5]. Fazendo-lhe par, mas contrastando em idade e potencialidade, o narrador irônico se caracteriza a princípio como "cavalo velho, pangaré – burro metido a besta" que logo empaca "diante de tanta boniteza morena" (*CG*, 63). No final da estória, frustradas as esperanças eróticas, perturba-o a derrota fálica por significar uma derrota maior – a do velho diante da vida. Diz o narrador/protagonista: "Sou um jumento sem força, jegue caduco e pançudo, viseira nos olhos. Não presto nem para carregar Nossa Senhora nas veredas da vida..." (*CG*, 67). E, novamente, bate na mesma tecla: "Sou sem serventia. Não sirvo para nada mais, nem sequer para sem-vergonhices imaginárias" (*CG*, 67).

O motivo religioso introduzido no início do conto é retomado e é ele que termina a estória, com reviravolta. O amante frustrado volta à casa onde é recebido pela esposa compreensiva (e que, ironicamente, lhe dá três pedras de sal, como se faz aos cavalos). Me-

---

5. Como lembra Cirlot, o cavalo é o "antigo símbolo do movimento cíclico do mundo dos fenômenos: daí os cavalos que Netuno extrai das águas com seu tridente, simbolizando as forças cósmicas a surgirem de Akasha – as forças cegas do cosmo primígeno. No plano biopsicológico... o cavalo significa desejo e instintos intensos, de acordo com o simbolismo do cavalo veículo... Animal também dedicado a Marte, a súbita aparição de um cavalo era considerada prenúncio de guerra... Considerando-se que o cavalo pertence à zona natural, inconsciente e instintiva, não é de estranhar-se que, na Antiguidade, a ele houvessem freqüentemente sido atribuídos poderes divinatórios" (p. 152, tradução minha).

nino, sente-se retroceder no tempo: a esposa se torna mãe, confundindo-se com Nossa Senhora polinímica na voz do narrador, "Aceito o milagre" de "inocência e pureza de um deus que pede colo à Mãe, deípara" (*CG*, 68). É então apagada a imagem da tentadora, tradicional, por aquela, oposta, da santa sem mácula. E todo o episódio da tentação e queda, que é o conto, é como que afetada pela expressão reveladora, "imaginárias". Pois estas são "sem-vergonhices imaginárias". "Circular nº 2/81" não se quer mais como confissão mas como exercício literário enviado a amigos reais, outros contistas e críticos[6]. Não há mais vergonha, não há pecado – só um jogo –, mas persiste a preocupação com a velhice, a ser desenvolvida em outras estórias deste volume.

Este conto e "Aula Particular" empregam a metamorfose como recurso retórico dos mais interessantes, como foi dito. Fazem-no a fim de veicular a ação e caracterizar as personagens. A metamorfose tem algo de prestidigitação e de quase divino, que movimenta um mundo tranqüilo ao extrair potencialidades insuspeitas de seres e objetos. É parte do arsenal do maravilhoso, comum a relatos antigos, a religiões e a mitos. Em termos literários é, seguramente, metáfora desenvolvida e levada ao extremo. (A criação do mundo tanto em relatos religiosos como em Ovídio é uma metamorfose, a começar do nada e a transformá-lo em plenitude e variedade. A literatura fantástica e, de nossos dias, o surrealismo, também usam a transformação como recurso literário.)

Os contos de Lobato empregam animais irracionais a apontar para o lado sensual, por vezes animalesco, do ser humano – o caniço pensante, pascaliano, nem anjo, nem bicho. Em "Circular nº 2/81" e em "O Estalo", o cavalo traduz a força, pujança e beleza liga-

---

6. No início do conto, o leitor mal repara na "dedicatória": Sexta-feira, 13, novembro, 1981, 7 horas da noite, pouco mais.
"Circular nº 2/81"
Original para Wilson Leão (Belo Horizonte)
Cópias para: 1 – Fábio Lucas (São Paulo); 2 – Holdemar Menezes (Florianópolis); 3 – José Augusto Carvalho (Vitória); 4 – João Antônio (Rio) (*CG*, 61).

das à juventude, pelas quais melancolicamente anseia o narrador/protagonista. Artista que é, o autor trabalha e enriquece a metáfora levada ao extremo que é a metamorfose, acrescentando-lhe outros recursos retóricos. Assim, em "Circular nº 2/81", idéia chama idéia e após descrição de aproximação das personagens – o macho e a fêmea – em termos metafóricos de cavalo e égua, temos um cavalo "de verdade", no texto. Lá fora, na rua, tem ferraduras (CG, 63-64). Logo depois, o narrador se insulta como cavalgadura – mudando o registro literário – e ainda faz trocadilho: o encontro amoroso pode "dar em zebra", i.e., pode falhar. Ora, zebra, como se sabe, não é mais que cavalo listrado. Imediatamente, vem à memória do mesmo narrador filme erótico, com moça e garanhão, seguido por provérbio: o tropeiro que bate no couro do burro envelhecido (CG, 65). Isto, sem se falar na aliteração lúdica, a sublinhar na camada fônica o jogo conceptual. E, para completar o trecho brilhante e possivelmente frisar o aspecto misterioso e quase divino da atração erótica, tem-se o "caso" do cavalo sertanejo com a égua feia e velha (CG, 67). Toda esta profusão, esta riqueza barroca contribui para a densidade poética do texto.

A metáfora de égua também constrói e caracteriza Açucena, a jovem empregada do conto "Flores-Brancas", moça de nome de flor com a qual o velho jardineiro tem fiasco amoroso. Se a personagem tem muito de negativo (a doença venérea do título ambíguo, "Flores-Brancas", e possível retardamento mental) contudo, transmite forte aspecto de beleza e saúde, juventude e sinceridade. Neste conto, a simbologia é principalmente vegetal, a começar com o nome da personagem, Açucena (lírio), e o ofício do protagonista, jardineiro. A mesma dualidade feminina, peculiar aos quatro contos de O Cântico do Galo aqui examinados, é efetuada através de comparações entre flores do campo e da cidade. Assim, Açucena é selvagem, com penteado simples, e a esposa do Dr. Pedro Paulo é citadina e artificial, com cabelos bem tratados. Longo trecho desenvolve tal contraposição fina e irônica[7]. A ambigüidade se intro-

7. Seguindo o título, "Flores-Brancas" desenvolve simbolismo vegetal tão

duz a partir do próprio título, por um lado a significar inocência e beleza ligadas às flores brancas[8] e por outro a indicar a miséria humana de doença venérea – conseqüência de amor físico. Aqui, pois, está outra vez assinalada a dicotomia do sexo nessas estórias: como prazer e como perigo.

De todos os cinco contos (inclusive "Aula Particular"), este é o menos fársico, doloroso ou revoltado. É também o mais poético, talvez devido ao ângulo narrativo. O protagonista não é profissional liberal, advogado ou artista urbano a participar do clima intelectual da metrópole em fins do nosso século. O anônimo jardineiro, apesar de refletir sobre questões metafísicas tais como a vida e o amor, conserva ligação com o solo, com a mãe terra, por assim dizer. Muito menos preocupado consigo mesmo, muito menos solipsista que as personagens intelectuais aí, evidencia ternura que não demonstram aqueles. Sofre, mas ao contrário dos outros protagonistas, resigna-se à chegada da velhice, a qual percebe como mal geral e, portanto, inevitável. Assim para ele o ocaso do macho *qua* macho, por triste que seja, é parte do esquema universal e portanto tão lógico e aceitável como o ocaso de cada dia. Sua consciência pagã e panteísta não o acoroçoa com remorsos e a idéia de pecado não lhe vem à mente. Demonstra delicadeza inata no tratamento da moça, Açucena, levando a divertidos eufemismos – aliás, de ambas as partes – que não abalem o nível precário de equilíbrio social ao qual haviam chegado os dois parceiros amorosos. Assim, em "Flores-Brancas", não se sente sombra atemorizante de pecado

---

incisivo quanto o animal. Neste, apesar de inicialmente o narrador propor, através da égua, a dicotomia Açucena/campo/naturalidade e mulher do médico/cidade/artifício, logo introduz o desalinho matinal desta personagem, a modificá-la (pp. 26, 27 e 31).

8. Lembre-se que na cultura brasileira de fundo católico, o referente *flores brancas* aponta para a inocência e pureza do mês de Maria. Assim, em maio, tradicionalmente, as meninas vestidas de anjo ou virgens coroam a Virgem Maria ou colocam palmas em suas mãos, nas paróquias de todo o país. A conotação de doença venérea, obviamente, entra em choque com a religiosa.

e dor a acompanhar o ato sexual, mas somente o ridículo do ato gorado e do piolho.

Por sua atmosfera de farsa franca ligada à inquirição sobre o direito ao gozo sexual e ao pecado, o conto "O Estalo" se aproxima de "Circular nº 2/81" mais do que de "Flores-Brancas". Como ambos, trabalha metáfora de personagens transformadas em animais irracionais, e, como "Circular", apresenta personagem feminina a servir-se do telefone como instrumento de tentação. A bela mulher é mais jovem que o doutor, apesar de não ser mais mocinha. Logo de início se declara "balzaquiana" e demonstra o mesmo medo da velhice que o protagonista.

Já a primeira sentença do conto propõe o problema ao caracterizar o protagonista, "Márcio, homem de luta, um galo de briga, sentia-se velho – esporões gastos" (*CG*, 71). Apesar de deprimido com a próxima chegada da velhice, tenta aceitá-la, até que simples telefonema de desconhecida se transforme em convite para as delícias do amor. Com a esposa recém-operada, no hospital, o advogado preocupado com questões de morte se assanha e enceta a conquista da bela Luzia, a tentadora ao telefone. Num jogo de fêmea e macho, de negaceios e guinadas, o protagonista se torna "galo de briga" e ela "galinha" e sofá-cama do gabinete do advogado, "ninho". Ora, o conceito galinha sublinha e reforça o tom deste conto, farsa aberta, e obra literária trabalhada e minuciosa. Repetidos várias vezes, os termos "galinhas" e "ninho" se entrechocam (sem trocadilho). Por um lado, despida da conotação de mãe, na gíria brasileira, a galinha tem acepção negativa de mulher fácil, decaída e prostituta[9]. Contudo, ninho, mesmo sendo o "ninho de amor" de romances sentimentais, conserva a conotação de aconchego e carinho. Assim, a balzaquiana Luzia se nos depara como vigarista, ensaiando poses eróticas e atitudes intelectuais. É tão deplorável como o protagonista, que se reconhece "ator" (*CG*, 74). Ele também a inclui na autocondenação, indiretamente contrastando-a com a es-

---

9. Na concepção popular, como se sabe, cadela e piranha veiculam o mesmo significado.

posa, que irritado e acérbico chama de "santa". Nisto, "O Estalo" coincide com "Circular nº 2/81", conto no qual também aparece uma esposa velha, paciente e santa – quadro na parede. Por "santa", traduz-se um dos extremos da posição feminina para o autor implícito, que a equipara com frigidez e maternidade. No outro extremo, encontra-se a mulher que goza o prazer sexual e que talvez passe a ser "égua" ou "galinha". Não parece haver meio-termo nesta escala feminina, que nos lembra a óptica tradicional cristã, desprovida de matizes e complexidades em sua apreensão popular.

Estendendo a dualidade feminina, Luzia, mulata vestida de branco, contrasta com outra figura na estória: a moça loura, de nome estrangeirado, que elegante e de preto reaparece na memória do Dr. Márcio para consolá-lo de encontro sentimental gorado, anos antes.

A excelente "Aula Particular" de *Contos da Terra do Conto*, como se disse, pode ser examinada lado a lado com as quatro ficções de *O Cântico do Galo* pela temática de Eros x Tânatos. Aqui, quem teme a aposentadoria compulsória é uma personagem feminina, a professora de letras e poetisa que sai em busca de aventura erótica. A caracterização da figura fársica é exemplar neste conto que ao mesmo tempo sutil, aberto e feroz, mostra o ridículo de duas posições contrastantes: a da intelectual pretensiosa e superficial e a do jovem ignorante e também superficial. Divertidamente, o autor implícito se serve de termos e conceitos extraídos de teorias literárias e filosóficas ao debuxar a velhota anônima, a caminho da cama redonda do motel, com a mão do jovem mal-humorado e sarcástico ao lado travada na sua. Vista em termos de galinha (em polissemia), ela "parecia uma galinha de asas amarradas, penas arrepiadas" (*CTC*,148). Logo depois, já no final da estória, torna-se ainda mais ridícula aos olhos tanto do narrador/testemunha como da outra personagem, o gigolô, pois, fica "de cócoras na cama, como se fosse botar ovo" (*CTC*, 150). E os movimentos do pescoço imitam aqueles de "galinha que estivesse bebendo água" (*CTC*, 151). Outro aspecto importante, a ligá-la à ave doméstica, é sua preocupação com a filha e o neto: mãe-galinha e avó-galinha, pois. Este aspecto, contudo, não chega a redimi-la por pesar na estória menos que sua preocupação com aspecto físico manifestada por operações plásticas nas pernas, tintura de cabelos e penteado.

Sátira aberta e ferina, "Aula Particular" é instantâneo dos mais bem-feitos de situação contemporânea no qual Lobato revela sua perícia de autor. Não há aqui angústia, como nos outros contos, nos quais o autor implícito entrosa aspectos metafísicos e religiosos. O narrador heterodiegético se coloca, psicologicamente, mais distante da protagonista.

Em "Trapézio da Criação", o encontro erótico é situação hipotética, como o é em "Circular n° 2/81". Narrado em primeira pessoa, o conto se torna incisivo como ato/testemunho do pintor de renome, apaixonado por Ângela, a modelo que lhe lembra aqueles de Leonardo. Pigmalião fracassado, não consegue insuflar vida à Galatéia que é o retrato da moça.

Confessional, logo de início o narrador revela sua "angústia", "Duvido de meu equilíbrio" (*CG*, 87). A passagem do tempo o tortura, principalmente quando pensa nas duas jovens amigas, a modelo Ângela e a jornalista Flávia. Silencioso, dirige-se àquela, ausente, em paralelismo: "Você não sabe o que vale a mocidade porque não a perdeu; sei bem a riqueza que você possui porque não sou mais moço" (*CG*, 90).

Parte deste conto tão bem tecido é ensombrecido pela intenção que o narrador esboça de suicidar-se (*CG*, 90) e por sua declaração de estar morrendo (*CG*, 90). A sombra da morte, despida da idéia de pecado, paira brevemente sobre o ateliê, sendo dissipada tanto pela incredulidade real das moças, como pelos vôos eróticos da fantasia do narrador/pintor. As personagens femininas, ao contrário das tentadoras de "Circular", "O Estalo" e "Aula Particular" apresentam a leveza e a seriedade de jovens sadias. Nem são éguas, nem galinhas, mas moças. Tampouco são súcubas; quem é íncubo é o narrador/protagonista (*CG*, 90). A metáfora/metamorfose não se faz em direção dos irracionais, mas naquela dos anjos. Isto, a começar pelo nome da própria personagem Ângela, comum nas três ou quatro últimas gerações brasileiras, e multiplicado em suas derivações de "angelitude" e "angelical" (*CH*, 90). Palavras postas na boca de Flávia são o recurso do autor implícito a fim de unir, em fivela, o erotismo e os seres celestes: "O Papa disse que no céu o sexo continua entre os casados, apenas não há procriação" (*CG*, 88). Ironia do autor? Brincadeira com a abertura trazida pelo 2º Concílio Vaticano, que o autor de formação protestante também menciona em outro conto, o delicioso "A Entrega" (no mesmo volume, p. 93)? Não importa. Está feita a ligação entre céu e terra que possibilita a transformação de Ângela em "anjo feminino" (*CG*, 90) – anjo erótico.

Nessa pauta, a imagética privilegia as asas, as quais aqui não são cômicas nem rasteiras, como das galinhas em "O Estalo" e "Aula Particular", mas elevadas como as asas dos anjos celestes. Assim, a assinatura do pintor seria "sinal invisível para os iniciados, código alado, movimento" (*CG*, 88). O código alado é constantemente decifrado e orienta os sonhos do artista que imagina asas nas costas do nu: "Eu inventaria as asas ao ver-lhe os ombros, as espáduas, escápula, omoplata" (*CG*, 91). Continuando em seu "delírio", diz: "Passo-lhes a mão" (nos ombros das duas moças), "procuro as asas" (*CG*, 91). No lusco-fusco do ateliê, antes do cochilo, o narrador se encontra entre dois planos, região misteriosa sugerida por entes alados e habitada por eles: "Meu Deus, estou ouvindo cítaras e pífanos, estou ouvindo címbalos, coro dos céus; ouço harpa, lira, flauta, violino, alaúdes; melodias de outros mundos, infernais e doces a um só tempo" (*CG*, 90).

Para concluirmos: em contos bem trabalhados e bem-sucedidos Manoel Lobato apresenta-nos a problemática da aposentadoria relutante na arena sexual. Fá-lo em termos teológicos e metafísicos, em três destes cinco contos, contra pano de fundo sombrio que é a condenação judaico-cristã ao amor extraconjugal em termos de pecado e queda. (Num destes, a queda é claramente apontada pela fratura, que é o desastre físico.) Aqui, é como se o prazer sexual fosse proibido aos mais velhos, que deveriam ceder lugar aos jovens. A potencialidade, pujança e sexualidade do ser humano são, nessas estórias, veiculadas por ousadas metáforas a deslocá-lo para a condição superior, de anjos, ou inferior, de animais irracionais. E como anjo, a modelo de "Trapézio da Criação" se mantém na mente do narrador/pintor, apesar de, paradoxalmente, ele imaginar cópula aqui na terra mesmo. Como animais, as personagens também perdem para os irracionais que aqui, como os anjos, aparecem como seres quase mitológicos e certamente sobre-humanos, que o leitor não vê envelhecer ou decair.

Ousadas metáforas transformam as personagens em pares de animais a se acercarem em busca de cópula amorosa: galo de briga e galinha, garanhão e égua. A coreografia natural da dança do amor é graciosa e possante para os irracionais que não são torturados por dúvidas metafísicas ou medos. Como que se projeta em tela imaginária, por trás dos movimentos reais (i.e., no texto) das personagens humanas. Assim, o possível ridículo da tentativa de relações sexuais humanas é salientado por outro quadro, imaginário e fantástico, de animais perfeitos em sua virilidade e feminilidade. O humano destoa da plenitude e naturalidade dos irracionais que, contudo, tanto se lhes assemelham em outro plano.

A visão melancólica do final da vida, com sua aposentadoria compulsória, oferece, contudo, a consolação inerente à teologia cristã vista na epístola paulina. A vida do cristão é uma luta: "Combati o bom combate", escreve o apóstolo. Assim, apesar do ridículo e da dor do desastre fálico em "O Estalo", há esperança. A narrativa se entretece com meditação do narrador/protagonista após fracasso amoroso, anos antes, com a bela loura: "Capitular no ataque não é humilhação: a morte na batalha faz o herói" (CG, 79). A dicção quase épica continua pouco após, em ampliação da luta que passa a ser, de encontro sexual, a toda a existência do narrador/protagonista: "Dessa humilhação só se elevará com a morte. Velhice poderia ser capitulação, mas morrer na luta – galo de barbela que não foge da rinha – é heroísmo". Mesclada à auto-ironia há a seriedade do exame existencial, neste "ludismo de velho que não aceita a senilidade" (CG, 82).

A afirmação da dignidade do ser humano em termos religiosos, como que afasta o problema do ocaso sexual nessas estórias em que o narrador/protagonista (autor implícito) conclui que "se velhice for capitulação, morrer na briga será renascimento. O castigo redime o pecado" (*CG*, 83). Este é o sentimento também veiculado pelo jogo que é a "Circular nº 2/81", na qual a menção de Maria, Mãe e Virgem na teologia cristã tradicional, afasta a tentação, por assim dizer. O narrador, sentindo-se "parado como uma fotografia, velho como um jornal atrasado", busca outra época, fugindo ao presente constrangedor. Refugia-se nas saudades ao buscar um mundo utópico: "Na mente regrido-me ao tempo de menino. Aceito o milagre: a inocência e a pureza de um deus que pede colo à mãe, deípara." Equiparando-se ao Menino Jesus, o símbolo da pureza assexuada, o narrador parece encontrar a paz ansiada, em outra metamorfose, esta consistente, também, com a teologia cristã, pois "descobre que está nascendo para outra vida" (*CG*, 68). Desaparece Eros, a certa altura da vida, mas Tânatos não vence, pois a alma passa a imperar, nesta visão platônica e cristã do exímio escritor que é Manoel Lobato.

Em última análise, apesar de terem aspectos em comum com o erotismo poético do *Cântico dos Cânticos* (título inspirador da coletânea) a entoarem louvores à magnífica e sensual rainha negra, e com aquele nosso contemporâneo dos *Trópicos* de Henry Miller (autor citado em epígrafe), os cinco contos são menos uma celebração das delícias do amor que uma tentativa do consolo por sua perda.

Bibliografia

CIRLOT, Juan Eduardo. *A Dictionary of Symbols*. 2nd. Trad. Jack Sage, New York, Philosophical Library, 1971.
DESIDERIUS, Erasmus. *Praise of Folly*. Trad. John Wilson, 1668. Ann Arbor, University of Michigan Press, 1958.
LOBATO, Manoel. *O Cântico do Galo*. São Paulo, Global, 1985.
_____. *Contos da Terra do Conto*. Porto Alegre, Mercado Aberto, 1986.
O'FAOLAIN, Sean. *The Short Story*. New York, Devin-Adair Company, 1951.

12
A Coreografia do Desejo em
A Dama do Bar Nevada

A Dama do Bar Nevada, conto de coletânea homônima de Sergio Faraco, demonstra invejável técnica literária. O livro deu a seu autor o Prêmio Galeão Coutinho, a saber, o primeiro prêmio da União Brasileira de Escritores, para 1988, na categoria "conto". A estória se enquadra na coletânea pela temática próxima àquela de tangos e boleros, como em "No Tempo dos Trio los Panchos", "Dançar Tango em Porto Alegre" e "Boleros de Julia Bioy", além de outros justamente conhecidos e antológicos como "Dia dos Mortos" e "A Bicicleta". Como notou Almeida Fischer, "as histórias, quase todas, apresentam alguns pontos comuns entre si: a funda angústia de carência afetiva, a exasperação dos perdedores". E mais: "São contos que chegam a 'doer' na sensibilidade do leitor, tão grande é a força que o autor imprime aos seus mergulhos nas profundidades mais escuras da solidão e do desvalimento humano" (*O Estado de S. Paulo*, Cultura nº 420, 6 ago. 1988).

Conto polissêmico, *A Dama do Bar Nevada* se prestaria a diversas leituras. O presente estudo se propõe seguir o movimento e ritmo do encontro entre a dama e o rapaz – os dois protagonistas –, em tentativa de revelar uma possível chave.

A estória começa com encontro casual entre senhora idosa, muito maquilada e de trajes chamativos, com jovem pobre e faminto no Bar Nevada, no centro de Porto Alegre. Após oferecer-lhe chá e entabular diálogo interessado, ela acaba por propor-lhe serviços mais substanciais e íntimos – tudo isto durante conversa educada, regada a xícaras de chá, ao cair da tarde.

O conto se inicia em espaço aberto, com local e hora indicados: "Na praça, à tarde, vinham espairecer os velhos" (*Dama*, 29). O observador é um rapaz, personagem anônima cuja consciência será nosso "refletor" (na terminologia de Henry James) durante todo o conto[1]. A posição do protagonista ante os velhos é de franca antipatia. São "os outros", que ele examina como se fossem animais exóticos: "O rapaz contou trinta e dois velhos, trinta e três..." (*Dama*, 29). Um deles, ao perceber a atitude, "o olhava, como ressentido" (*idem*). Os velhos diminuem à medida que o sol baixa. O sema *morte*, encontrado nos velhos fracos e medrosos, torna-se mais forte com a analogia do ocaso, pois ao desaparecerem a luz e o calor (o dia), também os velhos se vão (*Dama*, 30). A imprecisão do lusco-fusco impede o reconhecimento de outros figurantes a tomarem o lugar dos velhos, "espécimes de múltipla bizarria" (*idem*). Aos poucos a praça vai se tornando misteriosa e perigosa, povoada por elementos possivelmente marginais.

O sema *morte* é apoiado por técnica teatral: fragmentos de conversas que a personagem escuta. Os velhos, mimeticamente, queixam-se de seus achaques: "as pernas dentro d'água até os joelhos... atua sobre os rins... revulsivo... a secreção da urina..." (*Dama*, 29). O motivo da fome, que pelo sema de ausência e negação também se liga à morte, é introduzido aqui. Capital para o conto, perpassá-lo-á, como se verá, de início a fim. A fome metaforizada é equiparada à dor quase intolerável, à "tortura" de "minúsculas agulhinhas" (*Dama*, 30). É, pois, uma espécie de doença que, de certo modo, liga o protagonista jovem aos velhos: todos são carentes. A maneira de fugir a fome é entrar no restaurante, o Bar Nevada. Ao fazê-lo, a

---

1. O "centro de consciência" ou "refletor", na "focalização", preocupou Henry James, escritor e crítico. Foi ele quem firmou o conceito e a técnica na ficção de nosso tempo. Em *The Art of the Novel*, ao reunir os prefácios aos romances, escritos para a edição de Nova York, o escritor se refere ao assunto inúmeras vezes.

personagem anônima, aliviada, separa-se dos figurantes, os poucos velhos ainda na praça agora fria e escura.

A retirada do rapaz inicia nova etapa importante, pois ele troca o exterior pelo interior, em busca de algo semelhante ao que se encontra num lar, ou, pelo menos, num recinto fechado[2]. Contudo, o aspecto do bar-restaurante não é mais animador do que aquele da rua. O primeiro indício é o avental manchado da garçonete, a pressagiar estabelecimento onde reina certa sordidez (*Dama*, 30). O cenário, o bar pouco freqüentado, é ligeiramente modificado pela entrada de outra personagem. É a dama registrada pelo "refletor", a consciência da personagem masculina, que nela vê uma continuação dos "outros", isto é, dos velhos da praça. Irrita-se ao perceber seu espaço (jovem) invadido e contaminado por uma velha. Examina-a severamente: "Uma senhora idosa, uma daquelas senhoras que se pintam como as coristas, tentando recobrar no espelho os encantos de um tempo morto" (*Dama*, 31).

Forte, essa descrição, além de colocar a personagem feminina na ala dos velhos e da morte, também a coloca naquela da falsidade. Ao pintar-se, a dama está pregando uma mentira por querer parecer mais jovem. O código cultural (Barthes) aqui é logo deslindado: esta é uma senhora idosa que age como várias senhoras idosas ao tentar conservar pelo menos aparência de frescor. Ao pintar-se, a personagem como que se fantasia, torna-se objeto carnavalesco pertencente a um tema que o autor maneja eximiamente, o carnaval, no conto "Dia dos Mortos"[3]. A maquilagem da dama é, contudo, malfeita. Assim, sua tentativa de recobrar os encantos da juventude é abortada: limita-se à sua própria imagina-

---

2. Para o simbolismo de "casa" e "lar", consulte-se Cirlot, Bachelard e Roberto da Matta (oposição interior/exterior na cultura brasileira).
3. O impressionante "Dia dos Mortos" representa carnaval ao mesmo tempo extemporâneo e abortado. Trata-se daquele preparado para a vitória contado como certa do time brasileiro na Copa do Mundo realizada no Rio de Janeiro. Com a inesperada vitória uruguaia, as coisas mudaram de figura, a alegria se azedou em desespero e desânimo. No conto de Faraco, irônico, o desfecho é homicídio.

ção, não chegando mesmo ao espelho. A antipatia que sua aparência provoca no protagonista, o rapaz faminto, torna-se progressivamente mais forte, tal como aquela provocada pelo quadro dos velhos da praça. Observa-a sem piedade: "Usava roupas modernas, de cores afrontosas, e ao aproximar-se trouxe uma onda de perfume nauseante" (*Dama*, 31). À repugnância visual, pois, une-se aquela, olfatória. É um outro sentido do protagonista que se revolta contra a recém-vinda, pois sente o estômago "embrulhado" (*Dama*, 31).

O bar está quase vazio, já que os namorados se foram. Um homem lê e outro, de feições japonesas, parece bêbado. A personagem se ocupa em enganar a fome com o chá e o meio sanduíche que lhe permite o dinheiro. Fato inesperado e embaraçoso: faltam algumas moedas para completar o pagamento. A garçonete do avental manchado expressa tal fato sem baixar a voz, concordando em receber depois o que falta do pagamento. Contudo, imediatamente a senhora idosa intervém com oferecimento para completar a soma. Ao insistir em pagar a pequena dívida do protagonista, a personagem feminina não só o socorre como ao mesmo tempo impõe o tom moral (de ajuda aos necessitados) e o tom social (de boa educação) ao repreender a garçonete pelo que vê como indelicadeza para com o freguês. O protagonista, nosso "refletor", continua a encará-la como "a velha": "A velha o olhou...", "a velha abriu a bolsa..." (*Dama*, 31).

Dois campos começam a definir-se aqui, após a pequena peripécia de ajuda financeira. Contudo, diferenciam-se da divisão anterior entre velhos e jovens feita pelo protagonista. Agora, dentro do bar, postam-se, de um lado, a dama e o rapaz que ela protege, e do outro a garçonete e os outros fregueses, vagamente curiosos ou indiferentes. Ao sentar-se à mesa do rapaz, a dama sela esta união. É ela quem estabelecerá o tom da conversa, prefaciado por sua crítica aos maus modos da garçonete. Assim, o diálogo, no código cultural, segue as convenções sociais tanto em gestos como em palavras: "O senhor aceita um chá?" (*Dama*, 31). Ritual solene e civilizado, o chá é também universal. Aqui a refeição, como na Bíblia, na história da civilização e na literatura, indica um pacto e união de interesses[4].

Com a conversa a dois, dá-se ligeiro desvio efetuado pela mudança de percepção do protagonista em relação à personagem feminina. A aparência da velha caricata como que lentamente se apaga. A personagem masculina percebe não ser esta sua essência, seu caráter. O rapaz pobre passará a ser ELE – o homem – e a personagem feminina, perdendo os atributos do ridículo por ele classificados, passará a ser ELA. A dama se elevará à categoria de protagonista, tomando o poder: passará a dirigir a ação. O diálogo, a princípio lacônico e quase monossilábico, logo se firmará, tornando-se sério e visando o essencial. É a personagem mais forte e mais rica que tem suas rédeas nas mãos. Certa hesitação impede o esparramo, de parte a parte, mas é ela quem faz as perguntas. É ela quem coreografa a cena nesse balé hesitante.

"O senhor aceita um chá?" "Não, não é isso". "Tem pressa?" "Não, mas...". "Mas?" "Está bem – disse ele –, faço-lhe companhia" (*Dama*, 32).

Pondo a personagem masculina à vontade, a dama consegue respostas mais longas. Suas falas, gentis, são compassadas. Diz ela, quando ele aceita o chá que lhe oferece: "É bom ter companhia. Moça, mais um chá, sim? O senhor não gosta de chá? Não tem o hábito?" (*Dama*, 32). Seu à vontade e sua gentileza demonstram traquejo social, também revelado pela preocupação com o interlocutor, mal vestido, pobre e portanto socialmente inferior.

A personagem continua a crescer ao longo da ação, em sua ascensão à "dama". Este termo, semanticamente muito rico, aqui estende um leque de significados comuns na língua portuguesa, a contribuir para a polissemia. Etimologicamente, dama vem do latim

---

4. O poder do alimento tomado em conjunto é reconhecido desde a Antiguidade. Motivo literário, temo-lo em inúmeras obras: do *Simpósio* de Platão ao *Quincas Borba* machadiano (isto sem contar o *Novo Testamento*, onde as parábolas do filho pródigo e do casamento do esposo se unem aos fatos relatados, como as Bodas de Canaã – o primeiro milagre público de Jesus – e a Última Ceia, com a instituição da Eucaristia).

domina; "senhora", aquela que domina. Também é aquela que "doma", com seu poder e habilidade psicológica. Historicamente, "dama" é a senhora medieval, a "dama antiga", servida por pajens e cavaleiros andantes. A expressão, no conto de Sergio Faraco, é irônica, pois a personagem não é servida, mas serve o cavaleiro ao alimentá-lo (e salvá-lo da fome). "Antiga", adjetivo posposto a dama, em história e estória, apresenta ironia diferente, pois a personagem é realmente antiga – idosa ("velha" é a primeira impressão que causa ao protagonista).

Além do sema de aristocracia, "dama" oferece aquele de mistério em nossa cultura luso-brasileira, particularmente na literatura popular, no cinema e na imprensa. Vindas do estrangeiro, lembremos a dama das camélias de Alexandre Dumas, a dama de Xangai do filme de Orson Welles; igualmente enigmática e teatral é *A Dama do Lotação*, peça de Nelson Rodrigues e filme brasileiro. E acrescentemos que, na alvorada da crônica social jornalística, nos anos 50, Ibrahim Sued criou uma anônima "dama de negro" que passou à mitologia popular, sendo celebrada em canção carnavalesca das mais irônicas, eivada de protesto social, *Café Soçaite*. "Dama" também é carta de baralho: ao mesmo tempo objeto de jogo e de previsão do futuro, no Tarot[5]. Outro jogo é aquele de damas, onde também se tenta a sorte com a movimentação (a coreografia) das pedras pretas e brancas no tablado rigorosamente geométrico – como aquele de pedra, no qual jogavam os velhos no início do conto (*Dama*, 29). E, finalmente, outra acepção que nos interessa em relação a este conto: em engenharia, "dama" é o montículo a indicar a altura inicial de um terreno preparado para construção antes da terraplenagem.

Ao examinarmos a polissemia de "dama", logo vemos que a personagem tornada protagonista atribui-se poderes por ser mais forte e mais rica. Mais elevada do que o rapaz (na acepção de engenharia), aceita ser "dama antiga" ao falar sobre o passado, favora-

---

5. Nas cartas do Tarot, de misteriosa origem e monumentalidade epistemológica e artística, a dama é elemento ainda mais poderoso do que a Rainha (dama) do xadrez. Simboliza o poder e tem várias representações: como sacerdotisa, imperatriz, morte, lua e bobo (Cirlot, 328-329).

velmente contrastado com o presente: "Esta é uma das poucas casas do centro que ainda servem chá. Antigamente havia cafés, confeitarias, a Rua da Praia era bonita"[6] (*Dama*, 32). Paradoxalmente, apesar da pintura e trajes parece não ter vergonha da idade. Pelo contrário, orgulha-se da experiência e da sabedoria adquiridas, que ajudam a lhe consagrar o poder. Doa algo ao comensal ao apresentar-lhe um elegante "então" – seu tempo –, em contraste com o "agora" – o tempo dele –, deturpado, vulgar e até perigoso pelos assaltos tornados diários.

Os passos de ambos nessa conversa tornam-se menos hesitantes quando, ao rir do comentário espirituoso da outra personagem, o rapaz dela se aproxima psicologicamente. Estreitam-se os laços com o sorriso compartilhado e ambos enveredam pelo mesmo caminho ao fixar-se no mesmo tempo.

Quando começa a dama a pensar na possibilidade erótica? A que altura do balé que é a conversa, vê no comensal o homem viril e não o pobre coitado? Talvez a partir do riso, que de certa maneira muda as posições de ambos e o ritmo da conversa. Delicada mas deliberadamente, é ela quem introduz o assunto do dinheiro, que novamente lhe passa as rédeas do poder: é ela que tem algum dinheiro. Ele não tem sequer o equivalente para comprar uma caixa de fósforos, fato anotado desde o início do conto (*Dama*, 32). Continuando com a delicadeza habitual, tentando não feri-lo, ela conduz a conversa pelo terreno perigoso: "Acha o dinheiro importante" – ela. "É uma boa coisa para se gastar" – ele. "Agora o senhor disse uma verdade. Bom para gastar" (*Dama*, 33). A dama reitera as palavras do rapaz, emprestando-lhes sua autoridade de mais velha e mais rica. "A vida é curta, precisamos gozá-la e o dinheiro facilita", pedindo-lhe opinião, com aparente simplicidade: "Não concorda?" E ele: "Completamente" (*Dama*, 33). A anfitriã atribui-se outras funções, todas superiores: conselheira, professora e parenta amiga. Continua a desenvolver pensamentos filosóficos, "viver, não

---

6. A personagem aí revela a saudade delicada da Clara do poema de Drummond: "Havia jardins naquele tempo, havia manhãs!"

sobreviver" (*Dama*, 33), no que é secundada pelo comensal. Estabelecem círculo de amizade, cada vez mais forte, dentro do qual parecem sentir-se invulneráveis. Tomam mais chá e não se incomodam com a má vontade e maus modos da garçonete. Sorriem-se. A dama encoraja o comensal, recompensando-o com elogios à inteligência manifestada por ditos espirituosos. Ele, que preza o humor como arma das mais importantes, como se vê no texto, pouco após, aproxima-se psicologicamente cada vez mais da interlocutora.

A amizade estabelecida, a dama se permite interrogá-lo sobre sua vida pessoal e profissional, ainda com grande tato. Confirmam-se suas conjeturas, pois o rapaz não tem família, nem emprego, nem casa. Nesse jogo de xadrez que se torna o encontro fortuito, o diálogo é instrumento para conhecimento mais profundo. A dama se arrisca: "Sei bem que o senhor nada pediu. Eu pensava em outra coisa – e animou-se –, sim, sim, eu posso pagar" (*Dama*, 35). A coreografia do desejo, prudente, afasta-a do cerne do assunto. Estará dando tempo à outra personagem para digerir seu oferecimento insólito? Ganha tempo: agora o discurso é fático: "Voltou a falar nas jóias, nas economias, insistindo em que era importante aproveitar a vida, fazer bom uso do dinheiro, e que podia confiar nele, pois era uma pessoa decente, isso se via, não era um marginal"[7] (*Dama*, 36). O discurso indireto livre e o período assindético traduzem o ritmo dessa conversa que se quer informal.

Finalmente o protagonista começa a entender: "A senhora quer pagar... a mim? – perguntou, cauteloso" (*Dama*, 36). Ele também avança a passos lentos neste campo agora diferente daquele do início da conversa. Os padrões se invertem e nessa sociedade burguesa tradicional é a mulher que quer pagar ao homem; é uma velha que quer usufruir do prazer sexual, geralmente considerado direito da juventude. Muito delicadamente, cada um dos dois prossegue nessa negociação, nessa conversa-balé em que, consoante

7. "Chama-se comunhão fática a função de um enunciado que tem por objeto principal não comunicar uma ordem, mas manter contato entre o falante e o interlocutor" (de Roman Jakobson). J. Dubois *et al.*, *Dicionário de Lingüística*.

com o nível de amizade e conhecimento estabelecido pouco antes, fala-se de ética e prática, e se tenta não ofender: "Não é uma proposta imoral. O senhor precisa de ajuda e eu também" (*Dama*, 36).

A transação não repugna ao jovem, cuja gratidão o faz contemplar de maneira totalmente diferente esta dama que lhe propõe negócio geralmente considerado escuso. Agora, é ele quem voluntariamente aceita a máscara que ela se pusera a fim de ser vista como jovem. O protagonista funde a máscara com a pessoa, vê-a como fora anos antes: "Então pensou que um dia, como todos, ela fora adolescente, tivera namorados" (*Dama*, 37). A maquilagem desastrada e o espelho inútil do início do conto mudam de figura, pois, sente ele, "decerto muitas vezes, ao espelho, ruborizara ao se achar atraente e sedutora, pronta para o amor" (*Dama*, 37). A dama não é mais a velha ridícula, pintada e vestida espalhafatosamente. Não, por sua delicadeza e interesse, chegara a nível diferente. E dá-se a inversão para ele, que a havendo retirado do campo dos velhos (num tabuleiro de jogo?), coloca-se aí a si próprio, pedra de dama ou peão de xadrez, em seu lugar. E vai além, em sua gratidão e tentativa de dourar a pílula em auto-análise, equipara-se aos velhos, "...como acabara de pensar, que a sobrevivência era uma questão de humor. Filósofo das arábias. Morto-vivo" (*Dama*, 37). E mais, como os mesmos velhos da praça, retoma a imagem do primeiro parágrafo do texto: ele era "outro boi sentado", com toda a conotação de passividade, sacrificada na simbologia tradicional[8]. Ironicamente, boi significa, também, castração. Castrado na vontade, não no sexo, no fundo o protagonista talvez sinta. O recurso que subitamente lhe possibilitava matar a fome é aquele que o coloca em posição subalterna e tradicionalmente reservada a mulheres.

Esta submissão da personagem masculina, a colocá-lo no campo dos fracos, dos velhos, retoma o motivo da morte estabelecido desde o início do conto. O próprio título, *A Dama do Bar Nevada*, indireta mas claramente o insinua. Pelo código cultural (Barthes), o

---

8. "Outro boi sentado" suscita magistralmente a simbologia universal deste animal visto como "símbolo de sacrifício, paciência e labor" (Cirlot, 247). "Emasculado... puxa o carro da luta" (Cirlot, 248).

leitor chega a saber que uma sorveteria Nevada realmente existe no centro de Porto Alegre, local de vários dos contos de Sergio Faraco. Mesmo que essa sorveteria não existisse, o local como cenário emprestaria enorme força à estória, a começar pelo título. Como se sabe, a simbologia da neve é fortemente impregnada pelo sema *morte*[9], obviamente derivada da estação que é o inverno em países frios. (Costuma nevar no Rio Grande do Sul, é bom lembrar-se.)

O Bar Nevada, visto como sorveteria Nevada, conserva a conotação de reunião, de associação fortuita de desconhecidos que geralmente tentam continuar desconhecidos uns para os outros. O termo "bar" introduz a camada semântica de "álcool", inexistente em sorveteria, que lhe empresta aspecto adulto: geralmente crianças tomam sorvete e não bebidas alcoólicas. Sabe-se ainda que o álcool, a transformar a percepção de quem o ingere, facilita uma aproximação pelo menos superficial com desconhecidos. Aqui, ironicamente, não é o álcool que faz da velha caricata uma pessoa simpática e até bonita para o rapaz, mas o "chá e simpatia" – o chá que ela lhe oferece com sua atenção e interesse. Para usarmos outro título tornado chavão: os dois protagonistas são "dois perdidos na noite", que como as outras personagens deste belo livro de Sergio Faraco, procuram, em meio a seu desalento, um pouco de calor e solidariedade num mundo impessoal, frio e escuro.

Será a velha a morte? pergunta-se. O rapaz, submetendo-se a ela, num abraço sexual, não estaria desistindo da vida? Parece que não. Em nossa leitura, apesar de sua máscara acintosa a esconder o esqueleto[10], a personagem apresenta características físicas precipuamente animais, referentes com "rubor", "suor" e nervosismo (*Dama*, 36). Ora, tais manifestações ligam-se diretamente à vida com sua seiva, seu sangue.

---

9. Parece-me que a conotação positiva de neve como proteção (cobertor) para a grama, as sementes e os animais em hibernação, é menos relevante para o presente conto. Pode-se dizer que, apesar da ocorrência (infreqüente) de neve no Rio Grande do Sul, a apreensão do autor é ainda brasileira e tropical, *i.e.*, a neve como elemento exótico.
10. Para usarmos dois outros símbolos: a velha pintada em nossa leitura, nem é *caput mortui*, nem o sepulcro caiado da Bíblia.

Em conclusão, *A Dama do Bar Nevada* se presta a leitura em vários níveis, a partir daquele realista/mimético do encontro fortuito entre um pobre coitado e uma velha solitária em modesto restaurante gaúcho. A caracterização ao mesmo tempo matizada e concisa constrói, em breves traços, duas personagens verossímeis. Prova da perícia do autor é a disciplina que se impõe ao limitar o "centro de consciência" ao protagonista masculino, o "rapaz". Dois outros tipos de personagem acrescentam riqueza e profundidade à narração e ao cenário, os figurantes no fundo do bar, e, ainda mais esmaecidos, os velhos da praça, ao lusco-fusco. A dupla caracterização dos protagonistas é efetuada ao longo da narrativa, a originar e, depois, alimentar o interesse hermenêutico. O veículo clássico aí usado pelo autor implícito é o diálogo entre a dama e seu cavaleiro[11]. Diálogo a princípio tateante, passa a partida de damas ou de xadrez, quando as personagens examinam cada jogada. Este diálogo é também uma dança, coreografada pelo mais forte – a dama: mais velha, mais astuta e mais rica. É ela quem conduz o parceiro em direção aparentemente ignota e perigosa.

Pintada e vistosa, em desacordo com a idade, a personagem, à primeira vista, sugere o mistério envolto em "dama". Tomado e interpretado dentro dos códigos cultural, sêmico e simbólico (três dos cinco grandes códigos de R. Barthes), o importante dado "dama" oferece polissemia. Nossa leitura vê o enigma como aquele de uma "dama antiga" a optar por aventura erótica insólita. Como duas (jovens) damas machadianas – Conceição, de "Missa do Galo" e Marocas, de "Singular Ocorrência" –, a personagem de Sergio Faraco demonstra apreciável carga de humanidade enquanto conserva a essência de um segredo. Como elas, reúne o simbolismo tradicional da mulher como mãe/sereia/*anima* (Cirlot). Como elas, não se põe do lado da morte, mas da vida, neste conto admirável.

---

11. Indiretamente, o autor implícito parece homenagear Ernest Hemingway. Por um lado, utiliza sua famosa técnica do diálogo incisivo como instrumento retórico de cunho dramático; por outro, o protagonista menciona um "amigo" que entende de toureiros (*Dama*, 34).

13
Anjos Insólitos: Protesto e Fantasia em Malamud e Frei Betto

Um continente e mais de um terço de século separam os contos "Angel Levine" de Bernard Malamud e "Dos Acontecimentos que Antecederam a Comentada Ressurreição no Minas Tênis Clube" de Frei Betto. A coletânea *The Magic Barrel* foi publicada em 1944, ano de nascimento de Carlos Alberto Libanio Christo, o futuro dominicano Frei Betto[1]. As estórias, contudo, têm em comum não só forte dose do maravilhoso como também crítica social e afirmação de fé numa justiça superior. Ao escreverem-nas, seus autores compartilhavam situação penosa em seus respectivos países: Malamud, as últimas etapas da Segunda Guerra e Frei Betto a ditadura militar iniciada com o golpe de abril de 1964. Ambos os contos carregam e projetam angústia por tocar em ponto nevrálgico: a injustiça social e racial nos Estados Unidos e no Brasil. Ambos os contos oferecem, igualmente, exame do poder da fé.

Fazemos tais observações como ponto de partida para comparação entre alguns elementos relativos ao maravilhoso nos referidos contos. Para esta breve leitura, escolhemos símbolos-mores, com exclusão de anjos propriamente ditos. (Demasiado óbvio, pa-

---

1. Bernard Malamud, *The Magic Barrel*. Carlos Alberto Libanio Christo (Frei Betto), *A Vida Suspeita do Subversivo Raul Parelo*, Rio de Janeiro, Civilização Brasileira, 1979. Ao escrever seus contos, Frei Betto ainda não lera *The Magic Barrel*, como escreveu em carta à autora do presente ensaio.

rece-nos.) Estes símbolos se ligam principalmente a mudança ou passagem; a seguir a ação das duas estórias. São eles a cidade e as luzes, em vários níveis e acepções derivados da oscilação entre o irreal e o real, característico do maravilhoso, neste jogo do impossível que é o fantástico[2].

Por mais fantástico que seja um texto, origina-se do real por ligar-se a sua própria sociedade. Como diz Irene Bessière em seu livro *Le Récit Fantastique, la Poétique de l'Incertain*, "O discurso fantástico supõe uma lógica narrativa ao mesmo tempo formal e temática que, surpreendente ou arbitrária para o leitor, reflete, sob o aparente jogo da pura invenção, as metamorfoses culturais da razão e imaginação comunitária" (Bessière, 10, em tradução da autora do presente ensaio). Ora, na sociedade judaico-cristã contemporânea, anjos são conceptual e teologicamente reais. Contudo, não conservam a antiga força e presença fenomenológicas; passaram a ser, como fadas, gigantes e extraterrestres, personagens pertencen-

---

[2]. Aqui vão definições do fantástico por três autores contemporâneos. Para Tzvetan Todorov, que o considera gênero literário, "In a world which is indeed our world, the one we know, a world without devils, sylphides or vampires, there occurs an event which cannot be explained by the laws of the same familiar world. The person that experiences the event must opt for one or two possible solutions: either he is the victim of an illusion of the senses, of a product of the imagination – and laws of the world then remain what they are; or else the event has indeed taken place, it is an integral part of reality – but then this reality is controlled by laws unknown to us" (*The Fantastic*, p. 25). O crítico norte-americano W. R. Irwin escreve, "Whatever the material, extravagant or seemingly commonplace, a narrative is a fantasy if it presents the persuasive establishment and development of an impossibility, an arbitrary construct of the mind with all under the control of logic and rhetoric. This is the central formal requisite" (*The Game of the Impossible*, p. 69). E a francesa Irène Bessière: "La fiction fantastique fabrique ainsi un autre monde avec de mots, des pensées et des réalités qui sont de ce monde. Ce nouvel univers élaboré dans la trame du récit se lit entre les lignes et entre les termes, dans le jeu des images et des croyances, de la logique et des affects, contradictoires et communément perçus. *Ni montré, ni prouvé*, mais seulement *désigné*, il tire de son improbalilité même quelque indice de possibilité imaginaire, mais loin de poursuivre aucune vérité – ... il tient sa consistence de sa propre fausseté" (*Le Récit Fantastique*, pp. 11-12).

tes à esfera do maravilhoso. Em "Angel Levine" e "Dos Acontecimentos que Antecederam a Comentada Ressurreição no Minas Tênis Clube", as personagens angelicais, em sua estranheza e irrealidade, apontam para o materialismo contrastante de uma sociedade que, como o apóstolo Tomé, acredita somente no que vê e toca. Lembremos aqui que Tzvetan Todorov, ao classificar o fantástico como gênero literário, oferece como ingrediente imprescindível "fatos inexplicáveis pelas leis naturais" ante os quais hesitam tanto personagens como narrador ou leitor (Todorov, 31). Nossos dois contos culminam em ascensão de anjos munidos de asas e auréola – tal qual a representação popular milenar do fenômeno. Acresce que tal figuração se faz com fina ironia, eivada de inocência característica dos protagonistas – o alfaiate nova-iorquino, Manischevitz, e o funcionário Mundo do Minas Tênis Clube de Belo Horizonte. Notemos que esta inocência é para William R. Irwin uma das principais características da literatura fantástica.

Vejamos agora a sinopse das estórias. "Angel Levine" tem como cenário a cidade de Nova York, onde o alfaiate judeu Manischevitz, doente, mora com a esposa mais doente ainda. Havendo perdido o filho e com a filha ingrata distante, os velhos também se encontram em situação financeira crítica, após incêndio na alfaiataria. Eis que uma noitinha, em sua própria sala de estar, Manischevitz se depara com um preto, aí entrado não se sabe como. Este, em estilo grandiloqüente, se apresenta como judeu e anjo, o anjo Levine. Ora, tais atributos – judeu e negro – parecem contra-senso para o religioso Manischevitz. Contudo, esforçar-se-á por crer na natureza sobrenatural do outro. Sua luta consigo próprio marcará a prova de fé que lhe será pedida e cujas etapas o conto relatará. Esta prova de fé consiste em acreditar que o estranho negro é um anjo judeu enviado por Deus para ajudá-lo.

O conto "Dos Fatos que Antecederam...", por sua vez, tem como protagonista Raimundo de Sousa, ex-favelado e atual servente do Minas Tênis Clube, na metrópole Curral del Rey. Aí é pessoa de confiança e pau para toda a obra. Apesar de revelar-se excelente atleta e possuir outras qualidades admiráveis, não consegue ultrapassar a posição subalterna, por ser preto e humilde. Sua desforra inocente é bancar o convidado clandestino do clube. Uma vez por mês, com amigos tão humildes como ele próprio, diverte-se fazendo exercícios, jogando bola e nadando. Uma sexta-feira, decidem-se a prova há muito ensaiada: mergulham na grande piscina, do trampolim mais alto. No dia seguinte, que marca o final do conto, à vista de numerosa assistência, dá-se a comentada ressurreição: do fundo da piscina, entoando aleluia, de mãos postas, túnicas brancas e a ostentar asas e auréolas, sete homens sobem aos céus.

Frisemos novamente que tanto Malamud como Frei Betto partem de uma realidade urbana e contemporânea que lhes é familiar: Nova York não nomeada por Malamud (a não ser pelo famoso Harlem), e Belo Horizonte, disfarçada por seu antigo nome de Curral del Rey para Frei Betto. Os bairros de Harlem e Lourdes ajudam a ancorar a realidade que servirá de armação aos vôos tanto dos anjos como da imaginação do leitor. Outrossim, ambos os contos têm em comum personagens criadas a partir de contemporâneos do autor. Segundo Evelyn Gross, em *Rebels and Victims — The Fiction of Bernard Malamud*, o ficcionista teve em realidade um aluno negro e judeu de nome Alexander Levine. Este homem "forneceu material para o conto 'Anjo Levine'... [e] ajudou a influenciar a atitude do autor em relação ao sofrimento" (p. 94)[3]. E como se sabe, Frei Betto freqüentou o Minas Tênis Clube como jovem desportista, sendo depois também amigo e conselheiro de ginasianos e universitários que lá iam.

Por derivar do cotidiano e penetrar em esfera mágica, o discurso fantástico e polivalente, como lembra Bessière, "Todo estudo do discurso fantástico é sintético, não pela lembrança da intuição duma lei artística ou de qualquer regulação normal do universo ou do psique humano, mas por uma perspectiva polivalente" (p. 12). O presente ensaio tenta a leitura desses contos de perspectiva

---

3. Evelyn Gross Avery, *Rebels and Victims — The Fiction of Bernard Malamud*, p. 94. Como se sabe, o sofrimento é elemento dos mais importantes na ficção do autor, tanto nos contos como nos romances.

polivalente e através dos símbolos cidade e noite, a veicularem a multiplicidade de níveis das ficções. Estas serão, assim, examinadas através de fatores que lhes ampliam o campo semântico e lhes fornecem dados para a necessária decodificação. (Por decodificação, referimo-nos aos cinco "grandes códigos narrativos" de Roland Barthes, em S/Z: cultural, proairético, hermenêutico, sêmico e simbólico. Aqui, apesar de tocarmos em facetas relativas aos quatro outros códigos, deter-nos-emos principalmente sobre o simbólico.)

Como em outras narrativas fantásticas de nossos dias, os símbolos dos contos carregam peso hermenêutico além de simbólico por ativarem cenário e caracterização e por oferecerem paradigmas míticos ou históricos. Em "Angel Levine", o alfaiate é um Jó contemporâneo, arruinado, sofredor, finalmente salvo pela fé. O negro é um sapo tornado príncipe pela fé de Manischevitz. Já no conto brasileiro, a aproximação bíblica se faz mais ousada por contrapor os sete companheiros a Jesus e seus discípulos. Sua ressurreição também sugere aquela dos crentes no Juízo Final – uma das pedras angulares da teologia cristã.

Em ambos os contos, os símbolos da cidade e da luz/escuridão se entrecruzam. Pretendemos enfocá-los através de seu duplo aspecto, a relacionar-se com – passagem – de um nível natural para o sobrenatural, e do real para o fictício – estabelecendo a polivalência das estórias. (Aqui, façamos um aparte: de um ponto de vista exclusivamente religioso, judaico ou cristão, não existe o maravilhoso sinônimo do impossível, já que para Deus tudo é possível. Contudo, por serem nossos contos ficção e não hagiografia, os dois milagres passam a ser encarados da perspectiva do fictício e maravilhoso. E nossa leitura é oferecida desta perspectiva secular e literária.)

O limiar é importante na ficção fantástica, como se disse acima, por significar passagem. Esta, em vestes variadas pode apresentar-se como superfície horizontal ou vertical, literal (portas, janelas, entrada e saída etc.) ou figurada (lago, espelho etc.). Assim, temos o umbral metafórico, vertical, que é a separação entre a cidade de Curral del Rey e a favela do Morro do Querosene. Já a superfície da piscina, a separar o reino aquático do aéreo, é horizontal. E a entrada do metrô nova-iorquino que leva o alfaiate a Harlem é tanto vertical (entrada) como horizontal (túnel).

Do ponto de vista da luz e da sombra, outro umbral vem a ser passagem do dia para a noite. As trevas introduzem um universo fantástico, em que distâncias e contornos se metamorfoseiam ao salientarem e aumentarem o aspecto sobrenatural e fantasmagórico. Nas duas estórias, a noite é importante por sua ambivalência. Por um lado, significa o perigo do desconhecido e, por outro, o aconchego do ventre materno (Cirlot, 14)[4].

Como ingrediente do fantástico, a noite se apóia na sólida tradição do romance gótico, cuja presença se percebe em "Angel Levine". (Aí também encontramos laivos de noites de mistérios e bruxarias das estórias de Hawthorne, como "Young Goodman Brown".) Após dados biográficos sucintos e lista de desgraças ocorridas ao alfaiate, há importante cena noturna: a visita do negro que se declara encarnado e "transmitido do céu" (p. 47), mas *in probation* devido a seu mau comportamento. A noite, aí mãe de mistérios, é como um ovo que se abre a revelar aparições inesperadas. Devido à hora noturna e às circunstâncias da visita, Manischevitz não pode crer ser a aparição resposta divina a suas preces. Seu conflito é, pois, conflito de fé. O anjo lhe explica que para conseguir ajuda, o alfaiate tem que procurá-lo em Harlem. Esta se revela provação muito real para o velhinho tímido que mora num dos bairros (brancos) mais pobres da cidade. Por duas vezes, Manischevitz vai a Harlem, em busca do propalado anjo. Branco em bairro negro, é forasteiro a tatear nas trevas. Ambas as vezes ressente a estranheza comum a personagens de estórias fantásticas

---

4. Citamos Juan Eduardo Cirlot: "Como estado previo, la noche no es aún el día, pero lo promete y lo prepara. Tiene el mismo sentido que el color negro y la muerte, en la doctrina tradicional". E mais: "Relacionado con el principio pasivo, lo femenino es el inconciente; Hesíodo le dió el nombre de madre de los dioses por ser opinión de los griegos que la noche y las tinieblas hán precedido la formación de todas las cosas. Por ello, como las águas, tiene un significado de fertilidad, virtualidad, semilla" (*Diccionario de Símbolos*, 338).

que se indagam, "O que se está passando a meu redor" (Todorov, 32). Tal estranheza, lembremos, é essencial ao fantástico.

Ao chegar a Harlem após atravessar o subterrâneo, a escuridão impressiona e amedronta o alfaiate. Como no inferno pagão de Homero e naquele cristão de Dante, as pessoas lhe parecem sombras ou fantasmas. Citamos:

> E daí ele trafegou pelo mundo obscuro. Era vasto e suas luzes nada iluminavam. Havia sombras em todos os cantos, várias movendo-se... Não sabia onde procurar os pardieiros enegrecidos... Nas lojas via gente e *todo o mundo* era negro [relevo de Malamud]. Era algo espantoso de se ver (Malamud, 49).

Portanto, ao atravessar o umbral do subterrâneo – vertical e horizontal – o universo mudara para a personagem, adquirindo características fantásticas.

Nesta primeira visita, Manischevitz descobre o quartel-general do anjo, tão insólito como o próprio Levine. É o pitoresco bar de Bella, onde apesar de vislumbrar Levine, o alfaiate não entra. Escandaliza-o a atitude do "anjo", nada condizente com sua natureza sobrenatural, pois o negro parece bêbado. Assim, o velho não passa essa primeira prova de fé, ao dar as costas ao anjo sem atravessar a soleira[5]. É somente na segunda visita, com a esposa agonizante, que Manischevitz vence sua indecisão. Resoluto e fortalecido pela visão inesperada de quatro negros a estudarem o Torah em sinagoga vizinha, vai ao bar de Bella e se aproxima do anjo Levine. Demonstra coragem em meio hostil, pois Levine se apresenta mais inconcebível ainda como emissário divino: novamente embriagado, dança lascivo com Bella e insulta o alfaiate em linguagem de baixo calão, bem diferente de seu estilo precioso da primeira visita, na casa de Manischevitz. Tal comportamento é a prova máxima de fé para a personagem, que aí a aceita e passa, ao

---

5. Como se lembra, portas podem ser perigosas, pois não se sabe o que está do outro lado. Um exemplo em pauta é o da última mulher de Barba Azul, ao descobrir o segredo do marido.

declarar crer na natureza sobrenatural de Alexander Levine. Terminada a profissão de fé, tem-se conclusão feliz no conto, à qual voltaremos mais adiante.

No conto de Frei Betto, apesar de desempenhar importante papel de fundo, a noite é esporádica na narrativa propriamente dita, comparecendo somente nas excursões mensais de Mundo e seus amigos marginais a gozarem, inocentes, as delícias do clube. São as trevas que os encobrem e lhes possibilitam divertimento que acrescenta dimensão de aventura à sua vida. Para os transeuntes, contudo, que por acaso se deparem com os vultos dos sete amigos ao longe, a noite os transforma em fantasmas. Tal disfarce é ainda parte da proteção benéfica das trevas, ao afastar o perigo de perseguição por parte dos passantes. A noite final do conto apresenta-se mágica. É inscrita na narrativa como prenhe de simbolismo religioso. As sete personagens, Mundo, Napoleão, Alípio Pé-de-Mico, Terêncio Lambari, Zeca Pilão, Nagib Catimbeiro e João Sanfona, dão seu salto mortal (literal e metaforicamente) do trampolim mais alto da piscina olímpica.

O fantástico se insinua e se projeta aí (como a paralepsis de Gérard Genette) através da alucinação do megalômano Napoleão, o qual "chegou a ver Jesus morto, a seu lado, dentro de um aquário de vidro azul transparente" (*Parelo*, 60). À vista dos sócios atônitos, os sete afogados saem da piscina, "vestidos de anjo, [batem] as asas molhadas à beira da piscina, [olham] calma e silenciosamente a multidão perplexa, [entoam] o Aleluia e, em coro, [sobem] aos céus" (*Parelo*, 60).

Em ambos os contos, a luz, símbolo milenar, tem significação positiva. Em "Dos Fatos", o prodígio se dá em pleno dia, quando há "sol de rachar em Curral del Rey" (*Parelo*, 60). Ora, como se sabe, na simbologia do herói, o sol é vencedor a emergir do báratro após a aparente morte diária (Cirlot, 148). Assim, a vitória dos sete homens humildes, acompanhada e iluminada pelo sol, é heróica e extraordinária.

Em "Angel Levine", conto noturno por excelência, a luz é bem mais suave que o meio-dia tropical. Na cena inicial, o abajur ilumina a sala e o jornal do alfaiate. Contudo, logo brilho desusado aponta aspecto sobrenatural que é a presença do negro desconhecido. Luz estranha também influencia o nível onírico, pois em seu sonho, Manischevitz percebe no espelho brilho peculiar nas asas do anjo, que o levara a compreender a natureza diferente de Levine. São asas ambíguas. Por um lado, estão *decayed* ("estragadas", p. 51) – a indicar a queda do negro do estado de graça angelical – e por outro, são "asas lindas, opalescentes" (p. 51). Estragadas, elas se ligam à realidade da roupa surrada da personagem humana, e iridescentes, a parte muito branca do cabelo a confundir-se com a auréola sobrenatural. Idêntica oscilação luminosa e ambivalência caracterizam as lantejoulas insólitas da Arca Sagrada, na sinagoga, as quais surpreendem o alfaiate. Lembremos que é na sinagoga que ele se fortalece ao presenciar os quatro negros a discutir sobre a natureza da alma. Do ponto de vista simbólico, a oscilação tanto das asas como das lantejoulas sugere aquela da fé bruxuleante de Manischevitz. E, de outra perspectiva, pode ser vista como a oscilação do leitor da estória quanto à veracidade dos pormenores extraordinários (na pauta de Todorov).

A cidade, como lembra Cirlot, "contém importantes símbolos de nível e espaço, isto é, altura e situação" (pp. 48-49). É, assim, o veículo ideal para nosso exame de patamares e limites. A cidade de Curral del Rey, disfarce onomástico da Belo Horizonte geográfica, é mais hostil ainda em relação a Mundo. Jamais o acolhera, deixando que continue marginal, sem poder gozar merecidas férias por seu talento e valor. Vivendo no mundo burguês, Mundo, contudo, o faz parte dele, relegado que é à perene posição subalterna. Vindo da favela do Morro do Querosene, Raimundo Antônio de Sousa, alcunhado Mundo, é (como Manischevitz branco e judeu em Harlem) duplamente forasteiro: como favelado e como negro. O conto e a crônica de São Mundo, o homem comum, é de outra perspectiva também onomástica, irônica, o "rei do mundo", cuja humildade e valor humano conceder-lhe-ão a bem-aventurança evangélica no céu, já que esta é impossível no contexto terreno, concretizado pela cidade[6]. Limiar importante no conto, pois, é aquele entre a cidade e uma de suas favelas – entre o Curral del Rey e o Morro do Querosene.

A separação entre Mundo e o universo burguês circundante é refrão no texto – ora em monólogo interior do protagonista, ora em comentário do narrador. Assim, logo de início, temos que "preto não serve nem para apanhar bola" (*Parelo*, 55) e, a certa altura, que Mundo, após extraordinários feitos esportivos, "queria explodir, vencer todos os preconceitos sociais e raciais" (*Parelo*, 55). O clube, que no texto conserva o nome de Minas Tênis Clube, virtual, sólido e tradicional, é um microcosmo a representar a classe abastada da capital em crescimento: é sua cidadela e seu refrigério. O Minas Tênis Clube, que na realidade jamais foi clube de milionários, é, no conto, transformado em bem inatingível para os pobrezinhos. Passa a ser, assim, símbolo da injustiça social que há quase quinhentos anos prevalece em nosso continente. A visão de Frei Betto é, pois, hiperbólica e estilizada apesar de sua inegável validez.

Continuando com os limiares das cidades e dos prédios, como janelas e portas e, figurativamente, também espelhos, temos que indicam etapas de travessia espiritual em ambos os contos[7]. Assim, a janela é a princípio obstáculo à entrada de Manischevitz no bar de Bella, ao revelar o comportamento "indecente" da personagem com o propalado anjo. Antes, Manischevitz já "havia olhado sem resultado pelas vidraças das lojas" (Malamud, 49). Depois, hesitara ante outro umbral, a porta da sinagoga. Ao penetrá-lo, ganhara a coragem necessária para a prova final: a entrada no estranho santuário de Levine, o bar de Bella. Apesar de mal recebido pelo anjo,

6. Como se disse, o ouvido de Frei Betto é excelente para fins de caracterização. Mundo e o "puro" (*mundus*, do latim), o "Rei do Mundo" e o Raimundo hipotético do "Poema de Sete Faces" de Drummond.
7. O crítico Ben Siegel menciona a importância de vidraças e espelhos na ficção de Malamud: "Ao se vislumbrarem em espelhos, janelas e sonhos, as personagens [de *The Magic Barrel*] sentem ainda mais profundamente seus traumas e sofrimento interior" ("Through a Glass Darkly, Bernard Malamud's Painful View of the Self", *The Fiction of Bernard Malamud*, ed. Astro and Benson, Portland, Oregon University Press, 1977, p. 125).

declara-lhe sua fé e segue-o de volta a seu bairro, através de outras passagens relativas ao metrô. E no final do conto, a sugerir a impenetrabilidade do mistério, temos outros umbrais com significado de obstáculo. Assim, o alfaiate mais sente que presencia a ascensão do anjo. Separado dele por porta trancada pelo próprio Levine, Manischevitz espia através de "uma janelinha quebrada" (Malamud, 56) e crê ver vulto indistinto, "figura a erguer-se no ar com um par de magníficas asas negras" (Malamud, 56). Continua a indecisão do protagonista quanto aos eventos misteriosos, ao perceber que a peninha largada pelo anjo não mais era que o primeiro floco da neve a cair. Contudo, no nível de sua realidade, houve transformação real, provada pela cura extraordinária da esposa, que encontra de volta em casa, não só de pé, como varrendo a sala.

O prodígio que é a "comentada ressurreição" tem impacto diferente no conto brasileiro, por ser público. Ao emergir da superfície da piscina, os sete afogados transpõem o limiar do natural para penetrar no sobrenatural, ao mesmo tempo que abandonam a natureza humana pela angelical. Milagre ou alucinação coletiva, pergunta-se o leitor? Há aqui, pois, o mesmo mistério e a mesma imprecisão do vôo do anjo Levine na noite de inverno em Nova York.

Em conclusão, Malamud e Frei Betto recriam seu próprio mundo, em clave diferente, através do aspecto sobrenatural relevado compassiva se bem que ironicamente. Inclinam-se sobre o sofrimento humano, respectivamente na sociedade norte-americana da Grande Depressão dos anos 30 e 40 e na brasileira da ditadura militar dos anos 60 e 70. Partindo do cotidiano do aqui e do agora arquitetam epifanias fantásticas a conservarem, entretanto, características virtuais fenomenológicas, pois tanto o anjo norte-americano como os brasileiros têm muito em comum conosco, os leitores. Tal feito se deve aí ao desdobramento que conseguem os autores de pormenores concretos, os quais ajudam a dar à narrativa o selo da veracidade. Esta se faz em esfera dupla: natural e sobrenatural. Como em outras ficções fantásticas, estas são construídas a partir de símbolos a estabelecer o duplo patamar natural/ sobrenatural. Neste trabalho, deixamos de lado os próprios anjos como símbolo (mensageiros entre o céu e a terra), preferindo concentrar-nos em outros igualmente tradicionais: a cidade e a antítese luz/sombra. Examinamo-los do ponto de vista da passagem: da cidade para outros territórios e dos prédios para seu exterior, assim como aquela da luz para a sombra, da noite para o dia. Tais passagens vêm a ser etapas de uma viagem espiritual a partir da luta contra si próprio em moldes judaico-cristãos, principalmente para os dois protagonistas de "Angel Levine". Os sete amigos de "Dos Fatos que Antecederam..." têm sua luta diária contra a sociedade encarada como vitória há muito conseguida. Tanto o alfaiate Manischevitz como o negro Levine e os sete pobres mineiros exercitam-se espiritualmente ao transporem umbrais, vencendo o medo e o respeito humano. O triunfo dos anjos é claramente indicado pela ascensão angelical em apoteose que alia respeito e ironia à afirmação duma justiça superior.

Bibliografia

BARTHES, Roland. *S/Z*. Paris, Seuil, 1970.
BEN SIEGEL. "Through a Glass Darkly, Bernard Malamud's Painful Views of the Self". In: *The Fiction of Bernard Malamud*, ed. Astro and Benson, Portland, Oregon University Press, 1977.
BESSIÈRE, Irene. *Le Récit Fantastique. La Poétique de l'Incertain*. Paris, Larousse, 1974.
BETTO, Frei (pseud. de Carlos Alberto Libanio Christo). *A Vida Suspeita do Subversivo Raul Parelo*. Rio de Janeiro, Civilização Brasileira, 1979.
GROSS, Evelyn. *Rebels and Victims – The Fiction of Bernard Malamud*. London/Port Washington, The Kennicat Press, 1979.
IRWIN, William R. *The Game of the Impossible: A Rethoric of Fantasy*, Urbana, University of Illinois Press, c 1976.
MALAMUD, Bernard. *The Magic Barrel*. New York, Farrar, Strauss and Giroux, 1958.
TODOROV, Tzvetan. *Introdução à Literatura Fantástica*. São Paulo, Perspectiva, 1975.

14
Água e Ouro: O Brasil em Dois Romances de Oswaldo França Júnior

Por haver sentido na carne os efeitos da ditadura militar logo em 1964, Oswaldo França Júnior teve aguçada a percepção da condição social em seu País. Ao ser cassado da Força Aérea Brasileira sob vagas acusações de tendências esquerdistas, o jovem oficial se viu num impasse. Todas as portas lhe haviam sido fechadas na profissão, inclusive empregos na aviação civil. Com mulher e três filhos para sustentar, o ex-piloto teve que dar seus pulos. Trabalhou como vendedor e depois dono de banca de jornais e revistas, motorista de táxi, e depois dono de modesta frota de táxis, e até como empresário de carrinhos de pipoca[1]. Tal vivência inusitada inegavelmente se encontra à base da empatia do romancista para com o trabalhador em geral. Seus treze romances enfocam, de vários ângulos e em vários estilos, o ser humano na faina do ganha-pão. Para o autor, não o ser extraordinário mas o assalariado é o herói autêntico de nossos dias.

Entre as variadas atividades lucrativas tentadas pelo ex-piloto, aquela de escrever foi uma. Começou com um pequeno romance, *O Viúvo*, 1965, modesto sucesso de crítica se não de público. Fernando Sabino, que o editara para a Editora do Autor, de parceria

---

1. Os variados afazeres do romancista se tornaram parte do anedotário literário brasileiro. Em 1984, Oswaldo França Júnior fixaria em livro os acontecimentos relativos a sua expulsão da Força Aérea Brasileira em *O Passo-bandeira, uma História de Aviadores*.

com Rubem Braga, elogiou *O Viúvo* como "uma pequena obra-prima da nossa literatura"[3]. Em 1967, dois anos após *O Viúvo*, França Júnior se torna a grande revelação da literatura nacional com o romance *Jorge, um Brasileiro*, detentor do prestigioso Prêmio Walmap. Os jurados eram Guimarães Rosa, Antonio Olinto e Jorge Amado, o qual declarou ser o novo romancista diferente, mas o mais brasileiro de todos.

Mais que *O Viúvo, Jorge, um Brasileiro* oferece um capítulo e conta uma história/ estória de seu tempo[4] – uma história não-oficial do Brasil – ao relatar as viagens do caminhoneiro Jorge pelas estradas do interior do País durante a época da construção de Brasília. O protagonista percorre a Rio-Bahia, em Minas Gerais, e a Belém-Brasília em Goiás e na Amazônia. Uma chave para a elucidação do código hermenêutico barthesiano[5] é a desonestidade de construtores como os patrões de Jorge, tanto na Belém-Brasília como na Rio-Bahia. Tal desonestidade é movida pela ganância, pela busca do dinheiro fácil. Ao relatar a opressão de operários e funcionários como ele próprio em ambas as ocasiões, como tão bem notou Fábio Lucas, o autor põe o dedo sobre a ferida da injustiça social que tanto tem afligido nosso País. Já então, os pobres permaneciam pobres, apesar de seu muito esforço, enquanto os especuladores enriqueciam.

Nos romances seguintes, França Júnior prossegue nesta atividade de ficcionista, que se poderia classificar de panorâmica. Isto porque o autor incorporou vários aspectos essenciais , a formação deste Brasil da segunda parte do século XX, aspectos interligados na construção de Brasília nos anos 50. A cidade que Raquel de Queirós, na época, chamara de "produto das nostalgias faraônicas" de Juscelino Kubitschek de Oliveira, e que também comparara ao

---

3. Fernando Sabino, "O Mineiro, um Dia no Rio", *Jornal do Brasil*, 25.11.1974, p. 2. Reestampado na quarta edição de *O Viúvo*.
4. França Júnior não segue a grafia "estória" proposta por Guimarães Rosa, conservando a tradicional "história". Essa nos parece indicação preciosa para a perspectiva do autor quanto ao estatuto da ficção.
5. V. *S/Z*, Paris, Seuil, 1970.

escândalo dos brilhantes da rainha Maria Antonieta, não custara a cabeça ao Presidente Kubitschek, mas prejudicara a evolução econômica do Brasil. A necessidade de construção rápida, em prazo recorde, nutrira e incentivara a sofreguidão de vários construtores e empreiteiros. Como se lembra, urgia que o prazo da inauguração coincidisse com o final do mandato de Kubitschek em 1960. Realmente, Brasília foi inaugurada na data histórica de 21 de abril de 1960, homenagem tanto à descoberta do Brasil como ao martírio de Tiradentes. Contudo, para conseguir tal feito, o governo desviara verbas de escolas e hospitais[6]. Deste ângulo, Brasília pode ser vista como significante paradoxal: por um lado, progresso para um novo Brasil, e por outro, aventurismo e ganância.

O presente trabalho propõe leitura de dois romances de Oswaldo França Júnior ligados à construção de Brasília e à descoberta do ouro na Amazônia. Trata-se de *No Fundo das Águas*, 1987, e *De Ouro e de Amazônia*, 1989, póstumo. Em ambos os livros, o autor se coloca ante fatos históricos: em *No Fundo das Águas*, o represamento de rios em Minas Gerais e outros Estados para a construção de usinas hidrelétricas do binômio Energia e Transporte. Já *De Ouro e de Amazônia* enfoca a mineração aurífera na região do Madeira-Mamoré. Este segundo fenômeno se relaciona indiretamente com a fundação de Brasília. Com a abertura de estradas como a Belém-Brasília e a Transamazônica, novas regiões foram povoadas. Em várias delas e principalmente no sul do Pará (Serra Pelada) e em Rondônia (no Madeira-Mamoré), encontrou-se ouro[7].

As represas, evidentemente, representam e concretizam diretrizes governamentais de Juscelino. Ligam-se à fundação de Brasília, ao passo que a descoberta do ouro vem a ser fato inesperado. Contudo, tal como as represas do Binômio Energia e Transporte, pro-

6. Skidmore e Smith, pp. 174 e 176.
7. Como se pode notar na imprensa brasileira, o Eldorado mítico atinge a esfera cotidiana. As atividades de garimpeiros na Amazônia são aceitas e noticiadas como algo habitual, parte do tecido da vida brasileira. Nota C. Wells as descobertas quase diárias de ouro na orla amazônica (*Columbia Journal of World Business*, p. 17).

gramadas pelo governo, a corrida do ouro influiu na história do Brasil, escrevendo outra versão.

Os dois romances aqui examinados interessam ao leitor e à crítica como produtos de uma realidade brasileira dos últimos quarenta anos, ainda chegada a eles. Contudo, tal interesse transcende a fabulação de base histórica limitada. Em termos literários, o que importa aqui é a elaboração novelística: tanto *De Ouro e de Amazônia* como *No Fundo das Águas* desfiam narrativas empolgantes. Assim, ao escolher retalhos da história brasileira contemporânea que ele próprio vivera, o escritor Oswaldo França Júnior, como artista que era, selecionou e isolou elementos necessários para a fatura de dois romances diversos *qua* romances. Isto por que quanto à gênese, *No Fundo das Águas* e *De Ouro e de Amazônia* compartilham fatos e situações contemporâneas do autor, mas, em técnica literária, muito se diferenciam. São prova cabal da perícia e versatilidade de seu autor. Em termos de arte da ficção e por meio da metáfora machadiana, pode-se dizer que são temperadas com molhos diferentes da "fábrica" do ficcionista França Júnior[8]. Enquanto seu último romance, *De Ouro e de Amazônia*, tem muito em comum com o segundo, o aclamado *Jorge, um Brasileiro*, mais conhecido e iniciador da marca registrada do autor, *No Fundo das Águas* pertence a outro veio franciano, como se verá mais abaixo.

Como *Jorge, um Brasileiro*, *De Ouro e de Amazônia* pode ser considerada a odisséia terrestre do "brasileiro" comum da última metade do século XX. Deste ângulo e como o mostrou Antônio Olinto, em sua análise de *Jorge, um Brasileiro*, estes são romances democráticos[9]. (Evidentemente, outras leituras se oferecem, como a alegórica, Jorge, homem da terra, etimologicamente, é o herói brasileiro

8. Ver Agrippino Grieco, "Machado de Assis e a Teoria do Molho", *Machado de Assis na Literatura Brasileira*, Rio de Janeiro, São José, 1960.
9. "Agora, [em *Jorge, um Brasileiro*] um meio transportador, o caminhão, é igualmente transportado, e nessa tarefa de deslocamento, de mudança e de prazo fatal... jaz um núcleo de romance, de enredo, em que se pode reafirmar a democratização literária iniciada por Cervantes. Oswaldo França Júnior revela, no seu romance, o quão democrático se torna o

com caráter, o anti-Macunaíma[10].) Para França Júnior, este protagonista é o *Homo faber*, o trabalhador que, em nossa era industrial, se esforça por sobreviver. Como se disse acima, desde jovem e repetidamente demonstrou sua compreensão e simpatia por esta personagem da vida real, o brasileiro em busca do pão. Explicita sua posição em outra entrevista,

> Para mim, o importante é o esforço que o homem comum faz para ir levando o dia-a-dia enquanto ganha pouco e enfrenta todo o tipo de dificuldade. Levar essa vida durante anos e anos é um fato bem mais heróico do que tomar uma atitude com o estímulo de uma bandeira e uma paixão passageira[11].

O leitor logo abraça esta posição de empatia, ao presenciar os protagonistas de *Jorge, um Brasileiro* e *De Ouro e de Amazônia*, respectivamente Jorge e Adailton, em sua luta para conseguir o impossível. No caso daquele, trata-se de cumprir a palavra extraída pelo patrão, de que faria viagem em situação precaríssima, com oito caminhões carregados e em tempo recorde. E na região amazônica, Adailton também se aventura, em busca do ouro mortífero.

Jorge é narrador autodiegético, a contar-nos suas andanças por estes Brasis. Paralelamente, desvenda-nos, também, sua vida particular e sentimental, em léxico e sintaxe cotidiana. Ao analisar esta narrativa, obviamente a crítica percebe que a facilidade de leitura de *Jorge, um Brasileiro* se deve à esmerada técnica narrativa: o autor maneja vários estratos narrativos em diversos níveis temporais, saltando de um para outro sem perder nem o fio da meada nem o sabor especial de aventura. O Ulisses brasileiro interiorano, qual outro Riobaldo, navega os sertões infindos. Ao se desdobrar em narrador, o protagonista Jorge não perde a espontaneidade do

   gênero quando executado com essa direiteza e neste tom de conversa" (*Jorge, um Brasileiro*, 15 ed., p. 15).
10. Lembremos que, desde o título, *Macunaíma* é o "herói sem nenhum caráter", definição à qual o protagonista faz jus.
11. França Júnior se refere ao recém-publicado *No Fundo das Águas*, em entrevista a Geneton de Morais Neto, *Jornal do Brasil*, 19.12.1987.

herói em ação, ao relatar e conjugar incidentes de suas viagens, quer como motorista, quer como passageiro.

Importante semelhança entre a estrutura das duas narrativas é o emaranhado de viagens, num movimento quase contínuo. Se Jorge trafega pela vastidão de Minas e de Goiás, o território do romance póstumo é ainda mais abrangente. O menino Adailton sai de Minas Gerais para ir trabalhar em Rondônia, na área do Madeira-Mamoré. Inúmeras personagens nestes vários cenários compõem subenredos concatenados. Ambos as narrativas sugerem perigo constante, a fornecer caráter dramático e a impulsionar a suspense. Para retomarmos nosso paralelo, Adailton é, como Jorge, um protagonista de verdade: inicia ações e, quando necessário, reage com definição própria àquelas de outrem. Construída em moldes do herói tradicional, a personagem desde criança toma em suas próprias mãos a rédea do destino. Tal Ulisses tropical, como se disse de seu avatar, Jorge, Adailton abre a própria trilha, literal e figurativamente. Várias vezes, é óbvio, sofre conseqüências de ações alheias e do acaso. Contudo, contrastando com Jorge, Adailton é construído em moldes de herói, não só tradicional, como se disse acima, mas também romântico.

Apesar de em escopo e estilo tanto *Jorge, um Brasileiro* e *De Ouro e de Amazônia* se parecerem, contudo, neste último o autor introduz ingrediente já vislumbrado em *Recordação de Amar em Cuba*, 1987. Trata-se do elemento de "romance" que, ao contrário do verossímil Jorge, caminhoneiro realista, faz de Adailton um herói híbrido. Por um lado, a personagem Adailton possui traços realistas: trabalhador, ambicioso e ágil, está encravado na sociedade brasileira dos últimos vinte anos. Esta realidade é concretizada no romance através de significantes relativos ao código cultural a edificarem um aqui e agora representativos dos anos 70 e 80. Trata-se de nomes de pequenas cidades mineiras com seus locais, ruas, edifícios e praças, de pormenores sobre as instalações de mineração na Amazônia e das cidades fronteiriças. França Júnior possui excelente organização realista a prover infra-estrutura para seus romances. Filia-se, assim, aos escritores do século XIX, em sua construção da sociedade contemporânea como elemento primordial do romance. Como Balzac, Flaubert e Eça, nosso romancista escolhe pormenores significativos para recriá-los num nível mimático, o qual, por ser metonímico, carrega forte dose de significação. Tanto em *Jorge, um Brasileiro* como em *De Ouro e de Amazônia*, as cidadezinhas, a metrópole e a mata impressionam por sua vitalidade. Ao domínio do aqui e do agora junta-se uma capacidade plástica cinematográfica na execução de cenários. Tal elemento realista no cenário é apoiado e ampliado pelo diálogo que se ouve contemporâneo do leitor: vivo, lépido, elíptico, a usar sabiamente expressões de gíria. Este discurso conserva a vivacidade própria da oralidade, o selo da autenticidade.

Apesar da vitalidade desse diálogo e da verossimilhança de cenário e personagens secundárias, como se mencionou acima, Adailton segue figurino híbrido. Desde menino é ajudado por força misteriosa que o livra de perigos aos quais sucumbiriam personagens de cunho realista. (Veja-se, por exemplo, aqueles de contistas e romancistas contemporâneos de França Júnior, como Rubem Fonseca, João Antonio, Manoel Lobato, Sérgio Santana e Sérgio Faraco.) Assim, o menino de rua Adailton escapa incólume de perigos tristemente associados a nossos pivetes: roubo, ferimento, estupro e mesmo morte. Adulto, consegue não só ingressar no exército como formar-se em engenharia. Na Amazônia em busca de fortuna que lhe trouxesse sustento para o filho, assim como capital para um segundo casamento, também se vê – como nos romances medievais e contos de fadas e, de nossos dias, estórias em quadrinhos e de cinema – protegido por força sobrenatural. Saira incólume dos perigos muito reais das selvas de asfalto e amazônica. A destoar da inata sombria onde o ouro ilumina traições, assassínios e tráfico de drogas, o romance tem final cor-de-rosa e água com açúcar. Pois Adailton, nosso Ulisses tropical, volta pacatamente a Belo Horizonte para casar-se com sua Penélope. Longe ficam as uiaras amazônicas, os escolhos de Cila e Caribde, Polifemo e outros monstros. Tal aspecto inverossímil enfraquece o romance. Nisto contrasta com *Jorge, um Brasileiro* no qual o fracasso material do protagonista não diminui – pelo contrário, aumenta-lhe a estatura dramática e moral.

No Fundo das Águas, o décimo-primeiro romance de França Júnior, pertence a outra fase e a outras tendências de sua carreira, a demonstrar a capacidade e versatilidade de um autor que merecia muito maior reconhecimento por parte da crítica. Em No Fundo das Águas não se trata de um herói individual, como Jorge ou Adailton nos dois romances precedentes. Aqui o protagonista é a coletividade: os habitantes obrigados a abandonarem suas terras desapropriadas para construção de barragem hidrelétrica. Cada uma das quase duzentas personagens tem sua história. São episódios a comporem uma narrativa multíplice. Aí, tanto a morte pelas costas como a brincadeira da criança com boneca ou gatinho se equivalem em valor narrativo. Cada uma destas historietas é elemento importante a compor a imensa tapeçaria ou quadro de Brueghel que é o romance No Fundo das Águas. O que interessa ao relator de uma modesta civilização tragada pelas águas é o aspecto humano, os pequeninos feitos diuturnos a construírem vidas entrelaçadas no ambiente comunitário.

O narrador pertence à categoria do narrador doméstico de Walter Benjamin (em "O Narrador"), a desenvolver história próxima àquela de seus ouvintes pouco viajados. Tece o relato com sua própria experiência, local como aquela de seus ouvintes, ao contrário do segundo tipo de narrador. Este, como marinheiro das Mil e uma Noites, usa monstros, prodígios e demais elementos exóticos de suas viagens para distração dos ouvintes.

Como várias obras de seu autor, No Fundo das Águas representa façanha literária (NOTA: os outros roms e raz de serem façanhas). O romance conta a história de quase duas centenas de personagens obrigadas a deixarem suas fazendas, aldeias e cidades perto do rio, quando o governo resolveu desapropriar as terras para construção de represa. A gênese deste romance, pois, surge da realidade brasileira contemporânea: o Binômio Energia e Transporte de Juscelino Kubitschek de Oliveira para financiar Brasília e incentivar o progresso brasileiro em geral.

O autor nos conta que um dia, pescando num lago, o barqueiro lhe contara o represamento das terras. E, melancólico, por várias vezes repetira, "...as águas vieram e cobriram tudo"[12]. Essas palavras quase bíblicas em sua simplicidade grandiosa propõem o registro narrativo. O refrão estabelece a horizontalidade por prover não só o nível imediato das águas em elevação como também, acima e além dele, um imenso horizonte – tudo sob o olhar da Providência. A horizontalidade é conjugada com a verticalidade, pois as histórias das várias personagens se desenvolvem segundo critério geográfico e topográfico. Assim, as primeiras personagens enfocadas são habitantes das casas mais próximas ao rio a ser represado; a seguir vêm aquelas um pouco mais elevadas e, assim por diante, até que as águas cubram tudo.

O narrador é onisciente em seu conhecimento do presente, passado e futuro das quase duzentas personagens, a incluir seus pensamentos íntimos. Contudo, aqui não se trata do narrador descrito por Joyce em *The Portrait of the Artist as a Young Man*, indiferente a aparar as unhas, enquanto das alturas observa os seres humanos, quais formiguinhas, lá embaixo.

O narrador heterodiegético de *No Fundo das Águas* demonstra tanto interesse como sentimento pelas quase duzentas personagens no romance. (Nem todas estas, obviamente, são protagonistas. Há várias secundárias e terciárias, como aliás, numa tapeçaria ou quadro panorâmico, nos quais o tamanho, a distância e coloração regulam a importância das figuras. A perspectiva destas vidas e, na maior parte, cotidiana e corrente, apesar de episódios extraordinários ocasionais. Aos olhos da imaginação do leitor passam crianças brincando com bonecas e animais de estimação – fato corriqueiro até lutas em que famílias inimigas se destroem.) França Júnior aqui imprime verossimilhança a estes incidentes díspares que incorpora a sua urdidura, o romance *No Fundo das Águas*. Como a vida cotidiana, o livro nos oferece conjunto heterogêneo de sofrimento, simplicidade, mistério, medo e alegria.

---

12. Estampado na orelha de frente de *No Fundo das Águas*.

Este romance, como os onze que o antecederam, transfigura o cotidiano em arte. Como vários deles utiliza matriz mitológica[13]. Dois poderosos mitemas (Lévi-Strauss) interligados provêm muito do alto teor de poesia e interesse humano do livro. São estes a enchente e a cidade submersa. As águas que sobem possuem a inevitabilidade, majestade e finalidade daquelas de Noé. Estas águas, além dos dilúvios bíblicos, daquele de *Gilgamesh* e do *Popol Vuh*, no nível religioso, trazem-nos também (no registro da ficção e somente citando obras-primas de nossa era, ou próximas dela) as enchentes americanas do *René* de Chateaubriand, de nosso *O Guarani*, do poema *El estrecho dudoso* de Ernesto Cardenal e de *Cien años de soledad* de García Marquez. Em *No Fundo das Águas*, o leitor percebe o dilúvio de uma dupla perspectiva, tanto proléptica como analepticamente. Primeiro, as águas que se levantam são mencionadas como algo ainda por acontecer, em cada estorinha; depois, no estribilho, "E as águas vieram e cobriram tudo", como fato consumado. Este jogo de perspectivas temporais e recurso técnico retórico a imprimir tanto drama como movimento à narrativa.

Relacionado com o dilúvio, o mito da cidade submersa é construção universal do inconsciente coletivo. A Atlântida, continente perdido, pode ser traçada até a metáfora platônica de uma Atenas pura, da qual a cidade geográfica remanescente não passava de casca oca e poluída. Este é, então, mito pré-lapsário, primeiro registrado em 355 a.C., em *Timeu e Crítias*, como havendo acontecido oito milênios antes. Como nos lembra Vidal-Naquet, o mito da Atlântida ainda exerce poderosa atração. Desde a Idade Média e passando pelo Renascimento e Iluminismo, sábios e charlatães a ele se referiram para fins variados, inclusive a procura de berço nacio-

---

13. Outros mitos oferecem intertextos para romances de França Júnior. Por exemplo, *As Lembranças de Eliana* e *À Procura dos Motivos* ligam-se à viagem de Ulisses aos infernos; *Os Dois Irmãos* lembra tanto o Eldorado como o tesouro escondido. John Parker vê *O Viúvo* como possível alegoria de um Brasil despojado de liberdade política e pessoal. E como notaram vários críticos, inclusive Antônio Olinto, *Jorge, um Brasileiro* narra odisséia.

nal[14]. E, em outro registro – a saber o mitológico (mítico), lembra-nos Câmara Cascudo que todas as regiões brasileiras oferecem lendas de cidades submersas[15]. Transcreve uma dessas lendas, da pena do grande Mário de Andrade sobre cidade no fundo da Lagoa Santa, em Minas Gerais, onde na noite de Natal, vê-se e ouve-se os habitantes cantarem e dançarem e os sinos tocarem[16].

Numa lenda amazônica, o catalisador é a lua a levar os habitantes da cidade submersa a reviverem, com o luar[17]. Na Amazônia é comum o intercâmbio entre terra e água, como se sabe. Tanto o Boto como a Uiara, seres híbridos e mutáveis, são conhecidos pela facilidade com que aparecem à tona e nas margens a seduzirem ou raptarem seres humanos, levando-os para seu reino aquático.

Ainda em outras lendas brasileiras, a água se solidifica em cristal, o qual se torna fronteira entre o mundo dos vivos e dos mortos.

No romance *No Fundo das Águas*, a água é mais poderosa e mais importante que as personagens que desloca. Como no dilúvio universal, esta água dita uma nova ordem. Modifica a vida de várias comunidades devido a um mandamento mais elevado – o decreto presidencial. A água se tornara agente de destruição, mas, paradoxalmente, também preservara a cidadezinha e seus arredores sob o cristal da superfície do lago.

Neste romance, então, a morte não atinge diretamente as personagens, afogando-as como no poema de Cardenal. As próprias terras com casas, jardins, estátuas, terrenos, plantações, pastos e estradas desaparecerão para serem reconstruídas em outro plano – como lembrança. No pré-texto/ pretexto que é a narrativa do barqueiro, a memória se revela falha no que concerne aqueles que haviam abandonado suas terras. Como o barqueiro conta ao futuro autor de *No Fundo das Águas*, vários dos antigos habitantes não

---

14. Em "Atlantis and the Nations", Pierre Vidal-Naquet desenvolve a trajetória do mito que se recusa a morrer.
15. Luís da Câmara Cascudo, "Cidades Submersas", em *Dicionário do Folclore Brasileiro*.
16. *Idem.*
17. *Idem.*

haviam conseguido reconstruir a vida em outro lugar. Ao abandonarem suas casas, tiveram que deixar muito deles próprios. A memória não ajudaria estas pessoas: por elas próprias serem incapazes de lembrar a fim de preservar e criar, as outras também as esqueceriam.

Em conclusão, em seus romances, Oswaldo França Júnior transcreve uma história do Brasil em moldes individuais, através de sua própria vivência. "Sou um escritor da realidade social brasileira – aquela que vejo"[18]. Autor, não só testemunha como participante, revela sintonia com a pátria ao debruçar-se sobre acontecimentos vitais, entre os quais aqueles ligados à construção de Brasília e a descoberta do ouro na orla amazônica. Seus dois últimos romances afirmam sua paixão pelo Brasil atual, aquele que se constrói a duras penas. Em *No Fundo das Águas* e em *De Ouro e de Amazônia*, o autor elege – a começar pelo título – elementos primordiais, a água e o ouro, como matrizes narrativas. A água, maternal e franciscana – útil, humilde, preciosa e casta –, aqui se torna ambígua: ao mesmo tempo que preserva as casas, delas expulsa os habitantes. Ambíguo também se apresenta o ouro, a provocar ódios assassinos, mas a possibilitar a Adailton tranqüilidade financeira como prêmio de coragem e persistência.

Em sua feitura, é como técnica literária que os dois livros contrastam como constrastam suas matrizes, a água e o ouro. *De Ouro e de Amazônia* é romance de formação com toques de maravilhoso, a oferecer um herói cujas aventuras se inscrevem linearmente: desde o garotinho interiorano até o aventureiro adulto de êxito. Já *No Fundo das Águas*, faz levantamento coletivo de aglomerações adjacentes, fixando-se temporariamente sobre personagens sugeridas por esboços logo seguidos de outros, até arrolar todos os habitantes e completar a história local, de um ângulo cotidiano e caseiro, mas não desprovido de majestade. Assim, os dois derradeiros romances de Oswaldo França Júnior propõem dilúvio e

---

18. Entrevista a Geneton de Morais Neto, *Jornal do Brasil*, 19.12.1987.

Atlântida, Eldorado e Odisséia, a recriarem e iluminarem capítulos recentes de nossa história.

Bibliografia

ALENCAR, José de. *O Guarani*, 1857.
ANDRADE, Mário de. *Macunaíma*, 1928.
BARTHES, Roland. *S/Z*, Paris, Seuil, 1970.
BENJAMIN, Walter. *Illuminations*. Ed. Hannah Arendt. New York, Brace & World, 1968.
CÂMARA CASCUDO, Luís da. *Dicionário do Folclore Brasileiro*, Belo Horizonte, Itatiaia, 1983.
CARDENAL, Ernesto. *El estrecho dudoso*. Buenos Aires, Lohlé, 1972.
CHATEAUBRIAND, François-René de. *Atala*. Paris, Bordas, 1968.
ESTADO de S. Paulo, Caderno 2, 28.1.1988.
FRANÇA JÚNIOR, Oswaldo. *Os Dois Irmãos*. Rio de Janeiro, Rocco, 1979.
_____. *No Fundo das Águas*. Rio de Janeiro, Nova Fronteira, 1987.
_____. *A Procura dos Motivos*. Rio de Janeiro, Codecri, 1982.
_____. *Recordações de Amar em Cuba*. Rio de Janeiro, Nova Fronteira, 1986.
GILGAMESH. New York, Knopf, 1984.
GRIECO, Agrippino. "A Teoria do Molho", *Machado de Assis na Literatura Brasileira*. Rio de Janeiro, São José, 1960.
JOYCE, James. *Portrait of the Artist as a Young Man*. New York, Vokong, 1968.
MORAIS NETO, Geneton. "O Escritor que Ia Matar Brizola" (Entrevista com Oswaldo França Júnior).
OLINTO, Antônio. Prefácio a *Jorge, um Brasileiro*, 12. ed., Rio de Janeiro, Nova Fronteira, 1988.
PARKER, John M. "In Search of Motives: An Overview of the Novels of Oswaldo França Júnior". *World Literature Today*. Vol. 60. Summer 1986.
PLATÃO. *Crítias* e *Timeu*.
POPOL Vuh. Trad. Dennis Tedlock. New York, Simon and Shuster, c. 1985.
SABINO, Fernando. "O Mineiro um Dia no Rio", *Jornal do Brasil*, 25.11.1974. Republicado como Prefácio a *O Viúvo*, 4. ed., Rio de Janeiro, Nova Fronteira, 1988.
SKIDMORE, Thomas e SMITH, Peter. *Modern Latin America*. London/New York, Oxford U. Press, 1992.
VIDAL-NAQUET, Pierre. "Atlantis and the Nations". *Critical Inquiry*, Winter, 1992.

Coleção Estudos Literários

1. *Clarice Lispector. Uma Poética do Olhar*
   Regina Lúcia Pontieri

2. *A Caminho do Encontro. Uma Leitura de Contos Novos*
   Ivone Daré Rabello

3. *Romance de Formação em Perspectiva Histórica.
   O Tambor de Lata de G. Grass*
   Marcus Vinicius Mazzari

4. *Roteiro para um Narrador. Uma Leitura dos Contos de Rubem Fonseca*
   Ariovaldo José Vidal

5. *Proust, Poeta e Psicanalista*
   Philippe Willemart

6. *Bovarismo e Romance: Madame Bovary e Lady Oracle*
   Andrea Saad Hossne

7. *O Poema: Leitores e Leituras*
   Viviana Bosi et al. (orgs.)

8. *Coreografia do Desejo. Cem Anos de Ficção Brasileira*
   Maria Angélica Guimarães Lopes